古典文獻研究輯刊

二三編

曾永義 主編

第 7 冊

清代八股文批評研究（下）

陳水雲、孫達時、江丹 著

國家圖書館出版品預行編目資料

清代八股文批評研究（下）／陳水雲、孫達時、江丹 著 -- 初
版 -- 新北市：花木蘭文化事業有限公司，2021〔民110〕
目 6+182 面；19×26 公分
（古典文學研究輯刊　二三編；第 7 冊）
ISBN 978-986-518-346-2（精裝）
1. 清代文學 2. 八股文 3. 文學評論
820.8　　　　　　　　　　　　　　　　110000424

ISBN-978-986-518-346-2

9 789865 183462

古典文學研究輯刊
二三編　第 七 冊　　　　　　　ISBN：978-986-518-346-2

清代八股文批評研究（下）

作　　　者　陳水雲、孫達時、江丹
主　　　編　曾永義
總 編 輯　杜潔祥
副總編輯　楊嘉樂
編　　　輯　許郁翎、張雅淋　美術編輯　陳逸婷
出　　　版　花木蘭文化事業有限公司
發 行 人　高小娟
聯絡地址　235 新北市中和區中安街七二號十三樓
　　　　　　電話：02-2923-1455／傳真：02-2923-1452
網　　　址　http://www.huamulan.tw 信箱 service@huamulans.com
印　　　刷　普羅文化出版廣告事業
初　　　版　2021 年 3 月
全書字數　531612 字
定　　　價　二三編 31 冊（精裝）台幣 82,000 元　　　版權所有・請勿翻印

清代八股文批評研究（下）

陳水雲、孫達時、江丹　著

目

次

第七章　集大成：嘉慶道光以降的八股文批評

　　經過乾隆朝創作的繁榮和發展，清代八股文批評從一般性寫作宗旨的標榜，到具體寫作技法的總結與探討，到了嘉慶時期開始轉向對八股文源流、文體特徵、文風變化、名家名作、文體規範的總結，也就是說從具體的創作指導昇華為理論概括，比較有代表性的著作為學海堂《四書文源流考》、梁章鉅《制義叢話》、鄭獻甫《制義雜話》、劉熙載《藝概》等，相對於八股文創作以乾隆、嘉慶為繁盛期而言，八股文批評當以嘉慶、道光為總結集大成期，光緒、宣統不但是八股文創作的衰亡期，也是八股文批評的轉折期，從傳統走向了現代。

第一節　阮元及學海堂《四書文源流考》

一、阮元與學海堂學人群體

　　阮元（1764～1849），字伯元，江蘇儀徵人，乾隆五十四年（1789）進士。其人「博學淹通，早被知遇」〔註1〕，一生官運亨通、歷居要職，以學者、顯宦一身二任。他勤於治學，主持風會，以振興文教、獎掖後進、刊刻書籍為務。《清史稿》總結阮元一生學術功績時言：「歷官所至，振興文教……在浙江立詁經精舍，祀許慎、鄭康成，選高才肄業；在粵立學海堂亦如之，並延攬

〔註1〕趙爾巽等《清史稿（38 冊）·卷三百六十四·列傳一百五十一》，中華書局，1977 年，第 11241 頁。

通儒，造士有家法，人才蔚起。撰《十三經校勘記》《經籍纂詁》《皇清經解》百八十餘種，專宗漢學，治經者奉為科律……紀事、談藝諸編，並為世重。身歷乾、嘉文物鼎盛之時，主持風會數十年，海內學者奉為山斗焉。」〔註2〕由他倡導成立的詁經精舍、學海堂，以提倡樸學教育相號召，對於推動乾嘉學術的進步發揮過作用，在近代教育史佔有十分重要的位置。

在清初，顧炎武、黃宗羲、王夫之等，為總結明亡教訓，倡導通經致用之學，認為治學當明道救世。到了雍乾時期，清王朝一方面大興文字獄，文禁甚嚴，一方面「稽古右文」，倡導學術，實施專制與懷柔兼顧，加之學術本身的發展趨於純熟，這促成了乾嘉時期不問現實只重考據的樸學之風大盛，清初學術中的經世色彩漸漸淡化。學者多脫離實際，埋首於故紙堆中，不關心世務與現實，學校、書院亦多授時文帖括。這一問題上，阮元基於宗經立場，提倡漢宋兼採，通經致用，批評近世考證之學缺少聖賢義理的發揮。他指出：「近人考證經史小學之書則愈精，發明聖賢言行之書則甚少，否則專以攻駁程朱為事，於顏、曾純篤之學未之深究。資注釋五卷，不敢存昔人門戶之見，而實以濟近時流派之偏也。」〔註3〕在他看來，漢、宋之學各有其弊，宋學求道太高，卑視章句，「譬猶天際之翔，出於豐屋之上，高則高矣，戶奧之間未實窺也」；漢學但求名物，不論聖道，「又若終年寢饋於門廡之間，無復知有堂室矣」。然漢、宋之學又各有其長，「兩漢名教得儒經之功，宋、明講學得師道之益，皆於周、孔之道得其分合，未可偏譏而互詆也」，漢、宋之學皆源於「周、孔之道」，故雙方本不應互相譏誚，治學者消弭門戶之見取二者之長，「崇宋學之性道，而以漢儒經義實之」〔註4〕。阮元兼採漢宋的學術理念，是以漢學為方法，以宋學為旨歸，「以訓詁求義理」。他認為文字訓詁是門徑，「門徑苟誤，踕步皆歧」，升堂入室也就無從談起。所以，要得聖賢義理，先從訓詁入手，弄清文字本義，而後才能理解聖賢原意。阮元治學，兼師眾長，氣象宏大，不拘於餖飣考據並能得聖賢義理，而其所得義理又全然不類宋學之空言義理，而是「持之有故，言之成理，貫纂群言」〔註5〕。龔自珍

〔註2〕趙爾巽等《清史稿（38 冊）·卷三百六十四·列傳一百五十一》，中華書局，1977 年，第 11424 頁。

〔註3〕阮亨：《瀛舟筆談》卷七，嘉慶二十五年刻本。

〔註4〕阮元：《擬國史儒林傳序》，《揅經室一集》卷二，中華書局，1993 年，第 37 頁。

〔註5〕劉師培：《南北學派不同論》，《中國近三百年學術史論》，上海古籍出版社，

評價說：「匯漢、宋之全，拓天人之韜，泯華實之辨，總才學之歸。」〔註6〕

　　在阮元看來，學者有陋儒與通儒之分，陋儒只是守一己之見，而通儒則能博採眾長。前者專攻帖括時文，後者則以推求義理、實事求是為務。

　　　　何為陋儒之學？守一先生之言不能變通，而下焉者，則惟習詞
　　章、攻八比之是務。何為通儒之學？篤信好古，實事求是，匯通前
　　聖微言大義而涉其藩籬，此通儒之學也。〔註7〕

　　他批評不能變通的陋儒之學，為專攻科舉時文之學，而通儒則能實事求是，「推明古訓」〔註8〕，好古而不泥古。「於古今學術洞悉本原，折衷無偏，實事求是，足以發明墜義，輔翼經史。」〔註9〕本於實事求是的治學態度，他強調治學的根本在實踐，故當以經世致用為旨歸。「聖賢之道，無非實踐。孔子曰：吾道一以貫之」〔註10〕，「所謂一貫者，貫者，行也，事也，言一是身體力行見諸實行實事也」〔註11〕。而要培養真才實學，當從讀聖賢經書始。「列國時孔、曾、游、夏諸聖賢及各國君卿大夫之德行名言，載在《三傳》《國語》《孝經》《論語》者，皆為處世接物之庸行。」〔註12〕「蓋未有不精於稽古而能精於政事者。」〔註13〕所以，阮元釋經，從訓詁考據出發，最後都落實在實踐上，這是針對乾嘉學術經世意識淡薄而發論的。在阮元之前，已有惠棟、戴震等學者強調通經致用，但他們的提倡依然停留在話語而非實踐層面，阮元已經把這種倡導落實到具體的實踐上。所著《性命古訓》《論語孟子論仁論》《曾子十篇注》，「推闡古聖賢訓世之意，務在切於日用，使人人可以身體力行」〔註14〕。阮元

2006年，第200頁。

〔註6〕龔自珍：《阮尚書年譜第一序》，《龔自珍全集》，上海古籍出版社，1975年，第277頁。

〔註7〕阮元：《傳經圖記》，國粹學報（第一年第三號），光緒三十一年三月二十日。

〔註8〕阮元：《揅經室集·自序》，中華書局，1993年版。

〔註9〕許宗彥：《詁經精舍文集序》，《詁經精舍文集》卷十四，《叢書集成新編·文學類》第59冊，新文豐出版公司，1985年，第124頁。

〔註10〕阮元：《大學格物說》，《揅經室一集》卷二，中華書局，1993年，第55頁。

〔註11〕阮元：《石刻孝經論語記》，《揅經室一集》卷十一，中華書局，1993年，第238頁。

〔註12〕阮元：《詁經精舍策問》，《揅經室一集》卷十一，中華書局，1993年，第237頁。

〔註13〕阮元：《漢讀考周禮六卷序》，《揅經室一集》卷十一，中華書局，1993年，第241頁。

〔註14〕張鑑等：《賜諡文達原任太傅大學士阮公鄉賢錄事實》，《阮元年譜》附錄二，中華書局，1995年，第242頁。

所以致力於實學，講求通經致用，蓋因他認識到漢學只講訓詁不求義理之弊，著意引導乾嘉學術向以訓詁考據求經義原解之路發展。因此，阮元的學術既有宏富之考據成果，亦有實事求是之義理發明。他在杭州立詁經精舍、在廣州創學海堂，也是希望通過這一實學風氣的倡導，為社會培養經世致用之才。

　　嘉慶二十年（1815），阮元出任兩廣總督，於道光元年（1820），在廣東立學海堂，道光四年（1824）正式建成。「本朝廣南人士，不如江浙。蓋以邊省，少所師承。制舉之外，求其淹通諸經注疏及諸史傳者，屈指可數；其藏書至萬卷者，更屈指可數。故州郡書院，止以制藝試帖與諸生衡得失；而士子習經，亦但取其有涉制藝者，簡練以為揣摩，積習相沿，幾於牢不可破。」〔註15〕阮元到來後，為了改變廣東衰薄簡陋學風，創學海堂，倡導實學，培植了不少真才實學之人。阮元在《學海堂集序》中詳細地敘說了他創立學海堂的宗旨：

　　　　古者卿大夫士皆有師法，周公尚文範之以禮，尼山論道，順之以孝，是故約禮之始，必重博文，篤行之先，尚資明辨，《詩》《書》垂其彝訓，傳記述其法語，學者誦行，畢生莫罄，譬之食必菽粟，日不可廢，居必棟宇，人所共知，奚更立言以歧古教哉！若夫載籍極博，束閣不觀，非學也。多文殊體，輟筆不習，非學也。次困之士，屬壓勉於科名，語上之傳，詎愚蔽其耳目，率曰乏才，豈其然歟！嶺南學術，首開兩漢，著作始於孝元，治經肇於黃、董，古冊雖失，佚文尚存，經學之興，已在二千載上矣。有唐曲江，誠明忠正，求之後代，孰能逮之。蹟其初學，乃多詞賦耳。文辭亦聖教也，曷可忽諸。大清文治，由朔暨南，明都著於因民，離曜增於往代。余本經生，來總百粵，政事之暇，樂觀士業，曩者撫浙，海氛未銷，日督戈船，猶開礮舍，矧茲清晏，何獨闕然。粵秀山峙廣州城北，越王臺故址也，山半石巖，古木陰霽，綠榕紅棉，交柯接葉，闕茇數丈，學海堂啟焉。珠江獅海，雲濤飛汎於其前，三城萬井，煙靄開闔於其下；茂林暑屐，先來天際之涼，高欄夕風，已生海上之月；六藝於此發其秀輝，百寶所集，避其神采，洵文苑之麗區，儒林之

<hr>

〔註15〕崔弼：《新建粵秀山學海堂記》，《學海堂集》卷十六，啟秀山房藏板，咸豐九年三月。

古境也。昔者何邵公學無不通，進退忠直，聿有學海之譽，與康成並舉，惟此山堂，吞吐潮汐，近取於海，乃見主名。多士或習經傳，尋疏義於宋、齊，或解文字，考故訓於倉、雅，或析道理，守晦庵之正傳，或討史志，求深寧之家法，或且規矩漢、晉，熟精蕭選，師法唐、宋，各得詩筆，雖性之所近，業有殊工，而力有可兼，事亦並擅。若迺志在為山，虧於不至之簣，情止盈科，未達進放之本，此受蒙於淺隘而已，烏睹百川之匯南溟哉。道光四年，新堂既成，初集斯勒，四載以來，有筆有文，凡十五課。潛修實踐之士，聰穎博雅之材，著書至於仰屋，豈為窮愁論文期於賤壁，是在不朽及斯堂也。升高者賦其所能，觀瀾者得其為術，息焉遊焉，不亦傳之久而行之遠歟？〔註16〕

　　學海堂地處廣州城北粵秀山上，臨海而建，地勢開闊，可登高望遠，培養士子開闊之眼光與胸襟；這裡風光秀麗，多漢唐古人遺跡，自然環境與人文環境優越，便於陶冶性情，是嶺南士子讀書求學的理想場所。「學海堂」之名取自漢何休「學海」之義，表明阮元推崇何休學問廣博、實事求是的態度。這篇序明確了學海堂諸生的學習內容以經史、小學、文學、理學為主，其中，經史考據學居首，其次是文學教育。在廣學問的基礎上，更尊重每位學生的興趣愛好，允許他們根據自身興趣「自擇一書肄業」，如「力有可兼」，也可「事亦並擅」。

　　在道光六年（1826）發布的《學海堂章程》中，阮元打破山長制，確立學長制。指出：「學長責任與山長無異，惟此課既勸通經，兼該眾體，非可獨理。而山長不能多設，且課舉業者各書院已大備，士子皆知講習。此堂專勉實學，必須八學長各用所長，協力啟導，庶望人才日起，永不設立山長，與各書院事體不同也。」〔註17〕學海堂不課舉業，而是專勉實學，於經史、小學、金石、校勘無所不涉，術業有專攻，不同學長所擅不同，一人不能「兼賅眾體」，由眾學長共同指導，各以其長專精指導，保證課業質量。學海堂第一批學長即由阮元親定，他們是吳蘭修、趙均、林伯桐、曾釗、徐榮、熊景星、馬福安、吳應

〔註16〕阮元：《學海堂集序》，《揅經室續四集》卷四，中華書局，1993年，第1076～1077頁。

〔註17〕林伯桐編，陳澧續補：《學海堂志·建置》，載趙所生、薛正興主編：《中國歷代書院志》第3冊，江蘇教育出版社，1995年，第285頁。

達八人，皆為著名學者。八人中，吳蘭修為嘉慶十三年（1808）戊辰恩科舉人，擅詩文，兼通考證、曆算，著有《南漢記》《南漢金石志》《宋史地理志補正》等；趙均為嘉慶十三年（1808）戊辰恩科副榜貢生，有治事長干，兼擅詩文，著有《止齋文集》《鑒古錄》；林伯桐為嘉慶六年（1801）辛酉科舉人，兼採漢宋，治經學，善考據，尤精《毛詩》，著有《毛詩傳例》《易象釋例》《三禮注疏考異》等；曾釗為道光五年（1825）乙酉科選拔貢生，專治漢學，精於訓詁，著有《周易虞氏義箋》《詩毛鄭異同辨》《周官注疏小箋》等；徐榮為道光十六年（1836）丙申恩科進士，工詩，善書畫，著有《大戴禮記補注》《日新要錄》《懷古田舍詩集》等；餘者熊景星、馬福安、吳應逵也皆有才名〔註18〕。

　　學海堂自創建之初，至光緒二十九年（1903）被迫關閉，八十年間培養了大批人才，並有文集三十種結集傳世。現可查學海堂著作中，保留姓名之學生有三百餘人，所著書達數千種。

　　學海堂於道光四年（1824）建成時，考課已有四五年，阮元遂將這四五年間所積之優秀課卷匯刻為《學海堂集》，並為之作序。《學海堂集》刻於道光五年（1825），《學海堂集》每題收數人之文，集數人關於同一問題的不同見解，見其學問不主一端，以各求其是為上。後來學長仿《學海堂集》體例而續編有《學海堂二集》《三集》《四集》。

　　阮元曾出課士題《四書文源流考》，《學海堂集》中錄有鄭灝若、梁傑、楊懋建、周以清、侯康五人的論文，對四書文即八股文的起源以及流變發展作了考辨。鄭灝若，字薲坪，廣東番禺縣人，嘉慶十八年（1813）拔貢生，阮元對其頗為賞識，嘗命其與周以清、侯康等同輯《四書文話》，惜其不存。《學海堂集》選其文六篇，著有《榕屋詩鈔》《吟秋草》。梁傑，生員，廣東高要縣人，《學海堂集》選其文一篇。楊懋建，字掌生，號爾園，別署蕊珠舊史，廣東嘉應州人，道光十一年（1831）辛卯恩科舉人，年十七受知阮文達，肄業學海堂，精於天學、地學、圖書、掌故、中西算法、歷代音樂。晚年曾主講連州南軒書院。《學海堂集》《二集》選其文三篇、詩一首，著有《禹貢新圖說》二卷、《留香小閣詩詞鈔》二卷，《京塵雜錄》四卷。周以清，號秩卿，廣東順德縣人，道光二十四年（1844）甲辰科進士。年十六，為縣學生員，應學海堂課，屢列前茅，於同治二年（1863）補學海堂學長，《學海堂集》《二集》《三

〔註18〕參見林伯桐編，陳澧續補：《學海堂志·題名》，載趙所生、薛正興主編：《中國歷代書院志》第3冊，江蘇教育出版社，1995年。

集》《四集》選其文六篇，著有《典三勝稿》二卷、《典三雜著》一卷。侯康，
字君謨，廣東番禺縣人，阮元賞其文，由是知名，深於經史學問。《學海堂集》
選其文一篇，著有《穀梁禮證》《三國志補注續》等〔註19〕。從阮元的著作及
此五人的論文中可看出阮元及其學海堂弟子對八股文的態度較客觀，肯定其
取士功用，同時從通經致用之為學角度反對書院只課時藝的風氣；關於四書
文的起源及文體格式的確立，阮元及鄭灝若等五人觀點不盡相同；《四書文源
流考》五篇論文皆對明清四書文流變史及其四書文名家多有細緻考辨。

二、肯定八股取士制度，反對書院八股教育

　　阮元一生功績顯著，為官重視文教，任官所到之處，必以興學崇教為務，
在浙江時立詁經精舍，在廣州時創學海堂，反對當時書院唯科考是從只課時
藝的風氣，反對士子只習八股不為實學的不正學風，力倡實學，認為「聖賢
之道，無非實踐」〔註20〕。阮元極推顧炎武等明末諸儒，多能留心經世之務，
指出：「世之習科條而無學術，守章句而無經世之具者，皆未足與於此也」〔註
21〕。這句話也反映了阮元對書院淪為專攻科舉應試之所的批評之意，他所立
之詁經精舍、學海堂，一反當時書院以時文帖括為學習內容，以應試中舉為
學習目的，扭轉了一代學風，分別成為當時浙江、嶺南的學術中心。

　　古代書院本為講學之所，但在明清已完全淪為試藝之所，唯科舉是從。
詁經精舍、學海堂二書院卻不課舉業，不涉時文帖括。

> 　　自唐代崇尚詩賦，學校失教，華士日興，樸學日替。南宋諸大
> 儒思矯其弊，於是創精廬以講學，聚徒傳授，著籍多至千百人，而
> 書院遂盛。有明以來，專尚制藝，主講師長復以四書文、八韻詩為
> 圭臬，並宋人建書院意而失之。近時賢大夫之崇古學者，又思矯其
> 失，而習非成是，積重難返，不得已而別築講舍，選高材生充其中，
> 專肆經史辭賦，一洗舊習。若吾浙江之詁經精舍、廣東之學海堂，
> 其較著者也。〔註22〕

〔註19〕參見林伯桐編，陳澧續補：《學海堂志·題名》，載趙所生、薛正興主編：《中
　　　　國歷代書院志》第3冊，江蘇教育出版社，1995年。
〔註20〕阮元：《大學格物說》，《揅經室一集》（卷二），中華書局，1993年，第55頁。
〔註21〕阮元：《顧亭林先生肇域志跋》，《揅經室三集》（卷四），中華書局，1993年，
　　　　第673～674頁。
〔註22〕黃以周：《南菁講舍文集序》，《南菁講舍文集》，清光緒十五年（1889）刊本。

　　以詁經精舍為例，教學內容廣泛，十三經、三史疑義、小學、天文、地理、算法、詞章，無所不包。精舍學生陸堯春嘗言：「晨夕講誦其中，月試以文，則多碑記論策諸體，未嘗雜以時藝，大要窮經致用為諸生勗也。」〔註23〕平日課士亦不為功名，主評文之人，問以十三經、三史疑義，旁及小學、天部、地理、算法、詞章，「各聽搜討書傳條對，以觀其識，不用局試糊名之法」〔註24〕。當時嶺南士人熱衷時藝而不知經史理文，阮元在廣東立學海堂，本著詁經精舍的立學宗旨，課經解史策，而不用八股時藝，目的是為了扭轉只關注帖括時文的風氣。阮元在立學之初，定學長制，同掌書院。「學長責任與山長無異，惟此課既勸通經，兼賅眾體，非可獨理。而山長不能多設，且課舉業者，各書院已大備，士子但知講習。此堂專勉實學，必須八學長各用所長，協力啟導，庶望人才日起。永不設立山長，與各書院事體不同也。」〔註25〕這些學長學有專長，治學主經世，引導學子們究心於實學，一改明清書院不學無術之風。

　　詁經精舍和學海堂的學生是從其他書院選拔出來的，已經接受過科考訓練。就八股做法而言，格式、技巧層面，但凡應試之人，皆能通其術。「學海堂並不給予考試的訓練，但學生們仍被期望藉由公職生涯所需的科舉考試來延續他們的志業」〔註26〕。就八股考試內容而言，科場所試，無非《四書》《五經》，只要淹博經史，《四書》經義已在其中，學問淵博者已具備科考需要的學識儲備，應試自然無礙。詁經精舍、學海堂雖然不課舉業，但恰恰由於其崇尚實學，使學子們潛心經史子集，故學問淵博，學風一新，培養了真正崇學的有識之人。

　　阮元受業師李晴山曾教導他說：「文以勵行。若視為科第之階，末也。」〔註27〕阮元對於人才的培養，以崇實學為努力目標，不以科第作為訓練的目的，認為科考所取應該是人品、學問皆正之士，而以八股文為考試手段能夠選出文行俱佳之士。在他看來，科舉時文確實是檢測學問高下的重要手段，

〔註23〕陸堯春：《詁經精舍崇祀許鄭先師記》，《詁經精舍文集》卷三，見《中國歷代書院志》第十五冊，第55頁，江蘇教育出版社，1995年。
〔註24〕孫星衍：《詁經精舍題名碑記》，《詁經精舍文集》，《叢書集成新編·文學類》（59冊），臺北：新文豐出版公司，1985年，第125頁。
〔註25〕林伯桐：《學海堂志》，據容肇祖《學海堂考》引，《嶺南學報》第三卷第四期。
〔註26〕艾爾曼，車行健，《學海堂與今文經學在廣州的興起》，《湖南大學學報》，2006年第2期。
〔註27〕阮元：《李晴山、喬書西二先生合傳》，《揅經室二集》卷二，中華書局，1993年，第396頁。

卻不是讀書的目的，但一般應試之士往往以手段為目的，故不務實學，只研讀時文帖括。儘管阮元反對書院教育只習八股，但並不反對八股取士的科考制度，相反，還在《四書文話序》中為其合法性作辯護：

> 唐以詩賦取士，何嘗少正人？明以四書文取士，何嘗無邪黨？惟是人有三等，上等之人，無論為何藝所取，皆歸於正；下等之人，無論為何藝所取，亦歸於邪；中等之人最多，若以四書文圍之，則其聰明不暇旁涉，才力限於功令，平日所誦習惟程、朱之說，少壯所揣摩皆道理之文，所以篤謹自守，潛移默化，有補於世道人心者甚多，勝於詩賦遠矣。〔註28〕

阮元強調取士在取德，實際的治政能力可以入仕後培養，而習《四書》《五經》作八股的作用，就在於用聖賢道理春風化雨、潤物無聲地去薰陶、培養中等之人，使其耳濡目染、潛移默化中塑造、涵養品德，而詩賦等其他才藝則無此道德塑造之效果，這才是以八股取士的真正作用所在。所謂「人才之賢愚能否，有非文字所能決定者，若能借考試而教化人民敦品勵行，孝悌忠信，則士子日日浸灌其中，久而久之，自易受其潛移默化，其有補於世道人心者必多」〔註29〕。然而，阮元反對世人只重時文，以時文相尚的學風，認為這種學風導致了經史之學的衰落，士人只知研習八股而荒廢經史實學。「有明三百年，以時文相尚，其弊庸陋諛僿，至有不能舉經史名目者。」〔註30〕阮元以提倡實學來抵制時文帶來的庸陋學風，並在書院教育中捐棄時文帖括之學，通過倡導實學，發揮起衰救弊的作用，改變了科舉時文造成的學風之壞，扭轉了清代學風的發展方向。「嗣是江蘇、湖北、四川、陝西漸設精舍，而俱不出學海堂之制。精廬之開，或數十人，或數百人，日從事訓詁名物，辨白考訂。」〔註31〕這說明詁經精舍、學海堂對其時學風導向影響之大，後之書院紛紛傚仿其學制與立學宗旨。

〔註28〕阮元：《四書文話序》，《揅經室續三集》（卷三），中華書局，1993年，第1068頁。

〔註29〕蔡榮昌：《〈制義叢話〉研究》，載潘美月、杜潔祥主編《古典文獻研究》（十七編）第16冊，花木蘭文化出版社，2013年，第12頁。

〔註30〕阮元：《毛西河檢討全集後序》，《揅經室二集》卷七，中華書局，1993年，第543頁。

〔註31〕陳寶箴：《河北精舍學規》，《皇朝經世文續編（卷六十五）·禮政五·學校下》，《近代中國史料叢刊正編》（八十五輯），臺北文海出版社，1966年，第75頁。

　　阮元通過創立學海堂，達到宗尚實學的目的，學海堂弟子亦秉此觀念。鄭灝若認為既然八股文考試是取士的唯一途徑，那麼得士出於八股，「故凡壬午甲申之忠義、四瑞三案之氣節、削藩監國之權變、大禮國本之議論，莫非制義中所得士」〔註32〕。八股取士是國家選拔人才的一種制度，作為推行制度的八股文，不必承擔過高的是非毀譽。「後人徒嗤八股為腐文陳調，是亦過高職論矣」〔註33〕。鄭灝若認為八股取士對於明代選拔人才發揮過重要作用，「有明之初，以儒士掌文，衡柄國政，後之登朝階者鮮有不由科目」，只是到晚明因為門戶之見，造成不同派系，取士莫不由科考，文人派系不同，帶來政局的變化，也與科考發生了密切的聯繫，所謂「八股所關，良非細」〔註34〕。但因為入仕必由科舉這一國策，使得入仕之人也能潛移默化地接受儒家思想和忠孝觀念，明末忠義之士軼乎前朝，從這一方面看，「謂唯三百年養士之報，究何益哉」〔註35〕，可見八股試士在塑造士子人格方面的確功不可沒。

　　這一問題上，梁傑的看法是「天下之事，惟無所為而為者，乃可以不朽」〔註36〕，亦即無功利目的之行事才可不朽，反之，有功利目的之行事，後必衰。對於四書文而言，它在產生之初並無功利目的，只是它與科考發生聯繫，成為了科考的專用文體，學之者為求功名只知讀《四書》之文，這正是四書文被敗壞的癥結所在。從四書文發生的角度看，王安石作新法創四書文，旨在復興儒學，希望讀書人能多讀儒家經典。「所撰諸經新義，列之學官，用之取士，天下靡然皆王氏之學，其力亦巨矣。」〔註37〕對扭轉學風其功甚大，但也帶來了新的弊端，捨《四書》而不讀其他書：「而四書之文，緣之而起，學者捨此，幾似無書可讀。」〔註38〕從這一方面看，四書文的興起有功亦有過，但功過乃因讀書人自己的選擇，所謂「習之積者不移，利所在者偏重」〔註39〕，作為取士手段，四書文勢必對讀書人有明確的導向性，此一情形恐非王安石當時之所期也。「創之者非耶？因之者是耶？」〔註40〕梁傑還引朱子

〔註32〕鄭灝若：《四書文源流考》，《學海堂集》卷八，啟秀山房藏板，咸豐九年三月。
〔註33〕鄭灝若：《四書文源流考》，《學海堂集》卷八，啟秀山房藏板，咸豐九年三月。
〔註34〕鄭灝若：《四書文源流考》，《學海堂集》卷八，啟秀山房藏板，咸豐九年三月。
〔註35〕鄭灝若：《四書文源流考》，《學海堂集》卷八，啟秀山房藏板，咸豐九年三月。
〔註36〕梁傑：《四書文源流考》，《學海堂集》卷八，啟秀山房藏板，咸豐九年三月。
〔註37〕梁傑：《四書文源流考》，《學海堂集》卷八，啟秀山房藏板，咸豐九年三月。
〔註38〕梁傑：《四書文源流考》，《學海堂集》卷八，啟秀山房藏板，咸豐九年三月。
〔註39〕梁傑：《四書文源流考》，《學海堂集》卷八，啟秀山房藏板，咸豐九年三月。
〔註40〕梁傑：《四書文源流考》，《學海堂集》卷八，啟秀山房藏板，咸豐九年三月。

之言，以批評尊八股之論。指出：「尊之者以為代聖賢立言。朱子曰：『詩賦卻無害理，經義大不便，分明是侮聖人之言。』宋時經義，即已如彼，使聞者不知語出朱子，鮮不以為怪妄。」〔註41〕朱熹認為詩賦尚不害理，而經義如果作不好，誤讀誤釋，與聖人之言相背，其影響更為惡劣，這一情況在宋代經義已有表現，而今之八股文自然更甚，惡爛時文侮聖人之言何其多也！這說明梁傑對八股文弊病認識是深刻而清醒的，他認為無論採用哪一種考試形式，功利所向，總有人汲汲於此，哪怕是君子，「其心果止為代聖賢立言乎」〔註42〕？也存有考取功名之功利目的，況其下者乎？「然知其不過如此，而竟莫之能廢者何也」〔註43〕？梁傑以漢代舉孝廉為喻說明此弊：「上以孝取人，則勇者割股，怯者廬墓。上以廉取人，則敝車羸馬，惡衣菲食，利之說也。如此則不收於《藝文志》也宜。」〔註44〕這正是梁傑開篇所表達的觀點，讀書應該是無功利目的的讀書，而科考本身的功利性決定了它具有強烈的導向性，這是無可奈何之事，真正的讀書人可以存求取功名之心，但讀書不應該僅止於此。這正是阮元立學海堂反對以科考時文為主要教學內容的目的所在。

　　梁傑對八股文的評價並不是很高，認為八股文作為考試文體，只能代聖人立言，不許論本朝事，限制太多，難為由衷之言。但作為文章，它在一定程度上也能反映出作者的心志氣節。「雖應制干祿之言，非盡由衷，而心聲所應，皆潛與運會，轉移於不覺。」〔註45〕像明末幾位制義大家，其文章氣節是一致的。「正希僉事文節並峻。其時又若黃陶庵、陳臥子者，皆秋霜皎日，其文直頡頏於西江之四雋五家，遂以結明代時文之局。」〔註46〕這是八股文作為文章的價值所在，而八股文之謂時文在其時效性，亦即八股文隨世風而變。「時文云者，既以逢時，時過則菁華既竭，褰裳去之。而新科墨刻，且汗牛充棟而來，與之代興矣。」〔註47〕時文之弊也在於此，一時有一時之風氣喜好，時風一過，則失去其價值。梁傑將其比之為唐試律詩、官韻賦：「詩賦盛於唐試之作，諸家集雖間存一二，而《藝文志·集部》寧載俳諧、傳奇、笑林、雜

〔註41〕梁傑：《四書文源流考》，《學海堂集》卷八，啟秀山房藏板，咸豐九年三月。
〔註42〕梁傑：《四書文源流考》，《學海堂集》卷八，啟秀山房藏板，咸豐九年三月。
〔註43〕梁傑：《四書文源流考》，《學海堂集》卷八，啟秀山房藏板，咸豐九年三月。
〔註44〕梁傑：《四書文源流考》，《學海堂集》卷八，啟秀山房藏板，咸豐九年三月。
〔註45〕梁傑：《四書文源流考》，《學海堂集》卷八，啟秀山房藏板，咸豐九年三月。
〔註46〕梁傑：《四書文源流考》，《學海堂集》卷八，啟秀山房藏板，咸豐九年三月。
〔註47〕梁傑：《四書文源流考》，《學海堂集》卷八，啟秀山房藏板，咸豐九年三月。

說，惟試律之詩、官韻之賦，絕無專書著錄，則史體宜爾。時文設科，與彼何異？」〔註48〕當一種文體作為考試工具而廣為應用，功利目的充斥其中，價值必然降低，無專書著錄。

對宋以來的經義、八股取士制度，楊懋建亦給予了客觀肯定的評價，與其師阮元之論立意相近。在北宋，王安石改詩賦試士為經義取士，遭到蘇東坡的非議，上疏曰：「自文章言之，則策論為有用，詩賦為無用；自政事言之，則詩賦、策論均為無用，然自祖宗以來，雖知其無用而莫之廢者，設法取士，不過如此。矧以詩賦為名臣者不可勝數，何負於天下而必欲廢之。」〔註49〕蘇東坡認為就處理政事而言，詩賦、策論都屬無用之學，而歷來皆以詩賦取士，名臣中出於詩賦者不可勝數，又何必換成策論取士？但在楊懋建看來，蘇軾之觀念是存在著認識的偏差的，「詩賦之華，不若策論之實；策論之雜，不若經義之純」〔註50〕，經義相比策論、詩賦，義理精純，能夠起到收束人心的效果。無論是詩賦還是策論亦或經義，所選之人還是那批人，但以經義取士，能將學者的心思收於研讀聖賢義理上，且以明經載道為業。「夫自鄉舉里選廢而科目興，漢唐以來，捨科目更無取人之法，應詩賦之選者此人，應策論之選者亦此人，即欲為鄉舉里選茂才異行，亦不外此人，反不若以經義取士，學者猶得以窮經為業，而注疏之學亦因以不廢。況夫少成若天性，習慣成自然，窮年枕葄，而出之以精心果力，其卓者足以明經，其醇者足以載道，豈徒發名成業而已哉」〔註51〕！以八股取士，能夠促使士子以畢生精力窮於經籍義理，長進學問，這在楊懋建看來是八股取士制度之合理所在。

三、論四書文之起源與八股文之定型

阮元曾感慨唐、宋詩話多，文話少，「而明以來四書文話更少，非無話也，無纂之者也」〔註52〕，故他有心撰成一部《四書文話》。「余令學海堂諸生周以清、侯康、胡調德纂之，諸生共議，分二十四門編之。一原始，二功令，三格式，四法律，五體裁，六命題，七程文，八稿本，九選本，十墨卷，十一社

〔註48〕梁傑：《四書文源流考》，《學海堂集》卷八，啟秀山房藏板，咸豐九年三月。
〔註49〕楊懋建：《四書文源流考》，《學海堂集》卷八，啟秀山房藏板，咸豐九年三月。
〔註50〕楊懋建：《四書文源流考》，《學海堂集》卷八，啟秀山房藏板，咸豐九年三月。
〔註51〕楊懋建：《四書文源流考》，《學海堂集》卷八，啟秀山房藏板，咸豐九年三月。
〔註52〕阮元：《四書文話序》，《揅經室續三集》卷三，中華書局，1993年，第1068頁。

稿，十二元鑑，十三名譽，十四考核，十五師承，十六風氣，十七興廢，十八流弊，十九起衰，二十假借，二十一咎毀，二十二談藪，二十三軼事，二十四五經文。雖未甚精詳，然已積卷帙矣。錄成二部，一存粵東學海堂，一攜歸江南」〔註53〕，但其書今已不存，梁章鉅《制義叢話》曾論及此書：「吾師所自作《四書文話序》，已刻入《揅經室集》中，而其實《文話》尚未成書。余以道光丙申入朝京師，曾向師乞讀此書，師曰：『此書初稿有兩本，一存揚州家塾，一留廣州學海堂。君此去廣西，可就近索問耳。』適余草創《叢話》亦已具初稿，急欲得吾師書印證之，先後函託廣東林少穆督部、喬見齋廉訪、張南山郡丞就近錄副，訖不可得，均云學海堂中並無此稿矣。辛丑移撫吳中，旋以引疾就醫邗上，乃得從吾師借觀所存家塾稿本。凡分二十四門，援據浩博，間有餘稿中所未及採入者，因窮旬日之力，目營手繕，計增入餘稿者十之一二。惟餘稿不細分門類，專標舉名篇俊句，旁及瑣聞諸語。義例既定，與吾師所纂面目稍異，固不妨兩行其書也。」〔註54〕從梁章鉅的記載中可見當時學海堂存本已不可尋，梁章鉅根據揚州家塾本完善初稿《制義叢話》，兩書體例有相似之處，今《四書文話》已不可見，唯於《制義叢話》稍窺其體例。學海堂弟子鄭灝若、梁傑、楊懋建、周以清、侯康五人所作《四書文源流考》可以說是《四書文話》殘稿一部分，載於阮元所編《學海堂集》卷八，是阮元所立學海堂的一次課藝試題，論及阮元《四書文話》二十四門中原始、稿本、選本、風氣、興廢、流弊等門。

關四書文即八股文起源，阮元及其弟子看法不盡相同，茲分述並討論如下。

（一）阮元：源於駢文說

阮元生長於揚州，揚州地區《文選》學歷史悠久，乾嘉時期揚州駢文名家輩出，有孔廣森、汪中、孫星衍等人。阮元亦受此風氣影響，其房師孫梅乃清代四六名家，編撰有《四六叢話》，專論四六文，阮元曾為其書作序。另外，阮元相友之族姐夫凌廷堪亦是駢文名家。可以說，揚州地區的學術傳統、師友的影響，是阮元推尊駢文的思想淵源。

〔註53〕阮元：《四書文話序》，《揅經室續三集》卷三，中華書局，1993年，第1069頁。

〔註54〕陳水雲、陳曉紅：《梁章鉅科舉文獻兩種校注》，武漢大學出版社，2009年，第29頁。

　　此處所言「駢文」，即阮元所謂「文」。在中國古代文論史上，文、筆曾用來指文章的兩大類別，所謂「無韻者筆也，有韻者文也」（劉勰《文心雕龍・總術》）。兩漢文學興盛，多辭賦之作，以「文」名者甚多，文、筆區分嚴格，蕭統《昭明文選》中經、子、史等少文采之「筆」皆不入選。到了唐宋時期，韓愈、柳宗元首倡古文，歐陽修、王安石等踵其後，原單行散體類歸屬「筆」之文章被稱為「古文」，古文重載道，而重詞章的駢儷翰藻之文漸趨衰落。宋以後不再區分文、筆，不論韻之有無，皆可謂之「文」，「文」成了所有文章的通稱。到了清代，在漢宋之爭的大背景下，駢散之爭再次為學者討論的焦點。在阮元之前，已有人為駢文爭得文壇地位，如袁枚、丁泰、齊召南、吳鼎等，力推駢體之文。阮元重提文筆之辨，反對獨稱古文為「文」，推尊駢文，並將八股文歸入駢文一類，肯定其文體正宗地位。

　　阮元說：「近代古文名家徒為科名時藝之累，於古人之文有益時藝者始競趨之。」〔註55〕錢基博認為阮元這句話是針對古文流弊而言，桐城派古文名家多亦為時文名家，桐城派方苞之「義法」說，姚鼐論文之「神、理、氣、味、格、律、聲、色」八字，亦與時文脈絡相通。「桐城之說既盛，而學者漸流為庸膚，但習控抑縱送之貌而亡其實；又或弱而不能振，於是儀徵阮元倡為文言說，欲以儷體擅斯文之統」〔註56〕。阮元從文體上否定古文之為「文」，並不代表阮元否定古文，其意在批評桐城派古文沾染時文習氣，桐城古文講作文之法甚多，而失其求經本旨。在阮元看來，八股文以排偶而成文，也是駢文，因而也是文之正宗。從八股文既是駢文一脈的觀點出發，追溯其起源也就自然歸結到駢文之起源，諸如漢賦、唐宋四六文可以說是八股文的先導了。他說：「《兩都賦序》白麟神雀二比、言語公卿二比，即開明人八比之先路」。〔註57〕阮元認為，漢賦中的比偶行文、自然成股，即是明代八股文的先路。「洪武、永樂時四書文甚短，兩比四句，即宋四六之流派。」〔註58〕在阮元看來，八股即是比偶，而比偶成文即是駢文，既然駢文是文章正宗，那麼八股文當然是文章正

〔註55〕阮元：《與友人論古文書》，《揅經室三集》（卷二），中華書局，1993 年，第 610 頁。
〔註56〕錢基博：《現代中國文學史》，上海書店出版社，2004 年，第 29 頁。
〔註57〕阮元：《書梁昭明太子文選序後》，《揅經室三集》（卷二），中華書局，1993 年，第 609 頁。
〔註58〕阮元：《書梁昭明太子文選序後》，《揅經室三集》（卷二），中華書局，1993 年，第 609 頁。

宗。「四書文之體，皆以比偶成文，《明史・選舉志》曰：『四子書命題，代古人語氣，體用排偶，謂之八股。』不比不行。是明人終日在偶中而不自覺也」，「四書排偶之文，真乃上接唐、宋四六為一脈，為文之正統也」〔註59〕。可見阮元將四書文視為文之正統，是從文體的角度而非載道的角度給予肯定的。

（二）梁傑與侯康：源於唐之墨義與宋之經義

關於四書文的起源，梁傑認為它最初是由論體稍加變化而來。「其初本論體之小變，特專以四書語命題」〔註60〕，因為從《四書》中命題，故稱為「四書文」，而其源出於唐之帖經、墨義。

> 北宋以前，《大學》《中庸》尚在《禮記》。唐試經義，未立《孟子》，而以《禮記》為大經。治諸經者皆兼《孝經》《論語》。亦有以《論語》為論題者，如《顏子不貳過論》，皆其濫觴也。〔註61〕

這是就內容而言的，墨義或帖經主要考察士子對經書的熟悉程度，但四書文與帖經、墨義相比，還要檢驗其對經義的理解程度。元人馬端臨說：「自唐以來，所謂明經者不過帖經、墨義而已。愚嘗見東陽麗澤呂氏家塾，有刊本呂許公夷簡應本州鄉舉試卷，因知墨義之式蓋十餘條。有云，『作者七人矣，請以七人之名對。』則對云『七人某某也，謹對』……有不能記憶者，則只云『對，未審』。蓋既禁其挾書，則思索不獲者不容臆說故也。其上則具考官批鑿，如所對善，則批一『通』字，所對誤及未審者，則批一『不』字。大概如兒童挑誦之狀。」〔註62〕

但從表達形式而言，八股文法如代言口氣、八股對仗，在宋已具雛形，則八股文亦源於宋之經義。「南宋楊誠齋、汪六安諸人已為之椎輪，至文文山則居然具體。而文山之文存於世者，或疑贗作，不可得而辨也。」〔註63〕應該說，八股文作為一種文體不是憑空產生的，從內容到文法等要素，都可以在前代文章中找得到，唐之帖經、墨義是四書文內容的來源，宋之經義代言

〔註59〕阮元：《書梁昭明太子文選序後》，《揅經室三集》（卷二），中華書局，1993年，第609頁。

〔註60〕梁傑：《四書文源流考》，《學海堂集》卷八，啟秀山房藏板，咸豐九年三月，武漢大學圖書館藏。

〔註61〕梁傑：《四書文源流考》，《學海堂集》卷八，啟秀山房藏板，咸豐九年三月，武漢大學圖書館藏。

〔註62〕馬端臨：《文獻通考・選舉三》第二冊，中華書局，2011，第876～877頁。

〔註63〕梁傑：《四書文源流考》，《學海堂集》卷八，啟秀山房藏板，咸豐九年三月。

口氣、對仗等文章寫作的修辭技巧，亦非八股文所獨具。但八股文作為一種考試文體定型是在明代，「有明一代，用之科目，天下之士竭才盡氣，畢力以從事於此」〔註64〕。士子耗畢生才氣、心力從事於作八股文以博功名，一改漢唐以來的「鼓篋讀書之規模氣象」〔註65〕。

侯康在四書文起源問題的認識上與梁傑相近，認為從名稱上說宋時經義雖仍帖括之名，實非沿帖括之體。「當是沿於唐宋之問大義，蓋問大義雖粗解章句，然亦略有發明，較勝於帖經之徒取記誦者」〔註66〕。經義從其文體上說更近於唐宋之問大義，帖經純是記誦默寫注疏，而問大義對經義有所發明。「元制竟易為《本經疑》《四書疑》，則尤與問大義相類。」〔註67〕元制已無帖經，而實為經義。到了明初，開科尚有《四書疑問》與《四書義》並行，「至十七年復行科舉，定程式頒行，遂廢《四書疑問》不用，而專用《四書義》」〔註68〕。在明初，經義依然質樸，並不追求詞采與文法技巧。《明史·選舉志》：「明初之文，取書旨明皙而已，不尚華采」〔註69〕。故侯康認為四書文之代古人語氣則起自明初，「乃明太祖與劉基所定」〔註70〕。

（三）鄭灝若：四書文的發展與八股格式的定型

在這一問題上，鄭灝若的看法是：「四書之文，原於經義，創自荊公」〔註71〕。他主要是從四書文作為一種考試文體是如何產生、演變而立論的。「荊公因神宗篤意經學，請興建學校。蘇軾非之，他日又言學者專意經術，庶幾可以復古，於是改法罷詩賦，帖經墨義士各占。」〔註72〕四書文是應科舉考試目的而產生的，宋代儒學復興，王安石通過興建學校，將科舉考試罷詩賦而變為帖經、墨義來促使士子專心於經術。

鄭灝若還考察了四書由宋至明的定型過程，指出其初乃治《易》《詩》《書》《周禮》《禮記》一經，兼《論語》《孟子》。「元祐四年罷試律義，專立經義、

〔註64〕梁傑：《四書文源流考》，《學海堂集》卷八，啟秀山房藏板，咸豐九年三月。
〔註65〕梁傑：《四書文源流考》，《學海堂集》卷八，啟秀山房藏板，咸豐九年三月。
〔註66〕侯康：《四書文源流考》，《學海堂集》卷八，啟秀山房藏板，咸豐九年三月。
〔註67〕侯康：《四書文源流考》，《學海堂集》卷八，啟秀山房藏板，咸豐九年三月。
〔註68〕侯康：《四書文源流考》，《學海堂集》卷八，啟秀山房藏板，咸豐九年三月。
〔註69〕侯康：《四書文源流考》，《學海堂集》卷八，啟秀山房藏板，咸豐九年三月。
〔註70〕侯康：《四書文源流考》，《學海堂集》卷八，啟秀山房藏板，咸豐九年三月。
〔註71〕鄭灝若：《四書文源流考》，《學海堂集》卷八，啟秀山房藏板，咸豐九年三月。
〔註72〕鄭灝若：《四書文源流考》，《學海堂集》卷八，啟秀山房藏板，咸豐九年三月。

詩賦兩科，皆各試《語》《孟》二道，此則四書文所由昉也。」〔註73〕至此，四書中《論語》《孟子》二書已確立。而《大學》《中庸》作為科考命題，可能是在南渡之後，但並無史實之證據，鄭灝若引《宋史‧選舉志》曰：「朱子常為私議欲罷詩賦而分諸經、子史、時務之年，諸經以子午卯酉四科試之，皆兼《大學》《論語》《中庸》《孟子》義一道，議雖未上，天下誦之。」〔註74〕這說明在南宋時期士子讀《大學》《中庸》已成習氣。到了元代，科舉試四書已成定式，元太宗時耶律楚材請用儒術選士，從之。「仁宗皇慶二年，中書省臣奏科舉事專立德行、明經之科，乃下詔。及條目頒行，出題亦用四子書」〔註75〕。雖然元代試士用《四書》，但與後世八股取士明顯不同，僅是於「《大學》《論語》《孟子》《中庸》內設問，用《朱氏章句集注》，其義理精明，文辭典雅者為中選」〔註76〕，此之四書文遠不是後世所謂八股文。到了明代，從內容上講它叫做四書文。鄭灝若謂：「明初即置國學，每月試經書義各一道，諸生應試之文，通稱舉業。《四書》義一道，二百字以上；經義一道，三百字以上，取書旨明晰不尚華采。其命題專取四子書及《易》《詩》《春秋》《禮記》，五經遂為定制。」〔註77〕從體制上看應該叫做八股文，鄭灝若謂：「八股之法，《明史‧選舉志》意謂太祖與劉基所定，仿宋經義，代古人語氣為之，體用排偶，通謂之制義。」〔註78〕這裡鄭灝若提出了「制義」這一文體在產生之初的三個要素：一是仿宋經義，此乃就內容而言；二是代古人語氣為之，此乃就語言風格而言，用代言方式；三是用排偶體式。可見制義就本質內容而言，與宋經義一脈相承，而其不同主要體現在文體格式上，這是「制義」作為一種獨立文體的根本規定所在。

　　對於制義格式的形成時間及過程，鄭灝若援引了顧炎武的論說，指出：「顧亭林則意謂天順以前經義之文不過敷衍傳注，或對或散，初無定式，成化以後始為八股。」〔註79〕他認為八股文體制的正式確立在成化以後，從經義到八股格式的形成也是一個踵事增華的過程。宋代經義「要亦不過本之經術，斐然成

〔註73〕鄭灝若：《四書文源流考》，《學海堂集》卷八，啟秀山房藏板，咸豐九年三月。
〔註74〕鄭灝若：《四書文源流考》，《學海堂集》卷八，啟秀山房藏板，咸豐九年三月。
〔註75〕鄭灝若：《四書文源流考》，《學海堂集》卷八，啟秀山房藏板，咸豐九年三月。
〔註76〕鄭灝若：《四書文源流考》，《學海堂集》卷八，啟秀山房藏板，咸豐九年三月。
〔註77〕鄭灝若：《四書文源流考》，《學海堂集》卷八，啟秀山房藏板，咸豐九年三月。
〔註78〕鄭灝若：《四書文源流考》，《學海堂集》卷八，啟秀山房藏板，咸豐九年三月。
〔註79〕鄭灝若：《四書文源流考》，《學海堂集》卷八，啟秀山房藏板，咸豐九年三月。

章，雖不至如明經、墨義，粗解章句，而其於八股格式尚未周備」〔註80〕。即使到了明初，「洪武四年會試猶先經後書，書只《孟子疑》一篇而已」〔註81〕。八股體制的形成是自洪武、永樂以後開始走向細密，並且有了制度的規定與體式的要求。「自時厥後，踵事增華，方孝孺、黃子澄倡之於前，胡儼、解縉繼之於後。法律漸密，體制漸開，三百年間，以之取士」〔註82〕。簡言之，鄭灝若認為制義的文體格式是在四書文的發展演變中逐漸形成的起來，在成化以後，其體制基本定型，但也不是完全沒有變化。比如明初時舉子做八股，篇末敷衍聖人言畢，還有一段發表作者見解的「大結」。「明初之制，可及本朝時事，以後功令益密，恐有藉以自炫，但許言前代，不及本朝。」〔註83〕因不可言本朝事，作文者無以發揮，大結遂漸淪為雞肋，「萬曆之後，大結止三四句而已」〔註84〕。最終到了清代，為防考場關節，大結被取消。從這裡可看出，八股文的有些結構及內在要求是隨著時代變化而變化。

　　周以清也認為八股之法作為定式在成化以後，從王安石創立經義以來到明天順以前，經義之文都很樸拙，「不過敷衍傳注，或對或散，初無定式」。〔註85〕他也是通過引顧炎武《日知錄》之說為證，指出：「八股之法，截本題為兩截，每截作四股，每四股之中一反一正，一虛一實，一淺一深，其兩扇立格，則每扇之中各有四股，其次第之法亦如之，故謂之八股」〔註86〕，但是侯康並不認同顧炎武八股文格式始於成化之說，強調成化前已有用八股者，「于忠肅《不待三然則子之失伍也亦多矣》之類，皆八股格也」〔註87〕。他認為顧炎武《日知錄》所言「兩扇立格者，則每扇之中各有四股」之格式亦不始於成化，商素庵《父作之子叔之》文就有這種格式了。侯康也不認為排偶體始自明初，謂宋時楊誠齋、楊墨、汪六安動人的文章已經是八股格式了。故侯康得出結論：「八股之法，殆開於紹興、淳祐，定於洪武，而盛於成化以後者。」〔註88〕按照侯康的說法，八股文法，宋時文章已有，而明初洪武年

〔註80〕鄭灝若：《四書文源流考》，《學海堂集》卷八，啟秀山房藏板，咸豐九年三月。
〔註81〕鄭灝若：《四書文源流考》，《學海堂集》卷八，啟秀山房藏板，咸豐九年三月。
〔註82〕鄭灝若：《四書文源流考》，《學海堂集》卷八，啟秀山房藏板，咸豐九年三月。
〔註83〕鄭灝若：《四書文源流考》，《學海堂集》卷八，啟秀山房藏板，咸豐九年三月。
〔註84〕鄭灝若：《四書文源流考》，《學海堂集》卷八，啟秀山房藏板，咸豐九年三月。
〔註85〕周以清：《四書文源流考》，《學海堂集》卷八，啟秀山房藏板，咸豐九年三月。
〔註86〕周以清：《四書文源流考》，《學海堂集》卷八，啟秀山房藏板，咸豐九年三月。
〔註87〕侯康：《四書文源流考》，《學海堂集》卷八，啟秀山房藏板，咸豐九年三月。
〔註88〕侯康：《四書文源流考》，《學海堂集》卷八，啟秀山房藏板，咸豐九年三月。

間八股格式已經定為四書文之格式，成化以後文章就皆是用八股之法了，這是從「型」到「法」的進化立場著眼的。

（四）周以清：半山文體有二焉，時文古文分流之

關於四書文的源流，楊戀建、周以清的觀點與鄭灝若相似，認為四書文起源於王安石以經義取士。楊戀建說：「自宋熙寧四年，始用王安石之議，罷詞賦，專用經義取士，而四書文以肪」〔註89〕。周以清說：「臨川創制，而即始於嘉祐之朝者也，或為制義，亦稱帖括，即唐帖經；亦稱經義，即唐墨義。」〔註90〕但是周以清較之楊戀建，更突出經義與墨義的重大變化：「唐人帖經，猶今默寫經書，無文詞之發，非制藝。」〔註91〕雖然從最初的稱謂上說制義與唐帖括、墨義有關，但帖經只是默寫經書，不講究文詞，並非制藝之體。「制義之興，始半山，半山之文體有二，其謹嚴峭勁，附題詮釋，則時文之祖也；其震盪排奡，獨抒己見，則古文之遺也。」〔註92〕這裡，周以清把王安石的經義劃分為兩種文體風格，一種是謹遵傳注，詮釋題旨，時文創立之初即是解釋經義，故謂此文體「時文之祖也」〔註93〕；另一種是文章氣勢雄健，抒寫自己的見解，這正是古文之體。這兩種文體風格在後來制義文的發展中有所變化，「宗古文者，流為周、歸，終於金、陳；宗時文者，流為王、錢，終於楊、艾」〔註94〕，周未知指誰，歸指歸有光，金即金聲，陳即陳際泰，王即王鏊，錢即錢福，楊指楊以任，艾即艾南英。歸有光以古文為時文，以散體作時文，時文有古文氣息；金聲文學歸有光，尤用心於《史記》，作時文縱橫恣肆，氣魄宏大；陳際泰亦是晚明八股大家，深於經術，經史學問深厚，作文亦是古文氣息，文章豪邁有奇氣，故周以清將歸、金、陳之制義乃是王安石以來宗古文一脈；另一脈宗時文者，王鏊之文為時文正宗，開時文法門，錢福錢鶴灘亦是時文大家，擅長描摹刻畫，楊以任、艾南英皆是明末制義大家，二人與陳際泰、羅萬藻、章世純並稱江西五大家，楊、艾作制義，恪守經傳，故周以清將王、錢、楊、艾四人歸為王安石時文一脈之流變。

〔註89〕楊戀建：《四書文源流考》，《學海堂集》卷八，啟秀山房藏板，咸豐九年三月。
〔註90〕周以清：《四書文源流考》，《學海堂集》卷八，啟秀山房藏板，咸豐九年三月。
〔註91〕周以清：《四書文源流考》，《學海堂集》卷八，啟秀山房藏板，咸豐九年三月。
〔註92〕周以清：《四書文源流考》，《學海堂集》卷八，啟秀山房藏板，咸豐九年三月。
〔註93〕周以清：《四書文源流考》，《學海堂集》卷八，啟秀山房藏板，咸豐九年三月。
〔註94〕周以清：《四書文源流考》，《學海堂集》卷八，啟秀山房藏板，咸豐九年三月。

　　周以清認為經義代聖賢立言，「其義理同於傳注，其矩矱同於古文」〔註95〕。制義，從內容上講與傳注都為解說聖賢義理，但傳注卻不是一種獨立文體，而制義作為獨立的文體具有文章寫作技巧，這正是古文的寫作技法。當然，制義在後來的發展流變中，文法漸密，規矩繩墨增多，遠非古文所能及，自當別論。周以清認為制義文章所具有的代古人語氣的文體特徵，始自楊萬里，而到了明代于謙的文章，已是「全篇入口氣矣」〔註96〕，這也正體現出制義文體的特點是怎樣一步步發展定型的。在代言之外，周以清還考察了八股文之「八股」的由來，指出：「經義之文，流俗謂之八股。股者，對偶之名也。」〔註97〕但長題則不拘此，亦有聯屬二句、四句為對，「排比十數對成篇，而不止八股者」，八股只是個稱謂，可多於八股，亦可少於八股，但文章必是兩股相對為偶數股。周以清認為這種制義文章股法雖然在明代確立，但之前的文章中已經存有這種文體格式，「其法雖始於明，而南宋楊誠齋（今存文三篇）、辛稼軒（今不存）所造已與今體同」，周以清舉楊萬里文章為例，「楊萬里《國家將興》二句，文起二股，截上句，轉出下句，已開成宏截講之法；中用一反一正，已開隆萬開合之法」〔註98〕，認為其文已經有了明文的截講與開合之法。這樣來看，大凡一種文章技法，並非憑空出現，前人文章中總能找到端倪，或是文法逐漸演變的痕跡。但明清八股文之前的文章，包括古文，並沒有這麼繁複和系統多樣化的文章技法，八股文是一種格式限制較嚴的文體，其文法之眾為其他文體所不具備。所以周以清謂「經義之法至明而大彰，而宋人實已開其端矣」〔註99〕。

　　周以清認為明代制義有一個體制逐漸形成、定型的過程，「明初流傳諸作乃制藝之初軌」〔註100〕，「若黃子澄、岳正、丘瓊山、李東陽輩，其文簡古，一以正大、潔淨為宗」〔註101〕，尚是質樸無華，不追求形式技巧；「迨薛文清、顧東江諸人出，始有體制、風韻之可觀。自守溪、鶴灘後，先接武而時文之法

〔註95〕周以清：《四書文源流考》，《學海堂集》卷八，啟秀山房藏板，咸豐九年三月。
〔註96〕周以清：《四書文源流考》，《學海堂集》卷八，啟秀山房藏板，咸豐九年三月。
〔註97〕周以清：《四書文源流考》，《學海堂集》卷八，啟秀山房藏板，咸豐九年三月。
〔註98〕周以清：《四書文源流考》，《學海堂集》卷八，啟秀山房藏板，咸豐九年三月。
〔註99〕周以清：《四書文源流考》，《學海堂集》卷八，啟秀山房藏板，咸豐九年三月。
〔註100〕周以清：《四書文源流考》，《學海堂集》卷八，啟秀山房藏板，咸豐九年三月。
〔註101〕周以清：《四書文源流考》，《學海堂集》卷八，啟秀山房藏板，咸豐九年三月。

大備，則又為時文之大宗也」〔註102〕，到了薛瑄、顧清諸人，制義體制逐漸形成，制義不再是宋初的經義注疏體，而有了文章之風韻；而到了王鏊、錢福，時文的技法已經成熟，所謂開時文之法門也。這實際上也是談八股文之「型」與「法」的變化過程。

四、論八股文之名家、流變、選本

關於八股文的流變、風氣、興廢，鄭灝若等五人觀點大略相同，下文所論，只是根據明清兩代文風的變化，對於名家、典範、選本諸問題做簡要梳理，不再一一列述各家所論。

（一）楊懋建論八股文風變化

對於明清兩朝八股文風的變化，也是學海堂學人群體所關注的內容。如梁傑謂：「景泰、天順以前，渾樸未開；隆慶、萬曆以後，風氣漸降。」再如鄭灝若云：「天啟之文深入而失於太苦，崇正之文暢發而失於太浮；有明三百年文運始終有如此者。」又如周以清曰：「洪永流傳諸作乃制藝之初軌，與陳傳良、楊萬里所不異。自是而後，化治之文渾噩，正嘉之文簡古，隆萬則專工乎法，天崇則悉騁乎才。嘉靖以前講理法，隆慶時講機法，天啟以後講議論，此則文體之隨時遞變，可因時而稽也。」都從不同角度談到明代八股文在不同時期的變化。

在這一問題上，楊懋建《四書文源流考》所論較為全面。他認為，八股文有其體制之不變處，比如對偶、代言等。「自有明以來，攻此藝者欲宣九夏之聲，必足三冬之用，排次八比。商豐約而折衷，對偶雙行，會神情以抒寫。」〔註103〕但作為時文，「文因勢異，體以時遷，各有所長，即各有其蔽」〔註104〕，因此，他把有明以來各朝八股文的長與弊作為討論的重心。

第一期，自洪永以迄化治。「百餘年中，皆恪遵傳注，體會語氣，墨繩謹守，尺寸不踰，所謂渾渾噩噩，太璞不雕，而簡要親切、有精彩者為貴，其直寫傳注寥寥數語，及對比，改換字面，而意義無別者，其蔽也。」〔註105〕明初文章貴在質樸，簡要中顯文采，蔽在拙者難以巧用心思寫出深意。「其直寫

〔註102〕周以清：《四書文源流考》，《學海堂集》卷八，啟秀山房藏板，咸豐九年三月。
〔註103〕楊懋建：《四書文源流考》，《學海堂集》卷八，啟秀山房藏板，咸豐九年三月。
〔註104〕楊懋建：《四書文源流考》，《學海堂集》卷八，啟秀山房藏板，咸豐九年三月。
〔註105〕楊懋建：《四書文源流考》，《學海堂集》卷八，啟秀山房藏板，咸豐九年三月。

傳注寥寥數語，及對比，改換字面，而意義無別者，其蔽也」。

第二期，正德、嘉靖兩朝。這是明文的極盛期，作者擅長以古文入時文，經史學問根基深厚，故文章能將題意發揮顯暢，而品格較高，氣息醇古；而正嘉文之弊在學淺者徒具一個文章架子，沒有精微義理的發揮，剽竊勦襲前人之說。嘉靖末年，制義文章流於蕪雜蔓衍，而歸有光振起一代文風，以古文之法寫時文，時文有古文之古樸疏宕，融經鑄史，義理精深，為時文之別開生面。所以，他總結說：「嘉靖末，造流於冗蔓，熙甫起而振之。」〔註106〕

第三期，隆慶、萬曆兩朝。這一時期以機法勝，重靈巧之變，文之貴者為氣質端重，巧而不傷雅；而其蔽在少學問者剽竊凌駕，徒學機巧而沒有真氣義理在內。所謂：「雖巧密有加，而氣體荼然，故氣質端重，巧而不傷雅者為貴，其喜事凌駕、輕剽促隘，雖有機趣，而按之無實理真氣者，其弊也。」〔註107〕其後日趨軟調，「垂三十年，萎敗已極」〔註108〕，文風漸衰，直至天崇諸家出而文風再變。「天崇諸家，出而掃除之，窮死畢精，務為奇特，包絡載籍，雕鏤物情，凡胸中所蘊，而欲宣者，皆借題發揮，故其名家之傑特者，融經傳而抒性靈，雄奇奧衍，鬱勃淋漓，可興可觀，氣不得泯沒，其至者直湊單微，幾合聖賢神氣，聲欬如聞，思力所造、途徑所開，實多前輩所不能到。其餘雜家則僨棄規矩，意謂新奇；剽剝經子，以為古奧；雕琢字句，以為工雅，書卷辭氣雖豐富，而聖經賢傳本義轉為所蔽蝕者，亦復不少。」〔註109〕

第四期，天啟、崇禎兩朝。這一時期既承萬曆而來，依然保存著隆萬時期以才調取勝的風尚，但也出現「矯正萬曆間機法派制義中的圓熟軟媚之習，表現出剛健的氣勢」〔註110〕。天崇諸家，處處顯出才氣，盡文章之能事，才可馭法，才可陳理，才可使巧，有才之人思力獨特，可以說，天崇文盡備前朝文之長，而才不足之人，則作文以僨棄規矩為新奇，以從經史子集中剽竊語錄為古奧，以雕琢字句為工雅，這樣的文章遮蔽了聖賢本義，為天崇文之蔽所在。

〔註106〕楊懋建：《四書文源流考》，《學海堂集》卷八，啟秀山房藏板，咸豐九年三月。

〔註107〕楊懋建：《四書文源流考》，《學海堂集》卷八，啟秀山房藏板，咸豐九年三月。

〔註108〕楊懋建：《四書文源流考》，《學海堂集》卷八，啟秀山房藏板，咸豐九年三月。

〔註109〕楊懋建：《四書文源流考》，《學海堂集》卷八，啟秀山房藏板，咸豐九年三月。

〔註110〕孔慶茂：《八股文史》，鳳凰出版社，2009年，第205頁。

　　第五期，清初。「我朝定鼎，文運天開，變險膚為篤雅，化雜亂為深純，守洪永以來之準繩，而加以變化；探正嘉作者之義蘊而挹其精華；取隆萬之靈巧、天崇之恢奇，而去其輕浮險譎，兼收眾美，各名一家。」〔註111〕此期集明各朝文之長而避其短，有規矩繩墨，有義理精深，有機法才調，文章呈現出開國的蓬勃氣象。「張熊劉趙諸公應運而興，賈茂董醇共爐而治」〔註112〕。而後，清文一步步趨向「清真雅正」的標準，到康雍年間，「二方、連茹，經佘、己山諸公出而導揚盛軌，鼓吹休明，如日中天已」〔註113〕。二方即方苞、方舟兄弟，經佘即儲在文，己山即王步青，四人之文風，正是清雅休明，「風格清華、蔚然深秀」〔註114〕。雍正朝時，文禁甚嚴，進一步正八股文體，文風正統化，強調去陳言、浮言。「夫文有外心，易滋浮蔓。丙午以後，則真贗相參矣，乃於壬子之秋，嚴論黜浮。至乙卯而廓清文體，痛掃陳言。〔註115〕，雍正帝的規範文風從正面促使了乾隆初年八股文的發展，「是以純皇帝建元丙辰越明年，戊午鄉會兩試，名墨如林，古所未有」〔註116〕。而後，八股文之諸弊漸顯，乾隆帝以行政手段繼續正八股文體、文風，「丁卯戊辰之間，敕論正之……明詔屢頒，特嚴磨勘。自乙酉至今，漸還醇質」〔註117〕。

　　楊懋建所描述的從明到清八股文的五個發展階段，大致符合八股文風變遷演進歷程。

（二）鄭灝若論八股文名家

　　自明太祖確立八股取士的制度，八股文亦隨時勢的變遷而不斷變化，而推動著八股文向前發展的則是一些八股名家，他們從體式到風格等方面把八

〔註111〕楊懋建：《四書文源流考》，《學海堂集》卷八，啟秀山房藏板，咸豐九年三月。

〔註112〕楊懋建：《四書文源流考》，《學海堂集》卷八，啟秀山房藏板，咸豐九年三月。

〔註113〕楊懋建：《四書文源流考》，《學海堂集》卷八，啟秀山房藏板，咸豐九年三月。

〔註114〕楊懋建：《四書文源流考》，《學海堂集》卷八，啟秀山房藏板，咸豐九年三月。

〔註115〕楊懋建：《四書文源流考》，《學海堂集》卷八，啟秀山房藏板，咸豐九年三月。

〔註116〕楊懋建：《四書文源流考》，《學海堂集》卷八，啟秀山房藏板，咸豐九年三月。

〔註117〕楊懋建：《四書文源流考》，《學海堂集》卷八，啟秀山房藏板，咸豐九年三月。

股文推向成熟與繁榮。

　　鄭灝若通過對有明一代制義流變的梳理，系統地論述了不同時代的八股名家及其文風。他認為明初文風質樸，以文而鳴者為于謙和薛瑄，藉其文亦知其人，或為效忠之人，或為理學之士。進入正統以後，有商輅、陳獻章、岳正、王恕等，蟬聯鵲起，人才蔚興，至成化時已是「大家輩出」〔註118〕。「乙未主試，冠南宮者文恪（王鏊），魁大廷者文正（謝遷），師表之任不綦重哉！其時李西崖（東陽）履任文衡，振起之功，亦復不少，故羅一峰（倫）、張楓山（懋）、林亨大（瀚）吳飽庵（寬）諸人皆云蒸霧蔚、炳耀一時，然稱為斯文宗主者，首推文恪。」〔註119〕在這裡，鄭灝若特別推出有明一代文宗——王鏊，並引俞長城之語曰：「前此風會未開，守溪無所不有，後此時流屢變，守溪無所不包，理至守溪而備。」〔註120〕揭示了王鏊承前啟後的意義，風會未開而諸法具備，後世時流屢變而無所不包，「宜千子（艾南英）、大力（章世純）、維斗（楊廷樞）、吉士（錢禧）輩奉為尸祝也」〔註121〕，王鏊可謂是「衣披天下」〔註122〕。

　　在王鏊之後，他提出明文「四大家」之說，分別是錢福、董圮、唐順之、瞿景淳。「論者謂守溪長於議論，鶴灘善於刻畫，中峰則遊行理窟，自成大家，非他人所可及，非識者莫能辨，故王錢文易讀，中峰文難讀；王、錢體正大，中峰格孤高。」〔註123〕這裡講到三家文風各不相同，王鏊長於說理議論，錢福長於刻畫情狀，而董圮文義理淵深，故王鏊和錢福的文章更易讀易解，文體正統，而董圮文章品格太孤高，自成一派，後來者難於學習揣摩，故「中峰以後，其傳遂絕，三百年間無問津者」，而王、錢二家則成為文章宗派，所謂「終明之世，號曰元燈」〔註124〕。在正嘉時期，能承二人而發揚光大者為唐荊川（順之）

〔註118〕鄭灝若：《四書文源流考》，《學海堂集》卷八，啟秀山房藏板，咸豐九年三月。

〔註119〕鄭灝若：《四書文源流考》，《學海堂集》卷八，啟秀山房藏板，咸豐九年三月。

〔註120〕俞長城：《百二十名家稿》，《四書文源流考》，《學海堂集》卷八，啟秀山房藏板，咸豐九年三月。

〔註121〕鄭灝若：《四書文源流考》，《學海堂集》卷八，啟秀山房藏板，咸豐九年三月。

〔註122〕鄭灝若：《四書文源流考》，《學海堂集》卷八，啟秀山房藏板，咸豐九年三月。

〔註123〕鄭灝若：《四書文源流考》，《學海堂集》卷八，啟秀山房藏板，咸豐九年三月。

〔註124〕鄭灝若：《四書文源流考》，《學海堂集》卷八，啟秀山房藏板，咸豐九年三月。

和瞿景淳（昆湖）。「荊川雋於嘉靖己丑，遂冠絕諸家，蓋其於經史子集無不貫通，而皆不以入文字，故品獨高絕。」〔註125〕荊川之後為瞿昆湖（景淳），「以精確沖夷別樹一幟」〔註126〕，故時有守溪、鶴灘、荊川、昆湖四家之目。另如「鄒謙之（守益）清微淡泊，陸冶齋（圓沙）絢爛茂美，皆不愧名元」〔註127〕。

　　鄭灝若認為自成化起八股文體大備，各家文風不一，「莫不分道揚鑣，各森壁壘」〔註128〕。如「顧東江（清）以高峻稱，李空同（夢陽）以峭潔稱，唐子畏（寅）以方正稱，羅汪岡（文敘）以簡貴稱，王陽明（守仁）以醇茂稱，顧文康（鼎臣）以端嚴稱，楊升庵（慎）以光芒稱，舒國裳（芬）以氣節稱，汪青湖（應軫）以宏大稱，季彭山（本）以精謹稱，崔東洲（桐）以堅潔稱，羅念庵（洪先）以深遠稱，諸理齋（燮）以淡雋稱，嵇川南（世臣）以老辣稱，海剛峰（瑞）以光怪稱」〔註129〕。到了嘉靖末期，制義一道有所衰弱，「此道寢衰，古法蕩析」〔註130〕，亦有茅坤、王樵、周思廉、陶澤、王錫爵、許孚遠等名家。其後，制義之中興在歸有光一家，歸震川力挽頹風，使天下人復見宋人經義之舊，「厥功茂焉」〔註131〕。後有胡思泉（友信）繼之而出，他們二人皆本經術，「出以浩氣」〔註132〕，以蘊藉含蓄見長，八股文之藝至此發揮幾盡。

　　這一轉變是張居正從隆慶柄持國政開始的，在辛未（1571）之試後，由正雅而凌駕再而蕪穢，文風已衰頹不振。他說：「文歸正雅乃至萬曆一變，而為凌駕，再變而為蕪穢，狂瀾既倒，是所望於大力者」。〔註133〕其間也有孫

〔註125〕鄭灝若：《四書文源流考》，《學海堂集》卷八，啟秀山房藏板，咸豐九年三月。

〔註126〕鄭灝若：《四書文源流考》，《學海堂集》卷八，啟秀山房藏板，咸豐九年三月。

〔註127〕鄭灝若：《四書文源流考》，《學海堂集》卷八，啟秀山房藏板，咸豐九年三月。

〔註128〕鄭灝若：《四書文源流考》，《學海堂集》卷八，啟秀山房藏板，咸豐九年三月。

〔註129〕鄭灝若：《四書文源流考》，《學海堂集》卷八，啟秀山房藏板，咸豐九年三月。

〔註130〕鄭灝若：《四書文源流考》，《學海堂集》卷八，啟秀山房藏板，咸豐九年三月。

〔註131〕鄭灝若：《四書文源流考》，《學海堂集》卷八，啟秀山房藏板，咸豐九年三月。

〔註132〕鄭灝若：《四書文源流考》，《學海堂集》卷八，啟秀山房藏板，咸豐九年三月。

〔註133〕鄭灝若：《四書文源流考》，《學海堂集》卷八，啟秀山房藏板，咸豐九年三月。

鑛（月峰）之安適，趙南星（儕鶴）之矯異，馮夢禎（具區）之恬靜，還有鄒
德溥（泗山）以沖夷勝，萬國欽（二愚）以簡括勝，湯顯祖（若士）以名雋
勝，葉修（永谿）以精醇勝，然終不能為中流之砥柱，「籲可惜已」〔註134〕。
儘管諸家各有所長，但難以振文運之衰，蓋風氣升降之會也。「尚凌駕者；衍
其法，便成俗法；尚斫削者，衍其調，便成俗調。」其時也有董其昌、郝敬、
吳默、顧開峻、孫慎行、黃汝享、許獬、張以誠、方孟旋等，「或主高簡，或
主敬卓，或取峭削，或主振拔，或主淳厚，或主幽奧，或主簡練，或主古腴，
皆不足駐峻陂之馬」，這樣的變化是世運衰落的表徵。在天崇兩朝，文體已完
全敗壞，能轉移一時之風氣者為「江西四俊」，如陳際泰之奇橫、章大力之幽
深、羅萬藻之清微淡遠、楊以任之纏綿精彩，其他名家尚有曹勳、黎元寬、陳
之遴、包爾庚、徐方廣、錢吉士等。「若夫文湛持（震孟）、黃石齋（道周）、
凌茗柯（義渠）、金正希（聲）、楊維斗（廷樞）、左夢石（懋第）、陳大樽（子
龍）、黃陶庵（淳耀）諸君子皆見危授命，大節凜然，其人固已炳耀千秋，宜
其文之卓越一代也。」〔註135〕可知其人氣節凜然，其文亦有金石之聲。

　　經過以上梳理，鄭灝若把有明一代八股名家及其創作特徵皆列述得非常
清楚，他還通過縱觀歷史而提出了四家八家之說，四家者王唐薛瞿是也，八
家者為王鏊、唐順之、薛應旂、歸有光、胡友信、楊起元、湯顯祖。「八家者，
其亦動物之麟鳳，植物之蘭桂也。」

（三）楊懋建論八股名家之典範性

　　在討論八股文風後，楊懋建《八股文源流論》另一重心是論述了明清以
來制義名家的典範性，所謂典範性是指一位作家在理法上所體現出來的示範
性，王鏊、歸有光、唐順之被楊懋建作為制義典範來論述的，指出化治「王守
溪為時文正宗」〔註136〕，「正嘉有歸、唐為大家」〔註137〕。

　　關於王鏊，楊懋建評曰：「王守溪文層次洗發，由淺入深，題蘊既畢，篇

〔註134〕鄭灝若：《四書文源流考》，《學海堂集》卷八，啟秀山房藏板，咸豐九年三
　　　　月。
〔註135〕鄭灝若：《四書文源流考》，《學海堂集》卷八，啟秀山房藏板，咸豐九年三
　　　　月。
〔註136〕楊懋建：《四書文源流考》，《學海堂集》卷八，啟秀山房藏板，咸豐九年三
　　　　月。
〔註137〕楊懋建：《四書文源流考》，《學海堂集》卷八，啟秀山房藏板，咸豐九年三
　　　　月。

法亦完，此先輩真實本領，後人雖開合照應，備極巧變，莫能接武也。有時興至之作，實理內充，大氣包攝，發揚蹈厲，具龍蛇盤闓之概，殆欲舉正嘉天崇人而包之，守溪蓋無所不有也。」〔註138〕他從義理、文法、文風三方面評價了王鏊制義的特點，（一）王鏊制義認理細，謹遵傳注，由淺到深有層次；（二）王鏊的制義體現了明初制義由質樸到技巧的轉變，他從唐宋古文有意識地學習寫作技法運用到制義的寫作中，促使了制義文體的成熟；（三）王鏊制義因為義理精當，行文加以技法而圓轉流暢，故文氣充沛，所謂理充氣盛也。所以，有學者說，「王鏊是明代前期八股的集成者。從他開始，改變了明初八股文的拙樸質木，用古文的技巧技法入於制義之中。開創了八股文的各種技法」。〔註139〕王鏊的文章具備了多樣的文章技法，開了後世無數法門，正因此如此，王鏊文也為人所詬病，「朱太素謂時文之壞自王守溪始」〔註140〕。但是，楊懋建認為此論太過，因為作為一種成熟的文體，必然具備完善的寫作技巧，制義為科考文體；因為功利導向性，士子們在形式技巧上多加鑽研；但這些弊病卻非王鏊作為寫作者之本意。

歸有光、唐順之被楊懋建作為正嘉時期時文之名家，以古文為時文的典範。他說：「以古文為時文，自唐荊川始，歸震川又恢之。」〔註141〕「唐則指事類情、曲折盡意，使人望而心開；歸則精理內蘊、灝氣流轉，使人入其中而范然，蓋由一深透於史事，一兼達於經義也。」〔註142〕

唐順之、歸有光皆是唐宋派名家，二人文風不一，唐順之善於寫史事，曲折盡意，精細入微，能人讀而豁然開朗；歸有光為古文巨擘，用古文之法作制義，發明經義，認理精深，內蘊深厚，文氣流轉。二人中，楊懋建認為歸有光成就更高，其文根柢經史，縱橫恣肆，文氣充沛。「以閎肆實能，以歐蘇之氣，達程朱之理，而吻合於當年之語意。」〔註143〕他的文章有歐陽修、蘇

〔註138〕楊懋建：《四書文源流考》，《學海堂集》卷八，啟秀山房藏板，咸豐九年三月。

〔註139〕孔慶茂：《八股文史》，鳳凰出版社，2009年，第85頁。

〔註140〕楊懋建：《四書文源流考》，《學海堂集》卷八，啟秀山房藏板，咸豐九年三月。

〔註141〕楊懋建：《四書文源流考》，《學海堂集》卷八，啟秀山房藏板，咸豐九年三月。

〔註142〕楊懋建：《四書文源流考》，《學海堂集》卷八，啟秀山房藏板，咸豐九年三月。

〔註143〕楊懋建：《四書文源流考》，《學海堂集》卷八，啟秀山房藏板，咸豐九年三月。

軾之古文氣蘊，而用以說程朱道理，口吻絲毫不差；「其議論則引星辰而上也，其氣勢則決江河而下也，其根本則稽經而諏史也。」〔註144〕歸有光文章能疏放而又厚重，厚重又能以優閒之筆娓娓寫出，「文之疏達者不能邁厚，矜重者不能優閒，惟震川兼而有之」〔註145〕。「嘗論震川文又二類，皆高不可攀，一則醇古疏宕，運《史記》、歐曾之義法，而與題相會；一則樸實發揮、明白純粹，如道家常事，人人通曉。」〔註146〕他把歸有光文分為二類，各有特點，或是古文之雄深雅健風格，或是明白樸實之義理發揮，都是文之極致，故楊懋建謂「自有震川之文，制藝一術，可以百世不湮」〔註147〕，可以說，歸有光的制義代表了制義文章的最高成就。楊懋建對正嘉諸家皆有評價，此不細論，「大抵正嘉先輩，皆以義理精實為宗」〔註148〕。

在楊懋建看來，「隆萬能手復以神韻清微取勝」，陶望齡為其時之典範。文體之變，多在風氣，隆萬文「專主氣脈通貫，每用倒提總挈之法」，「隆萬時趨矣，此古法之變也，自萬曆己丑陶石簣以奇矯得元，壬辰踵之論者，遂以其開凌駕之習。」〔註149〕陶石簣以奇矯獲第，自然引得後來者傚仿，遂形成隆萬文凌駕習氣，所以楊懋建謂「文章之變，隨人心而益開」〔註150〕。

進入晚明以後，被楊懋建樹立為典範的名家是陳際泰、章世純、金聲。他認為制義文章不應該以利於場屋為評價標準，而在於文章本身的價值，文章能夠傳世在於其有開創之功，「凡文之暴見於世，久而不湮者，必前所未有，後可為法」〔註151〕，而陳際泰、章世純、金聲等人的制義恰好具有這樣的開

〔註144〕楊懋建：《四書文源流考》，《學海堂集》卷八，啟秀山房藏板，咸豐九年三月。

〔註145〕楊懋建：《四書文源流考》，《學海堂集》卷八，啟秀山房藏板，咸豐九年三月。

〔註146〕楊懋建：《四書文源流考》，《學海堂集》卷八，啟秀山房藏板，咸豐九年三月。

〔註147〕楊懋建：《四書文源流考》，《學海堂集》卷八，啟秀山房藏板，咸豐九年三月。

〔註148〕楊懋建：《四書文源流考》，《學海堂集》卷八，啟秀山房藏板，咸豐九年三月。

〔註149〕楊懋建：《四書文源流考》，《學海堂集》卷八，啟秀山房藏板，咸豐九年三月。

〔註150〕楊懋建：《四書文源流考》，《學海堂集》卷八，啟秀山房藏板，咸豐九年三月。

〔註151〕楊懋建：《四書文源流考》，《學海堂集》卷八，啟秀山房藏板，咸豐九年三月。

創之功，能示後人以法。「前此理題文多直用儒先語以詁之，至陳、章輩出，乃挹取群言，自出精意，以相發明。故能高步一時，至今終莫之踰。」〔註152〕陳、章、金等人的文章能夠發明經義，寫出自己的高見。楊懋建謂：「制科之文至隆萬之季，真氣荼然矣，故金、陳諸家，聚經史之精英，窮事物之情變，而一於四書文發之，義皆心得，言必己出，乃八股中不可不開之洞壑也。」〔註153〕認為隆萬文的價值在其真氣彌漫，於四書文中寫自己的心得體會，此於八股文有開風氣先之功，此前，八股文恪遵傳註，不敢以己意發揮，此後，八股文可借發明聖賢經義而發揮己見，使得八股文在寫義理上更豐富了。

　　以金聲之文為論，他跳出前人之窠臼而出其不意，開前人未有之境界。「前輩文之屬對，取其詞意相稱，特具開合淺深，流水法而已。惟正希屬對參差離奇，或前屈後直，或此俯彼伸，每於人轉折不能達處，鉤出精意，不獨義理完足，即一二虛字不同處，亦具有深趣，不可更移。此等境界，實前人所未開也。」〔註154〕金聲有這樣的境界，在其讀書之深。「正希先生相聞其手鈔《史記》，跪而讀之，晝夜不輟，蓋不至不知太史公之為先生，而先生之為太史公，不止《史記》如是，其他可知。及其為文，則人呼之而不應，以其深心出以厚力，其不朽也，雖萬古可也。」〔註155〕在一點上，陳際泰、章世純也是如此。「陳大士每遇一題，必有的義數端，為眾人所未發，然非湛深經術不能舉其要，非文律深老不能施之。曲得其當，大力博極群書，一心兩眼，痛下工夫，而實有所得，故取之左右逢其源，講機法者不能如其茂密，矜才氣者不能及其橫恣也。」〔註156〕讀書精深才能有所得，發前人未言之意，才能文章深茂、才氣縱橫。

　　在這一問題上，梁傑的看法也值得關注，他認為在時文的發展流變過程中，名家巨手迭出。「約而綜之，王守溪造其極，歸震川振其緒，金正希持其

〔註152〕楊懋建：《四書文源流考》，《學海堂集》卷八，啟秀山房藏板，咸豐九年三月。

〔註153〕楊懋建：《四書文源流考》，《學海堂集》卷八，啟秀山房藏板，咸豐九年三月。

〔註154〕楊懋建：《四書文源流考》，《學海堂集》卷八，啟秀山房藏板，咸豐九年三月。

〔註155〕楊懋建：《四書文源流考》，《學海堂集》卷八，啟秀山房藏板，咸豐九年三月。

〔註156〕楊懋建：《四書文源流考》，《學海堂集》卷八，啟秀山房藏板，咸豐九年三月。

終。他若於廷益之忠節，陳白沙之理學，薛方山之史才，唐荊川、茅鹿門之經濟，楊升庵、季彭山之婷雅。出其餘技，皆勝專門。」〔註157〕王鏊、歸有光、金聲三人可以代表整個明代八股文成就，其餘大家各自不同。

（四）體制變遷與文風變化

就四書文流變而論，梁傑認為它由質樸到極工，由無意於法到法度日密。「時文之法日以密，體亦屢遷。」〔註158〕楊懋建也認為制義文章體制是逐漸變化的，泥古者如「講化治先輩法者，遇有總提側注處，輒謂非當年體制」〔註159〕，事實上體制之變由一二人發其端，而後來者則學習模仿成為風氣，所謂「文章相承變，必有一二作者，微見其端緒，後人大暢厥旨，因以成風」〔註160〕。雖然一時之文章有一時之體制，但後來之文章體制的變化孕育於前，這種變化是漸變的，由一二人導其先路，後來者逐漸發揚光大。如「李懷麓剪裁之妙，實開隆萬人門戶，其順題直敘，氣骨蒼渾，乃隆萬人所不能造，可見後人之巧皆前人所已經，先輩亦非不欲為正嘉以後之文，特風氣未開，作者尚少耳。」〔註161〕這也很好地說明，一時文章有一時文章之風會和喜好，這正是時文之時效性的具體體現，文章體制、文風流變是隨著時代喜好而變的。

周以清認為文章風氣是循環變化的，而有見識者能開其先。所謂「學者，開風氣者也，固陋濟以文明，靡麗反於樸實。為正為變，為斂為縱，若循環然，能預識所在而力開之者，則為豪傑之士。」〔註162〕，如正嘉末年，文尚冗長，「自江陵主試首拔鄧、黃，巨製鴻裁，卓然一代，可謂文運中興」〔註163〕，正嘉時風推崇長篇巨製，鄧以讚、黃洪憲脫穎而出。「隆慶改元，而後去繁蕪以雅正，至癸未而沖淡極矣。陶石簣首倡宗風力求遒煉，己丑遂冠天下。」〔註164〕

〔註157〕梁傑：《四書文源流考》，《學海堂集》卷八，啟秀山房藏板，咸豐九年三月。
〔註158〕梁傑：《四書文源流考》，《學海堂集》卷八，啟秀山房藏板，咸豐九年三月。
〔註159〕楊懋建：《四書文源流考》，《學海堂集》卷八，啟秀山房藏板，咸豐九年三月。
〔註160〕楊懋建：《四書文源流考》，《學海堂集》卷八，啟秀山房藏板，咸豐九年三月。
〔註161〕楊懋建：《四書文源流考》，《學海堂集》卷八，啟秀山房藏板，咸豐九年三月。
〔註162〕周以清《四書文源流考》，《學海堂集》卷八，啟秀山房藏板，咸豐九年三月。
〔註163〕周以清《四書文源流考》，《學海堂集》卷八，啟秀山房藏板，咸豐九年三月。
〔註164〕周以清《四書文源流考》，《學海堂集》卷八，啟秀山房藏板，咸豐九年三月。

隆慶以後，文壇崇尚沖淡雅正，則有陶望齡宗尚風力遒煉。但陶望齡所開風氣，使得「尚凌駕者為俗法，尚斫削者為俗調」〔註165〕，皆是未學其正，所謂「又體格之一變也」〔註166〕，這反應了名家之文的導向性，學淺者、鄙陋者學之，徒學其形而遺其神，導致文風敗壞。

周以清認為萬曆中期以後，是制義文章逐漸衰敗的過程。「萬曆中年，鮮豔尖雋，色勝而味薄，惟辛未至癸未，諸名家能於平淡疏宕中見古逸，深得歐曾神法，即盛唐與中晚之分也……辛未以後，漸入於時，一變而為凌駕，再變而為蕪穢，狂瀾既倒，不能復回。」〔註167〕雖然也有趙南星、湯顯祖眾名家脫穎而出，但是整體文風已成頹敗之勢。「逮至天崇，而體敗壞極矣，理不及成化，法不及隆萬。」〔註168〕他認為天崇文為體制所敗壞，理、法皆不如前，但亦有名家間出其中。「正希、大力、文止、千子、大士、黃蘊生、楊以任、陳臥子輩，起而振之，其所為文，或以思力勝，或以識議勝，或以典老勝，或以妙悟勝，或以峭折勝，或以幽雋勝，或以才情勝，體格不同，以之上接王、歸，皆可與諸大家並垂不朽。若黃道周、凌義渠、楊廷樞、陳素庵、徐思曠、錢吉士輩，亦可謂不染時趨、卓然傑出者矣。」〔註169〕當是論人不以時廢，而論一朝文則有興衰之分。

周以清認為「時文之道，惟視理氣為盛衰，而不以時代為升降」〔註170〕，學者多以唐詩之初盛中晚比附明詩，周以清認為「明詩可以初盛中晚論，而明文不可以初盛中晚論也」〔註171〕，時文在理氣升降，與時代升降無關，「文至金、陳，如詩至李、杜，然皆出晚季」〔註172〕，以李白、杜甫比之金聲、陳際泰，二人皆出明末，並非盛時。

雖然制義文體與時代升降有關，但制義文章成就高低與時代無關。就文體而言，文體隨時代而變化，「洪永流傳諸作乃制藝之初軌，與陳傳良、楊萬里所不異。自是而後，化治之文渾噩，正嘉之文簡古，隆萬則專工乎法，天崇則悉騁乎才。嘉靖以前講理法，隆慶時講機法，天啟以後講議論，此則文體

〔註165〕周以清《四書文源流考》，《學海堂集》卷八，啟秀山房藏板，咸豐九年三月。
〔註166〕周以清《四書文源流考》，《學海堂集》卷八，啟秀山房藏板，咸豐九年三月。
〔註167〕周以清《四書文源流考》，《學海堂集》卷八，啟秀山房藏板，咸豐九年三月。
〔註168〕周以清《四書文源流考》，《學海堂集》卷八，啟秀山房藏板，咸豐九年三月。
〔註169〕周以清《四書文源流考》，《學海堂集》卷八，啟秀山房藏板，咸豐九年三月。
〔註170〕周以清《四書文源流考》，《學海堂集》卷八，啟秀山房藏板，咸豐九年三月。
〔註171〕周以清《四書文源流考》，《學海堂集》卷八，啟秀山房藏板，咸豐九年三月。
〔註172〕周以清《四書文源流考》，《學海堂集》卷八，啟秀山房藏板，咸豐九年三月。

之隨時遞變，可因時而稽也」〔註173〕，一時有一時之文體文風。

周以清總結制義的發展道：「蓋制義之道，於宋倡其風，（自荊公為制義之祖，而所流傳者又有蘇穎濱、楊萬里、陸九淵、陳傳良、汪立信、文文山等六家，岳武穆有文八篇，今已不存也。）有明極其盛而實自國朝集其成。」〔註174〕認為王安石為制義之祖，王首先倡導，後有諸大家，現今流傳下來的制義文章已經很少，而明朝為制義發展的極盛期，文體格式、規矩繩墨皆在明朝發展確定，國朝則是制義的集大成期，名家輩出。

（五）帝王、考官、選本與文風

梁傑持認為文運與時運息息相關，「自古天之生才，惟在極盛之朝與興亡之際」〔註175〕。作為一國之主的帝王，對於文風的變化有直接的影響：「孝宗在位，君明臣良，故昌明博大之制興。神廟怠荒，國事日壞，熹、懷相繼，遂以淪胥，故志微噍殺之音作。」〔註176〕每當國家興盛之時，制義文章昌明博大，國家衰亡之時，文章多有憂國之音，變盛世文風為末世之音。

八股文作為考試文體，其一時風氣之變又與主考官喜好相關，如「太倉主試深厭平易，力求峭刻之文，又適當丙戌風氣升降之會，錢季梁（士鑒）因之獲雋」〔註177〕。風氣一旦形成，非大力之人難以轉移。天崇文體已敗壞至極，起到轉移風氣作用的是豫章諸君。「陳大士（泰際）文最奇橫，如蘇海韓潮；章大力幽深勁鷙，如龍蟠蛟起；羅文止（萬藻）清澈澹遠，如疏雨微雲；楊維節（以任）纏綿精彩，如劍氣珠光。至於千子，則所謂公輸運斤指揮，如意世曠辨音，纖微必審者也。他如曹峨雪（勳）、黎博庵（元寬）、陳素庵（之遴）、包宣墼（爾庚）、徐思曠（方廣）、錢吉士諸家，皆能上接王歸之法，不愧名家大家之目」〔註178〕。

在明代，八股文集對時文風尚影響甚深，如果一部選本風時一世，士子不免要競相模仿。對於八股文集稿本與選本的不同功用，鄭灝若有這樣的認識，「稿本主於壽世而流於沽名，選本始於法程而流於射利。」〔註179〕宋時，

〔註173〕周以清《四書文源流考》，《學海堂集》卷八，啟秀山房藏板，咸豐九年三月。
〔註174〕周以清《四書文源流考》，《學海堂集》卷八，啟秀山房藏板，咸豐九年三月。
〔註175〕梁傑《四書文源流考》，《學海堂集》卷八，啟秀山房藏板，咸豐九年三月。
〔註176〕梁傑《四書文源流考》，《學海堂集》卷八，啟秀山房藏板，咸豐九年三月。
〔註177〕鄭灝若《四書文源流考》，《學海堂集》卷八，啟秀山房藏板，咸豐九年三月。
〔註178〕鄭灝若《四書文源流考》，《學海堂集》卷八，啟秀山房藏板，咸豐九年三月。
〔註179〕鄭灝若《四書文源流考》，《學海堂集》卷八，啟秀山房藏板，咸豐九年三月。

四書文格式未定，「猶然經義，其體與論相似，古人往往編入文集」〔註180〕，像《可儀堂選本》就是從《楊誠齋遺集》選得制義三首的。到了明以後，制義體制確立，與其他文體迥然有別，「於是工此者皆別為一集」〔註181〕，開始有了專門的制義文集。如成弘之際，「稿之富者首推守溪、鶴灘、中峰三家」〔註182〕，而嘉靖間則有唐順之文稿。後有瞿昆湖起而操斛選稿，「遂以王錢唐瞿為《四大家稿》」〔註183〕，而後稿本不一而足，多為二家、四家並稱。「啟禎而後，家數尤多，稿本競出，綴學之士往往以兩家並稱，如曰章羅，謂世純、文止也；曰金陳，謂正希、大士也；曰錢黃，謂吉士、陶庵也。是諸稿本未易，悉舉皆足以傳諸奕禩，嘉惠後侗。」〔註184〕此類稿本，雖可傳之後世，嘉惠後學。但以二家、四家並稱，實則已接近選本性質了，而選本的興起則在明季。「明季，社事既興，非名下士無有過而問者，其間派別尤為涇渭，於是諸君子競刊其文，播之遠近，以待招邀者之保擇，豈非聯聲氣、沽名譽哉！」〔註185〕社事興起，派別尤多，各派競相刊刻本社文章以圖聯聲氣、沽名譽，此舉必然敗壞風氣，「史稱萬曆末場屋文腐爛」〔註186〕，有志之士勢必反此惡習，以正文風，「南英深疾之，與同郡章世純、羅萬藻、陳際泰以興起斯文為任，乃刻四人所作行之世」。艾南英、章世純、羅萬藻、陳際泰四人是當時名家，他們四人的稿本出來後，「世人翕然歸之」〔註187〕。鄭灝若贊此四人在八股文史上地位，如龍門之史、少陵之詩，「宜乎至今，瓣香勿替也」〔註188〕。

　　從上所描述可知，明代八股文集有一個先稿本後選本的過程。「選本則仿於房稿、程文，其意蓋在於程式天下、轉移風氣。」〔註189〕一般說來，房稿坊刻泛濫於萬曆後，當時的坊刻主要有四種：「曰程墨，則三場主司及士子之文；曰房稿，則十八房進士之作；曰行卷，則舉人之作；曰社稿，則諸生會課

〔註180〕鄭灝若《四書文源流考》，《學海堂集》卷八，啟秀山房藏板，咸豐九年三月。
〔註181〕鄭灝若《四書文源流考》，《學海堂集》卷八，啟秀山房藏板，咸豐九年三月。
〔註182〕鄭灝若《四書文源流考》，《學海堂集》卷八，啟秀山房藏板，咸豐九年三月。
〔註183〕鄭灝若《四書文源流考》，《學海堂集》卷八，啟秀山房藏板，咸豐九年三月。
〔註184〕鄭灝若《四書文源流考》，《學海堂集》卷八，啟秀山房藏板，咸豐九年三月。
〔註185〕鄭灝若《四書文源流考》，《學海堂集》卷八，啟秀山房藏板，咸豐九年三月。
〔註186〕鄭灝若《四書文源流考》，《學海堂集》卷八，啟秀山房藏板，咸豐九年三月。
〔註187〕鄭灝若《四書文源流考》，《學海堂集》卷八，啟秀山房藏板，咸豐九年三月。
〔註188〕鄭灝若《四書文源流考》，《學海堂集》卷八，啟秀山房藏板，咸豐九年三月。
〔註189〕鄭灝若《四書文源流考》，《學海堂集》卷八，啟秀山房藏板，咸豐九年三月。

之作。」〔註190〕其中社稿為最多，原因在於明末結社運動興盛。明末社會動亂，有識之士多通過結社議政，商討社會問題，謀求解決之道。「戊辰之後，社事大興，欲以昌明涇陽之學，振起東林之緒。」〔註191〕其中最有名者為復社與幾社，復社刻有《國表》，幾社刻有《國表一編》，「意主廣大，盡合海內名流，其書盛行，即《戊辰房稿》莫之與媲」。而後幾社景風，以及雅似堂、贈言社、昭能社、野腴樓、東華集接踵而興。「其間或為衣食之謀、或從坊買之請，則亦流於射利矣。」〔註192〕這時社稿之弊漸顯，陳名夏刻五十大家文，「一時鴻文巨製囊括無遺」〔註193〕，這應該可以說是嚴格意義上的選本，「不惟示後學以先型，亦足以傳諸人於不朽」〔註194〕。在陳選之外，還有艾選、錢選，亦風動一時。「艾與徐方廣（思曠）選《定待一編》，比戶弦誦；錢與楊維斗（廷樞）選《同文一錄》，海宇向風，則轉移風氣不誠賴此耶」〔註195〕，編選名家文章可以說能夠形成名人效應，起到轉移風氣的作用。

　　一般說來，選文有別裁偽體的效果，更重要的意義是能轉移風氣。楊懋建說：「文因勢異，體以時遷，非有提倡宗風者維持、旋轉其間，損過益紐，以幾於正，竊恐趨向一偏，旁鶩而非理，蕩越而非法，變本加厲，作者且不自知其然也，是則轉移風氣必先別裁偽體。」〔註196〕別裁偽體之功多在主持風會者，能夠以己之力選文者。如明末艾南英「以文章自任裁成，振作一時，風氣遂為所移，此其明效大驗也」〔註197〕，國朝俞可儀、儲在陸、何義門、汪邁喜、湯子明、王罕階諸公選本，「論理、論法備，足以轉移風會」〔註198〕。特別是《欽定四書文》，通過選文體現官方意志，更起到衡定文章標準、導引文風的作用——「收前代之文凡四百十六首，國朝之文凡二百九十七首，別其相承相變之源流，按期可興可觀之實際，合遞變者而衷之，於理總不同者而要之，以法矩矱繩尺，擇精語詳，士之懷槧挾管，摛華拾藻者嗅其氣息，望其規模，莫不憂而遊焉，厭而飫焉，有法皆彰，無微弗備，又非引繩削墨者所

〔註190〕顧炎武《日知錄集釋》（中），上海古籍出版社，2006年，第936頁。
〔註191〕鄭灝若《四書文源流考》，《學海堂集》卷八，啟秀山房藏板，咸豐九年三月。
〔註192〕鄭灝若《四書文源流考》，《學海堂集》卷八，啟秀山房藏板，咸豐九年三月。
〔註193〕鄭灝若《四書文源流考》，《學海堂集》卷八，啟秀山房藏板，咸豐九年三月。
〔註194〕鄭灝若《四書文源流考》，《學海堂集》卷八，啟秀山房藏板，咸豐九年三月。
〔註195〕鄭灝若《四書文源流考》，《學海堂集》卷八，啟秀山房藏板，咸豐九年三月。
〔註196〕楊懋建《四書文源流考》，《學海堂集》卷八，啟秀山房藏板，咸豐九年三月。
〔註197〕楊懋建《四書文源流考》，《學海堂集》卷八，啟秀山房藏板，咸豐九年三月。
〔註198〕楊懋建《四書文源流考》，《學海堂集》卷八，啟秀山房藏板，咸豐九年三月。

能窺測矣。」〔註199〕鄭灝若對於編輯的各類八股文選也有精闢論述，如謂：「《欽定四書文》四十一卷，其中分明代四集、國朝一集，去取之精，超前軼後」〔註200〕。俞長城、蔡寅斗等人選本，「嚴於所擇」而能示以軌範〔註201〕，王步青所編《八法》一集，「由初學以及成材，循序漸進，誠所謂良工心苦者」〔註202〕。但他將最高評價給予了《欽定四書文》，肯定其以清真雅真為宗，稱其「分朝編次，使學者得溯其相承相變之源流」〔註203〕。周以清亦認為明清以來制義選本，以《欽定四書文》一書為最。「《欽定》一書窺其閫奧，得其精華，而清真雅正一遵聖訓，學者誠於此書玩索而有得之，已足以登古作者之堂，而各家選本直可以一舉而空之矣。」〔註204〕學作制義，登堂入室，《欽定四書文》足矣，它代表了清代清真雅正的衡文標準，又對明清以來各朝名家文章收錄全備。

　　侯康亦有論明清以來制義選本言論，認為名家選本能夠引導一代風氣。「艾千子有《明文定》《明文待》兩選，周介生有《經翼》諸選，楊維斗偕錢吉士有《同文錄》之選，一代風氣，多所論定」〔註205〕。國朝文選則主要評俞長城《百二十名家》與《欽定四書文》，並給予二者很高評價。「國朝選者，指不勝屈，俞長城《百二十名家》為最備，其所持擇，不名一格，每人各序，出處簡端，皆忠義文章之士，其人品，僉壬者不與焉。用功甚巨，用心甚深，張希良謂其以史法論文，五百年之文即可以當五百年之史。」〔註206〕侯康評價俞長城《百二十名家》選文最全備客觀，為各家作序，所選各家文章之外，重視其人品，可以說是以史家之心選文，那麼其選文就具有了史書的歷史價值與意義。但侯康認為《欽定四書文》價值更高，「《欽定四書文》為規矩準繩之極則也，分為四集，錄文四百八十六篇，皆以發明義理、清真古雅為宗，而仍各體皆備，俾讀者高下在心，各隨其力之所及，與性之所近」〔註207〕。侯康認為《欽定四書文》有兩方面的價值，一是為立文章典範，備規矩準繩，定

〔註199〕楊懋建《四書文源流考》，《學海堂集》卷八，啟秀山房藏板，咸豐九年三月。
〔註200〕鄭灝若《四書文源流考》，《學海堂集》卷八，啟秀山房藏板，咸豐九年三月。
〔註201〕鄭灝若《四書文源流考》，《學海堂集》卷八，啟秀山房藏板，咸豐九年三月。
〔註202〕鄭灝若《四書文源流考》，《學海堂集》卷八，啟秀山房藏板，咸豐九年三月。
〔註203〕鄭灝若《四書文源流考》，《學海堂集》卷八，啟秀山房藏板，咸豐九年三月。
〔註204〕周以清《四書文源流考》，《學海堂集》卷八，啟秀山房藏板，咸豐九年三月。
〔註205〕侯康《四書文源流考》，《學海堂集》卷八，啟秀山房藏板，咸豐九年三月。
〔註206〕侯康《四書文源流考》，《學海堂集》卷八，啟秀山房藏板，咸豐九年三月。
〔註207〕侯康：《四書文源流考》，《學海堂集》卷八，啟秀山房藏板，咸豐九年三月。

「清真雅正」為衡文標準；二是將明清以來不同風格不同特點的文章都錄入其中，各體皆備，可使讀者看出有制義以來文章的源流正變，也使讀者能夠通過遍覽文章悟文章之高下，然後根據自己的心性、學力與才華高低選擇學習對象。這兩方面的價值正是《聖諭》所謂「後學之津梁，制科之標準者」。

第二節　梁章鉅《制義叢話》

一、梁章鉅與《制義叢話》

梁章鉅（1775～1849），字閎中，又字茝林，晚年自號退庵，福建長樂人。其族系出安定梁氏，在宋時出了一位丞相梁克家，但在隨後相當長的一段時間，亦即從明迄清乾隆中未曾有人掇巍科、登顯宦，直至乾隆四十年（1776）其叔父梁上國中進士，才結束了這一家族「十四世相繼為諸生」的命運。就是在這樣的一個家庭背景裏，在他的父親梁上治的指教下，梁章鉅從十二歲那年（乾隆五十一年）起開始習八股文、為將來踏入仕途作準備了，十四歲那年他進入福建著名的官學鼇峰書院，得到了孟超然、鄭蘇年、林茂春等名師的指授，名師的點拔，加上先天的聰慧和個人後天的努力，章鉅先後在乾隆五十九年（1794）中舉人，嘉慶十年（1805）中進士，隨後過了長達十二年的家居、講學、遊幕的生活，直到嘉慶十九年（1814）才入京就職儀制司，開始其仕宦生涯。

嘉慶二十年（1815）他考取軍機章京，三年後正式入值軍機處，然後便是長達二十年餘年的仕宦生涯，先是扈蹕出巡各地，而後出任荊州知府，轉淮河兵備道，署江蘇按察使，授山東按察使，調江蘇布政使，任甘肅布政使，護理江蘇巡撫，實授廣西巡撫，又轉調江蘇巡撫，署理兩江總督，道光二十二年（1842）引疾辭官。而後是隱退鄉居著述的七年，道光二十九年（1849）卒於家，年七十五。梁章鉅為官二十餘年，為政頗能持大體，不以科條擾民。據《退庵自訂年譜》：道光十年辛卯（1830），江淮大水成災，流民蔽江而來，每日以萬記。其率僚屬捐廉，出示募捐，一面給船謮送，一面設廠留。「自初秋至冬孟三月餘日，資送出境者六十餘萬人。自初冬至次年春季在廠留養者四萬餘人。復自捐棉衣萬襲，以為廠中禦寒之具，於三月末陸續資送北返，沿途頗有頌聲。」〔註208〕

〔註208〕王軍偉：《傳統與近代之間：梁章鉅學術與文學思想研究》附《退庵自訂年譜補釋》，齊魯書社，2004年，第301頁。

　　梁章鉅一生勤於著述，無論家居，還是為官，稍有餘暇，便手不釋卷，並樂此不疲。「提槧鉛於簿書之際暇，劬筆削於戎馬之間」。〔註209〕據林則徐所撰墓誌銘，知其著作大致有 68 種之多，實存者約有五十餘種。於經：有《論語旁證》二十卷、《孟子旁證》十四卷、《夏小正通釋》四卷；於小學有《倉頡篇校證》三卷；於史有《三國志旁證》二十四卷；於掌故：有《國朝臣工言行記》十二卷、《樞垣紀略》十六卷、《春槽題名錄》六卷、《南省公餘錄》八卷；於考據有《稱謂拾遺》十卷；於文章有《文選旁證》四十六卷，其餘詩文雜著纂輯者不下數十種。《制義叢話》是其六十五歲時（道光十九年）所輯。

　　大凡古時作者之著述皆有為而作也，或為「抒懷」，或為「立言」，誠如劉彥和所云：「歲月飄忽，性靈不居，騰聲飛實，製作而已。」（《文心雕龍·序志篇》）也就是說，任何一部著作的編纂都是有其明確的指導思想的，梁章鉅編纂《制義叢話》的指導思想是什麼？他自己沒有明說，但通過其朋友楊文蓀、江國霖及後學吳鍾駿的序文及其自撰例言可以推之大概。

　　首先，是對明代以制義取士以來的八股文「製作」進行系統的總結。自明太祖朱元璋確定以制義取士，洪武十七年（1384）頒布《科舉程式》，二十四年（1391）定下文字格式，《明史·選舉志》云：「科目沿唐、宋之舊，而稍變其試士之法，專取四子書及《易》《書》《詩》《春秋》《禮記》五經命題試士，蓋太祖與劉基所定。其文略仿宋經義，然代古人語氣為之，體用排偶，謂之『八股』，通謂之『制義』。」這樣做的目的本意在崇本息末，先之經義以詢其道，次之論判以觀其學，再次之策時務以察其才之可用，而唐宋時期運用較多的詩賦取士以其「文辭之誇乎靡麗，章句訓詁之狃於空談」則悉屏去之。〔註210〕儘管明清時期的科舉考試，八股文並非是其全部內容，此外還要考詩賦、策論等，但它卻是最重要的考試內容。「例如，童生考試，縣試要考四五試，前後要寫三五篇以上的八股文，其中頭場最重要，要寫二篇；鄉試（省試）、會試的內容較多，但最重要的仍是八股文，通常要寫三篇，所以人們稱明清科舉取士為『八股取士』。」〔註211〕八股取士的制度在明清兩朝推行了五百年之久，明清兩朝各級學校也把八股文教育作為其中心教學內容，在這

〔註209〕吳鍾駿：《制義叢話後序》，陳居淵校點《制義叢話》，上海書店出版社，2001年，第 489 頁。
〔註210〕茅大芳：《鄉試小錄序》，《希董堂皇集》卷上，道光十五年刻本。
〔註211〕王凱符：《八股文概說》，中華書局，2002 年，第 5 頁。

漫長的歲月裏成千上萬的讀書人特別是青少年從讀八股到寫八股，有的人甚至將其一生的精力耗費在八股文的寫作上，所謂「為諸生者無不沉溺於四書注及先輩制義，白首而不暇他務」。〔註212〕可見，八股文對明清兩代讀書人日常生活的影響是何其的深刻！正如江國霖所說：「制義雖代聖賢立言，實各言其心之所得者也。自有明以來以制義取士，迄今蓋五百年。萃五百年之英才，悉其聰明才力，研精殫思於八比之中，各出其學以相勝，而又列科選雋，分省程材，此亦如天之風雲、地之花木、山之煙嵐、海之潮汐，固有彼此殊狀，月異而歲不同者，非有人會而萃之，溯源流、別支幹、搜軼事、輯異聞，安能使五百年之才人精神辭氣、談笑詼諧畢露於後人耳目之前哉。」〔註213〕在他看來，《制義叢話》的編纂，「抉其菁華，綜其同異」，就是要使五百年之才人精神辭氣、談笑詼諧畢露於後人耳目之前，讓後代人瞭解到明清兩代讀書人的喜怒哀樂。

其二，是為了糾正明清兩代在八股文利弊問題上倚輕倚重的看法。自從明初推行八股文取士制度以來，關於這一取士制度的合理性，朝廷上下不時泛起責難之聲，八股文也經常遭遇著被指責和謾罵的尷尬處境。「大到說國家的命運，國破家亡是八股文斷送的，小到個人的遭遇，考不中功名做不了官也是八股文害的。」〔註214〕一般地說，在明代對八股文的指謫或攻擊，主要是從文體的角度或完善考試制度角度著眼的。比如成化年間的進士吳寬說：「今之世號為時文者，拘之以格律，限之以對偶，率腐爛淺陋可厭之言。甚者指謫一字一句以立說，謂之主意。其說穿鑿牽綴，若隱語然，使人殆不可測識。苟不出此，則群笑以為不工。蓋學者之所習如此，宜為人所棄也。而司文者其目之所屬，意之所注，亦惟曰主意而已。故得意者，雖甚可厭之言一不問；其意失，雖工輒棄不省。……嗚呼，文之敝既極，極必變，變亦必自上之人始。」〔註215〕這裡，他既指出了八股文內容形式之侷限，也特別反對其割裂四書章句以命題的考試方法，一定程度上代表了明代學者對八股文又愛又恨的態度，愛之者以其能為應試者帶來功名富貴，恨之者則因其嚴重地束縛了讀書人的思想，耗盡了許多青衿學子的青春和心力。但是，也有少數學

〔註212〕彭蘊章：《又書何大復集後》，《歸樸龕叢稿》卷十，同治刊本。
〔註213〕江國霖：《制義叢話序》，陳居淵校點《制義叢話》，第5頁。
〔註214〕鄧雲鄉：《清代八股文》，中國人民大學出版社，1994年，第21頁。
〔註215〕吳寬：《送周仲瞻應舉詩序》，《匏翁家藏稿》卷三十九。

者對八股文置以贊辭，如著名的思想家李贄認為：「天下之至文，聞見不應，無時不文，無人不文未有不出於童心焉者也。苟童心常存，則道理不行。……詩何必古選，而為近體。又變而為傳奇，變而為院本，為雜劇，為文何必先秦。降而為六朝，變《西廂曲》，為《水滸傳》，為今之舉子業，皆古今至文，不可得而時勢先後論也。」〔註216〕他在《時文後序》中還說到：「時文者，今時取士之文也，非古也。……彼謂時文可以取士，不可以行遠。非但不知文，亦且不知時矣。夫文不可以行遠而可以取士，未之有也。國家名臣輩出，道德功業，文章節氣，於今燦然，非時文之選歟？」〔註217〕認為時文和近體、傳奇、雜劇等一樣，是此一時代最好的文體，是「至文」。在晚明持類似觀點的還有袁宏道和王思任，袁宏道說：「今代以文取士，謂之舉業，士雖藉以取世資，弗貴也，厭其時也。夫以後視今，今猶古也，以文取士猶詩也。後千百年，安知不瞿、唐而盧駱之，顧奚必古文詞而後不朽哉？」〔註218〕王思任說：「一代之言，皆一代之精神所出，其精神不專，則言不傳。漢之策，晉之玄，唐之詩，宋之學，元之曲，明之小題，皆必傳之言也。」〔註219〕在清代，關於八股文的論爭已由利弊之爭上升至存廢之爭的高度，而且在康熙二年（1663）也確曾一度被廢止，儘管在康熙八年（1669）又重新恢復了以八股取士的制度，但關於八股文的存廢之爭在清朝二百多年的時間裏從來就沒有停止過，最著名的就是乾隆三年（1738）舒赫德與鄂爾泰之間的論爭，這說明八股取士的制度確實是有利亦有弊。梁章鉅正是想在這一問題上表達自己的看法——「制義不可廢」。楊文蓀為《制義叢話》所撰序文說：「我朝文治蔚興，作者輩出，迄於今，風氣亦屢變矣，而設科取士之法，五百年相沿未改。重之者曰制義代聖賢立言，因文見道，非詩賦浮華可比，故勝國忠義之士軼乎前代，即其明效大驗。輕之者曰時文全屬空言，毫無實用，甚至揣摩坊刻，束書不觀，竟有不知史冊名目、朝代先後、字書偏旁者，故列史《藝文志》制義從未著錄。是二說也，皆未盡然。夫制義之重也，有重之者；其輕也，有輕之者。非制義之有可輕、有可重也。自有制義以來，固未有不根柢經史、通達

〔註216〕李贄：《童心說》，《焚書》卷三，中華書局，1975年，第99頁。

〔註217〕李贄：《時文後序》，《焚書》卷三，中華書局，1975年，第117頁。

〔註218〕袁宏道：《諸大家時文序》，《袁宏道集箋校》卷四，上海古籍出版社，1981年，第184頁。

〔註219〕王思任：《唐詩紀事序》，《王季重十種‧雜序》，上海雜誌公司，1936年，第79頁。

古今而能卓然成家者，若他書一切不觀，惟以研求制義為專務，無惑乎亭林顧氏謂八股盛而六經微也。竊嘗怪當世之士，童而習之，弋科名、躋膴仕，及詢以制義之源流正變、盛衰升降，則茫然不知所云，又何論根柢經史、通達古今耶。然欲明乎源流正變、盛衰升降之故，非薈萃群言，勒為一書，無由溯其源而導其軌。」

　　其三，八股文作為明清時期出現的特有的新文體，卻從來未有人在這一方面做過系統地整理工作。楊文蓀說：「昔摯仲洽《文章流別》久已散佚不傳，傳者劉彥和《文心雕龍》為最古，所言文章利病窮極微妙，千古論文之書莫精於此。宋以後，詩話日出，獨尟文話，至論制義者，更絕無其書。」〔註220〕梁章鉅亦云：「文之有話，始於劉舍人之《文心雕龍》，詩之有話，始於鍾記室之《詩品》，降而宋王銍之《四六話》，近人毛奇齡之《詞話》、孫梅之《賦話》，層見迭出，惟制義獨無話。非無話也，無好事者為之薈萃以成書也。」〔註221〕在他們看來，八股文與傳統文體——文、詩、詞、賦、四六等一樣，是中國文學史上出現的一種最重要的文體，而且還在明清兩代延用五百年而不衰，但關於這一文體的理論總結性著作卻從來未有人進行過，梁章鉅正是想在這一方面做一點開拓性的工作。其實，他的這一工作也是在阮元的基礎上進行的，「曩阮相國雲臺師，嘗令粵東學海堂諸生輯《四書文話》，未成書。」但據《學海堂集》本阮元《四書文話序》所云，《四書文話》無卷數，周以清、侯康、胡調德合輯，已成書，未刊，稿本見存廣州學海堂中。在前代同類著作有朱良鉅《經義模範》、倪士毅《作義要訣》、王充耘《書義矜式》等，在清代也有趙國麟《制義綱目》、魯九皋《制義準繩》、李元春《初學四書文法述要》等，但這些著作大多是探索八股文的具體寫作技法，而忽略了對八股文源流盛衰等理論問題的研討，在這一方面有比較多交待的是李調元的《制義科瑣記》，這是一部關於明清科舉考試的筆記類著述。作者自序謂：「自明以迄于今，幾五百年，儲才養士之厚，率舊作新之制，文人學士多喜談而樂道之，其雜載於高文典策、稗官野史之內者，更僕未易悉數。予於誦讀之餘，隨見摘抄，自明洪武開科以至於今，共得百十餘，雜集成冊，為制科雅話，以鳴盛事，亦以見國家待士之隆也，故曰《制義科瑣記》，亦聊以備典故云爾。」屈守元先生認為，關於八股取士的文獻，世俗但知梁章鉅《制義叢話》，其實梁書乃取資

〔註220〕楊文蓀：《制義叢話序》，陳居淵校點《制義叢話》，第4頁。
〔註221〕梁章鉅：《制義叢話・例言》，陳居淵校點《制義叢話》，第7頁。

於《制義叢話》也。〔註222〕也就是說，梁章鉅是在前代詩話、文話、詞話等著作的啟迪下，在當代學者如阮元、李調元等相關研究的基礎上編纂而成《制義叢話》。「今大中丞梁茝鄰先生輯《制義叢話》二十四卷，凡程式之一定，流派之互異，明宗旨，紀遇合，別體裁，考典制，參稽史傳，旁及軼事，與夫諸家之名篇雋句，無不備載。」〔註223〕《制義叢話》是對清代相關研究著作的集大成，是一部「明宗旨，紀遇合，別體裁，考典制」的八股理論研究的鴻文巨製。

　　從《制義叢話》的體例看，主要是對前人論述的彙編，必要時也附以編者按語，有點類似於宋人阮閱的《詩話總龜》、胡仔的《苕溪漁隱叢話》、魏慶之的《詩人玉屑》，清人徐釚的《詞苑叢談》、沈雄的《古今詞話》、馮金伯的《詞苑萃編》，正如林則徐所云：「茲《叢話》之作，則偏及宇內，蒐擇無遺，較之宋人詩話中阮閱、胡仔諸書，世稱取材富而考義詳者，殆有過之無不及矣。」〔註224〕的確，《制義叢話》搜羅宏富，實為同類著作之冠，很多著作現在已難以找到原刻本，其保存科舉文獻之功實不可沒，特別是他所選錄的其大父《書香堂筆記》、其父《四勿齋隨筆》、其師孟超然、鄭蘇年、林茂春的制義言論，都是極為寶貴的八股文文獻。另外有一點，就是《制義叢話》體例的創新，它既無《詩話總龜》之瑣碎，也無《苕溪漁隱叢話》之簡略，而是按體制、起源、流變、元墨、閩籍、師友、家族、考證、諧語先後順序編排，其例言部分對全書的大體結構和編纂體例作了全面的交待。

二、體制變遷：從「經義」到「八股」

　　從《制義叢話》三家序看，他們一致認為《制義叢話》有「明宗旨，別體裁，考典制」的特點。梁章鉅在「例言」中也說到，《四庫全書》只錄《欽定四書文》，對時文選本及各家專集皆棄置不錄。但是，關於八股文的功令格式、宗旨源流，時時見於他書及士大夫之口，因此他通過「分別義類，採擷菁英」的輯錄工作，編成第一、二卷，「以範圍後學之步趨，啟牖時髦之神智」，作為初學者學習八股的「準繩」，從現代的角度言，這實際上是為人們提供一個認識八股文宗旨、程式、典章制度、源流正變的「理論讀本」。

〔註222〕轉引自詹杭倫《李調元學譜》，天地出版社，1997年，第164頁。
〔註223〕楊文蓀：《制義叢話序》，陳居淵校點《制義叢話》，第4頁。
〔註224〕林則徐：《制義叢話後序》，陳居淵校點《制義叢話》，第487頁。

　　過去，學術界關於八股文起源的說法很多，當代學者吳承學先生將其概括為 9 種，認為這些說法從不同的角度探討了八股文的源頭，有助於我們進一步瞭解八股文的多種文體特徵。〔註 225〕但比較通行的說法還是宋代經義說，前文《四書文源流考》已有論述，如鄭灝若《四書文源流考》：「四書之文原於經義，創自荊公。」侯康《四書文源流考》：「神宗熙寧四年用王安石議，更定科舉法，罷詩賦、帖經、墨義，……經義之興始此。」楊懋建《四書文源流考》：「自宋熙寧四年始用王安石之議，罷詞賦，專用經義取士，而四書文以昉。」梁章鉅也接受了由阮元及學海堂學人群體的這一說法，認為制義始於宋而盛於明，為《制義叢話》作序的楊文蓀也說：「自宋熙寧間以經義取士，至明初遂著為功令。」這是因為北宋熙寧四年（1071），王安石進行科舉考試制度改革，改唐代的詩賦取士為以經義文章取士，還組織編寫了《詩》《書》《周禮》義（即《三經新義》）頒布學官，並親自撰寫「經義式」系列短文作為士子考試答題的程式和考官評卷衡文的標準。梁章鉅認為從這一時期開始，經義就已經有了後代講排偶、代古人語氣為之的寫作傾向。如楊誠齋《國家將興，必有禎祥》文，點題後用「以為」二字起，又「至於治國家」二句文，點題後用「謂」字起，似代古人語氣實始於此。又排偶之體，北宋時亦有之，《宋史·選舉志》載：「大觀四年，臣僚言場屋之文專用儷偶，題雖無兩意，必欲釐而為二以就對偶，其超詣理趣者，反指以為淡泊。」這說明，經義文章在宋代一出現，就向著八股文的方向發展了。

　　據《四庫全書總目提要》：「元仁宗皇慶初，復行科舉，仍用經義，而體式視宋為小變。綜其格律，有破題、接題、小講，謂之『冒子』。冒子後入官題。官題下有原題，有大講，有餘意，亦曰從講。又有原經，亦曰考經。有結尾。承襲既久，以冗長繁複為可厭，或稍稍變通之。而大要有冒題、原題、講題、結題，則一定不可易。」這說明元代經義已形式一定之程式，明初科舉文體亦受其風氣影響，不過到了成化以後才正式確立「八股文」的體式。梁章鉅認為講究股對已見於宋人楊誠齋、汪六安，而定為程式則自明始耳，並引顧炎武的話說：「經義之文，流俗謂之八股，蓋始於成化以後。股者，對偶之名也。天順以前，經義之文不過敷演傳注，或對或散，初無定式，其單句題亦甚少。成化二十三年，會試《樂天者保天下》文，起講先提三句，

〔註225〕吳承學：《中國古代文體形態研究》（修訂本），中山大學出版社，2002 年，第 242～252 頁。

即講『樂天』四股，中間過接四句，復講『保天下』四股，復收四句，再作大結。弘治九年，會試《責難於君謂之恭》文，起講先提三句，即講『責難於君』四股，中間過接二句，復講『謂之恭』四股，復收二句，再作大結。每四股之中，一反一正，一虛一實，一淺一深。其兩扇立格，則每扇之中各有四股，其次第之法，亦復如之。故今人相傳，謂之八股。」大約到了萬曆時期，八股文的體式便基本定型，破題、承題、起講、入題、起股、出題、中股、後股、束股、大結等已成為應試者遵守之通行結構。顧炎武又云：「（制義）發端二句或三四句為之破題，大抵對句為多，此宋人相傳之格。下申其意，作四五句，謂之承題。然後提出夫子（曾子、子思、孟子皆然），為何而發此言，謂之原起。至萬曆中，破止二句，承止三句，不用原起。篇末敷衍聖人言畢，自擄所見，或數十字，或百餘字，謂之大結。明初之制，可及本朝時事。以後功令益密，恐有藉以自炫者，但許言前代，不及本朝。至萬曆中，大結上三四句矣。」〔註226〕

　　在明代，八股體式的定型只是一個外在表徵，其核心內容或文章的靈魂還是要求「代聖賢立言」。據董其昌《九字訣》：「代者，謂以我講題，只是自說，故又代當時作者之口，代寫他意中事，乃謂注於不涸之源。」其實，《莊子·逍遙遊》篇說學鳩笑大鵬、司馬遷《史記·魯仲連鄒陽列傳》稱燕將得魯連書所云，實已開代言體之先河。在科舉考試中，最早使用代言的是宋人律賦，到明初明確規定八股文必須代聖人立言。「根據經文的語境、章旨，人物的身份、思想和性格特徵，代其立言。這一特點，是八股文區別於注疏講章的地方，也是八股文與一般的文學作品相近之處，需要有一定的想像能力，寫出的作品必須符合人物的思想和個性。」〔註227〕代言要求的提出，其實是對應試士子的一個更高的標準，他不能像寫古文那樣自言自說，而必須在會通經書大義的基礎上達到代聖人立言「如自己出」的效果，這是對唐宋時期單純默寫經書或注疏的方法「只考察人的記憶力，而不能檢驗人的學識才情」做法的突破和提升，從而進一步強化了應試者對經書字句的熟悉程度和義理會通的能力。管世銘說：「前人以傳注解經，終是離而二之。惟制義代言，直與聖賢為一，不得不逼入深細，且《章句》《集傳》本以講學，其時今文之體

〔註226〕顧炎武：《日知錄》卷十六「試文格式」條，黃汝成《日知錄集釋》，嶽麓書社，1994年，第594頁。

〔註227〕孔慶茂、汪小洋：《論八股文代言》，《江蘇大學學報》2003年第3期。

未興，大注極有至理名言，而不可以入語氣，最宜分別觀之。設朱子之前已有時文，其精審更當不止於是也。」〔註228〕杭世駿說：「制義特文之一端，而吾以為在諸體中立言最難，而深造政不易，抉經之心，執聖之權，非沉潛乎理訓，周悉乎世故，曲折乎文章之利病，童而習之，有白首不能涉其津岸者矣。才辨鋒起，切而按之，有畢世不能適其條貫者矣。何也？能文之士多，而見道之士少也。」〔註229〕這裡有一點必須說明，代言反映在文章上就是「口氣」的問題，也就管世銘據說的「語氣」，這是檢驗一位作者是否準確領會《四書》義理的重要標準。李光地說：「做時文要講口氣，口氣不差，道理亦不差，解經便是如此。若口氣錯，道理都錯矣。」〔註230〕陸隴其說：「先輩作文，必擇明白正大之題，雖虛縮亦不屑為，以聖賢精義不在此也。至所謂搭題，則又與虛縮不同矣。虛縮題雖非精義所在，然猶是聖賢口氣，可以漸求其精義，若搭題則並非聖賢口氣矣，語勢各不相蒙，強而合之以為題，於是作者不得不穿鑿附會以成文，其有害於人心、學術不小。」〔註231〕在清代，檢驗文章是否入氣的工作稱之為「磨勘」，它主要是考察應試者對經義傳注的理解透徹與否。據李調元《制義科瑣記》載：乾隆四十四年順天鄉試，首題為「子曰母」，放榜後，金壇于敏中、孫德裕中舉人，時皇上方駐蹕熱河，德裕以大臣子弟例得赴行在謝恩，上令將闈中詩文默出呈覽，諭左右大臣曰：「雖大致尚屬清順，但首篇內『朝廷自有養賢之典，何臣子偏聽偏為過激之詞』，又『今日之粟，非出之於家，國家無以報功，而臣下實為多事』等句，俱與傳注不合。朱注：『孔子為魯司寇時，以思為宰。』是思乃孔子家臣，九百之粟即夫子所與，非受祿於魯國，更非頒祿於周室也。朝廷之語，魯國尚不足以當之，而況夫子之家乎？又有『夫子行芳志潔』語，非六經所有，而以擬孔子更覺不倫，此實認材不真及遣詞不當之故。但恐通場類此者不免，而今年鄉試揭曉，實當木蘭秋獮回蹕熱河之時，闈中十魁卷例不先行進呈，騰無同得見。因命軍機大臣取闈中所刻前十名籤呈，則首名破題即有『尊國制所以重君恩』之語，其他如『以功詔祿，祿以馭富，朝廷詔糈之典，國家之體制垂焉』，『上尊政體，下廣國恩，計詔祿，國典攸關，御廩之頒，天家之餼』等句，十名中

〔註228〕梁章鉅著、陳居淵校點：《制義叢話》，第 19 頁。
〔註229〕梁章鉅著、陳居淵校點：《制義叢話》，第 19 頁。
〔註230〕梁章鉅著、陳居淵校點：《制義叢話》，第 18 頁。
〔註231〕梁章鉅著、陳居淵校點：《制義叢話》，第 21～22 頁。

不可枚舉，即其中偶有敘及為宰者，亦未切實發揮，均未能體會正解。設場中所取之文俱理精義足，而於德裕獨以膚詞幸獲，何難獨治其罪？若其他字句或有可疑，並非無難嚴究其有無情弊。茲闈中所取之文大率如此，自不能專治於德裕一人。若因於德裕而兼及眾人，朕又不肯為已甚之舉。嗣後作文者各宜體認儒先傳說，闡發題義，試官閱卷亦當嚴為甄別。若再不能仰體朕意，必令將此等庸陋詞句悉行磨勘，毋謂朕不戒視成也。」

　　清代沿襲明制以八股取士，較之明代對八股文風又提出新的要求。梁章鉅認為這一新的要求就是「清真雅正」，《制義叢話·例言》云：「我朝文字大都博大昌明，遠軼前軌，嗣又恪遵聖訓，以清真雅正為宗。」一般地說，明初文風尚屬純樸，隆慶以後已有追求華麗、以奇取勝的傾向，「於是啟橫議之風，長傾詖之習，文體蠱而士習彌壞，士習壞而國運亦隨之矣」〔註232〕入清，有鑒明代文風的不振，對八股文風的整治便被提上日程，在康熙時期李光地已提出「清通」的要求：「文字不可怪，所以舊來立法，科場文謂之清通中式。『清通』二字最好，本色文字，句句有實理實事，這樣文字不容易，必須多讀書，又用過水磨工夫方能到，非空疏淺易之謂也。」雍正十年（1732）更有明確的上諭：「所拔之文，務令『雅正清真，理法兼備』，雖尺幅不據一律，而支蔓浮誇之言，所當屏去。」乾隆元年（1736）也有同類上諭：「皇考世宗憲皇帝特降諭旨，以『清真雅正』為主……司衡者尤宜留心區擇，以得真才實學之士，朕實有厚望焉。」乾隆三年（1738）復准「考試各官，凡歲科兩試以及鄉會衡文，務取『清真雅正』，法不詭於先型，辭不背於經義者，擬置前茅，以為多士程式。」嘉慶十三年（1808），御史黃任萬奏請續選《欽定四書文》以正文體，上諭曰：「制義一道，代聖賢立言，本當根柢經史，闡發義蘊，不得涉於浮華詭僻，致文體駁而不醇。自乾隆四年，欽定四書文選，凡前明大家名家，悉按其世代衰次。而於本朝文之清真雅正者，一併採列成編，選擇精嚴，理法兼備，操觚家自當奉為正鵠，乃近科以來，士子等揣摩時尚，往往掇拾《竹書》、『路史』等文字自炫新奇，而於經史有用之書，轉未能潛心研討，揆之經義，漸失真源，今該御史奏請修正文體，固為矯弊起見。但摺內所稱欲另選近年制義，以附《欽定四書文》之後，此則尚可從緩。試思近時能文之士，求其經術湛深，言皆有物者，未必能軼過前人。即廣徵博採，亦恐有名

〔註232〕紀昀：《四庫全書總目》，中華書局，1965年，第1729頁。

無實。是唯在典司文衡之臣，悉心甄別，一以『清真雅正』為宗，而於引用艱僻，以文其固陋，專尚機巧，以流入浮淺者，概屏置弗錄，則海內士子，自各知所趨向，力崇實學，風會日見轉移，用副國家振興文教至意。」綜合上述上諭，再結合方苞《欽定四書文凡例》的解釋，可知「清真雅正」就是要用簡潔、典雅、暢達的語言來闡述士子所領悟到的孔孟之道、程朱之學。〔註233〕梁章鉅還以自己的親身經歷談到為文必須「清真雅正」，他說：「余五上公車，惟辛酉科以迴避未入場，前三科皆薦而不售。第一科為乾隆乙卯，房考胡果泉師（克家）批曰：『文筆清矯。』第二科為嘉慶丙辰，李石農師（巒宜）批曰：『格老氣清。』第三科為己未，吳壽庭師（樹萱）批曰：『詞義清醇。』每次領回落卷，必呈先資政公。公一日合而閱之，笑曰：『功令以「清真雅正」四字宣示藝林，而汝文只得頭一字，毋怪其三戰而三北也。』余不覺爽然若失。追壬戌科，立意欲以詞藻見工，又聞紀文達師為總裁，最恨短篇假古文字，故於首藝竭力降格為之。中二比云：『古未有為君而見疑於人者，而艱貞蒙難，至文王始際其難。夫受命改元之跡，後世可斷其必無，而陰行善政之疑，當日幾無以自解，則子民將嫌於震主，懷保且指為陰謀，……』本房韓湘帆師（掄衡）批云：『酣暢流麗，典雅之章卻無清字，始悟闈中風氣果在此而不在彼也。』」〔註234〕這說明「清真雅正」是對八股文寫作的一個全面要求。

三、文風遞嬗：源流、變遷、名家、流派

從第三卷到第十一卷，《制義叢話》依時代先後順序，自宋至清對制義的「源」「流」作了比較詳盡的交待，正如楊文蓀所言：「於源流正變、盛衰升降之故，一覽了然，足以知人論世。」〔註235〕林則徐在談到本書優點時也指出：「《制義叢話》一書，自北宋逮於今茲，按時代各成卷帙，兼以考證舊聞，綱羅瑣事，翼傳注之遺闕，極風氣之變遷，讀者得由此以知人論世，雖七百年之遠，其盛衰正變，一一可辯夫升降，洵為自有制義以來不可少之書也。」〔註236〕

如前文所述，八股文雖正式定型在明代，但源頭卻在宋人「經義」，俞長城編《百二十名家文選》便首列王安石、蘇轍、陸九淵、陳傅良、汪立信、文

〔註233〕龔延明、高明揚：《清代科舉八股文的衡文標準》，《中國社會科學》2005年第4期。
〔註234〕梁章鉅著、陳居淵校點：《制義叢話》，第410頁。
〔註235〕梁章鉅著、陳居淵校點：《制義叢話》，第4頁。
〔註236〕梁章鉅著、陳居淵校點：《制義叢話》，第487頁。

天祥六家經義，《制義叢話》卷三亦重點輯錄了有關上述六家經義的論述「以著制義之權輿也」。

至於明代，作為八股文的形成發展期，也是歷來人們比較關注的階段。謝章鉅認為明代制義體凡數變「亦猶唐詩之分初、盛、中、晚也」，這一說法實承襲方苞《欽定四書文》分明代制義為「化治文、正嘉文、隆萬文、啟禎文」的觀點。《欽定四書文‧凡例》云：

> 明人制義體凡屢變，自洪永至化治百餘年中，皆恪遵傳註，體會語氣，謹守繩墨，尺寸不逾。至正嘉，作者始能以古文為時文，融液經史，使題之義蘊隱顯曲暢，為明文之極盛。隆萬間，兼講機法，務為靈變，雖巧密有加，而氣體荼然矣。至啟禎諸家，則窮思畢精，務為奇特，包絡載籍，刻雕物情，凡胸中所欲言者，皆借題以發之。就其善者，可興，可觀，光氣自不可泯。凡此數種，各有所長，亦各有其弊。

《制義叢話》以四卷的篇幅輯錄有關明代制義的評論，卷四為明初作者如姚廣孝、吳寬、王鏊、錢福、唐寅、陳獻章等，卷五為明中葉作者如唐順之、薛應旂、羅洪先、衛廷琪、胡定、越南星、馮夢禎、王守仁、歸有光、顧憲成、湯顯祖、徐渭等，卷六為明末作者如鄧文潔、黃洪憲、黃汝亨、董其昌、魏光國、顧錫疇、葉紹袁、文震孟、黃道周、艾南英、楊繼盛等，卷七專錄明清之際的作者如淩義渠、章淳、錢禧、曹勳、黎元寬、左懋第、文震孟、黃淳耀、金正希、陳際泰、戚介人、史可法、彭孫貽等，大體將有明一代制義名家收羅其中，並能覘見一代制義文風變遷之跡。大約可知：明初至成化，八股文體式初具，風氣才開，文風亦較為簡樸；正統至嘉靖是八股文的極盛期，不但名家大家迭出，而且多種風格紛呈，名家者有王鏊、錢福、唐順之、瞿景淳號稱「四大家」，其中王鏊為明代制義轉變之樞紐：「制義之有守溪，猶史之有龍門，詩之有少陵，書法之有右軍，更百世而莫並者也。前此風會未開，守溪無所不有；後此時流屢變，守溪無所不包。」〔註237〕蓋因理至守溪而實，神至守溪而完，法至守溪而備，為時文之正宗也。而唐順之、歸有光也是明代八股文風轉變的一大關鍵，荊川指事類情，曲折盡意；震川精理內蘊，灝氣流轉；「他們大都能融經史於一爐，使文章內容突破了經書傳註的束縛，給經義文章加入某些營養佐料，因而使題之義蘊隱現曲暢，風氣為之一

〔註237〕梁章鉅著、陳居淵校點：《制義叢話》，第56頁。

變，所以方苞有『以古文為時文』之美稱。」〔註238〕至於風格之多樣，則有顧東江以高峻稱，李空同以峭潔稱，唐子畏以方正稱，羅迂崗以簡貴稱，王陽明以醇茂稱，顧文康以端嚴稱，楊繁庵以光芒稱舒國裳以氣節稱，汪青湖以宏大稱，季彭山以精謹稱，崔東洲以堅潔稱，羅念庵以深遠稱諸理齋以淡雋稱，嵇川南以老辣稱，海剛峰以光怪稱〔註239〕……諸如此類，不勝枚舉。到了隆慶以後，明代八股由盛而衰，這時隨著心學的崛起和狂禪的流行，科場文亦深受時風的影響，或是佛經流入經義，或語錄滲入八股，朱氏集注已遭人唾棄，「這種自我的體悟導致了不讀書窮理的流弊，也帶來了空疏的文風」。〔註240〕值得注意的是，雖然文運與國運同衰，但是曹勳、金聲、章淳、陳際泰、陳子龍、艾南英梁等，「包括載籍，刻雕物情，凡胸中所欲言者，皆借題以發之，就其善者可以觀，光氣自不可泯」。〔註241〕《制義叢話》還特別推重那些在明清之際能持守氣節之士，並以較大的篇幅輯錄有關他們制義之作的論述，這固然並不排除梁章鉅著意表彰之意，但也說明諸家之作「思力見識，才氣典奧」，足振八股文頹靡之風，是明代士人推崇氣節在晚明的迴響。

入清以後，八股體式大體定型，加之統治者對應試的文風提出「清真雅正」的要求，無論在生機活力或形式創新方面皆不及明代。儘管這樣，廣大應試士子以「清真雅正」的標準寫作八股，但是文風也是在不斷變化的。「一時有一時時尚，同樣是八股文，康熙、乾隆各個時期，也有不同的時尚差別。」〔註242〕這一點，近代學者盧前先生有過精闢的分析：「文章雖不足以超越前明，而在義理上實有進步；其演為考證之學，啟樸學之風，訖乾隆朝之中葉而大振。蓋所求者在經，八股文與之同也。舉國之人，皆以窮經為制義，則不復效明代之以新奇耀試官之目，而影響於學術者甚深。及其後，禁學者之博覽，以《朱注》為之準繩，其風始漸殺。以是就八股文體言之，明人已造其峰極，而以內容關係學術者，則清人之八股文然也。」〔註243〕商衍鎏先生亦云：「論清制義，順、康、雍、乾百餘年間，重樸學，戒空疏，上求下應，是可以

〔註238〕王凱符：《八股文概說》，中華書局 2002 年版，第 53 頁。
〔註239〕鄭灝若語，轉引自盧前《八股文小史》，商務印書館，1937 年，第 37 頁。
〔註240〕高明揚：《文體學視野下的科舉八股文專題研究》，雲南人民出版社，2012 年，第 65 頁。
〔註241〕方苞：《欽定四書文·凡例》，《方苞集集外文》卷二，中國書店，1991 年，第 287 頁。
〔註242〕鄧雲鄉：《清代八股文》，中國人民大學出版社，1994 年。
〔註243〕盧前：《八股文小史》，上海商務印書館，1937 年，第 63 頁。

稱之為盛時。自乾隆中葉以後，八股漸趨巧薄而就衰，士子剿竊陳言，但求幸獲科名。嘉、道、咸、同作者更寥寥可數，徒以取士在此，視為應舉之工具而已。」〔註244〕高明揚先生將盧前先生的觀點作進一步推衍，歸結為康乾義理、乾嘉考據、嘉慶今文經學三個階段〔註245〕，大致揭示並反映了有清一代八股文風發展變化的過程。

對於清代的八股文，如其例言所云，《制義叢話》是按照名家和流派來編排的，卷八、卷九介紹的是國初至道光時期主要的八股名家 28 家，「用彰我國家人文之盛」；卷十、卷十一著重介紹康熙至道光間重要的八股流派，康、雍間作者為第十卷，乾、嘉間作者為第十一卷。雖然制義流派不無小異，但是才力隨人而具，風氣亦逐時而開，上述各家各派也不必為家數之分、門戶之別而標新領異，「要使學者各隨其性之所近而得所取資」。

清初制義名家眾多，然群推劉子壯、熊伯龍、李光地、韓菼為「四大家」。紀曉嵐曰：「國朝制義，自以劉黃岡、熊漢陽、李文貞、韓文懿為四大家。……至同時名流輩出，蓋有不受諸家之範圍者，或以經術勝，或以筆仗雄。」〔註246〕劉黃岡名子壯，字克猷，順治己丑科進科，其文融貫六經，而更長於論古，惟年之不永，著作罕傳。熊漢陽名伯龍，字次侯，又字鍾陵，與劉子壯同為順治己丑科進士，劉為狀元，熊為榜眼。俞桐川曰：「有明之季，文體蕪穢，晦冥蒙翳，與運相符。丙戌、丁亥，草昧漸開，至於己丑，主司既執先正法律衡天下士，名公碩儒起而應之，熊鍾陵先生其較著者也。昔艾千子之論文也主理，錢吉士之論文也主法，而狂瀾既倒不能復回。先生主試兩浙，督學京師，乃取艾、錢諸選發揚鼓勵，於是天下向風，典型如故，一人之力也。」〔註247〕李文貞名光地，字晉卿，又字厚庵，又稱榕村，安溪人，康熙庚戌科進士，諡文貞。紀曉嵐曰：「安溪以經文緯武之略，際喜起明良之朝，道學、政事、文章一以貫之，而出其餘緒以為制義，亦復能涵蓋一世，潤色千秋。」〔註248〕梁章鉅云：「安溪李文貞公相業為我朝之冠，其制義亦是我朝領袖……蓋公文元氣渾穆，名理湛深，直可度越漢陽、黃岡、長洲諸公，何況餘子。」俞桐川曰：「李厚庵先生於書無所不通，經史、性理、天

〔註244〕商衍鎏：《清代科舉考試述錄》，百花文藝出版社，2004 年，第 255 頁。
〔註245〕高明揚：《科舉八股文專題研究》，雲南人民出版社，2012 年，第 65～68 頁。
〔註246〕梁章鉅著、陳居淵校點：《制義叢話》，第 131 頁。
〔註247〕梁章鉅著、陳居淵校點：《制義叢話》，第 134 頁。
〔註248〕梁章鉅著、陳居淵校點：《制義叢話》，第 131 頁。

文、兵法皆默識其理，而實可見諸行事。帖括其緒餘，然亦有過人者。世人為文采今之華，襲古之意，斯已至矣，先生更熟於語錄，使孔、曾、孟、周、程、張、朱千古印證不爽，蓋不作帖括觀也。」〔註249〕韓文懿字符少，又字慕廬，長洲人，康熙壬子順天舉人，癸丑會元、狀元，諡文懿。李調元《淡墨綠》云：「自明末制義之衰，至我朝韓慕廬先生而翕然一變淡滑之習。」梁上治《四勿齋隨筆》云：「國朝制義，自以韓慕廬宗伯為第一。世言方望溪以古文為時文，以時文為古文，余謂宗伯以時文、古文合為一手，望溪所不逮也。」乾隆十七年二月諭旨：「故禮部尚書韓菼種學績文，湛深經術，其所撰制義，清真雅正，實開風氣之先，足為藝林楷則。」〔註250〕自韓菼後而二方興，二方者方舟、方苞是也，皆出韓氏之門，然方舟（百川）早卒，方苞（望溪）晚遇。何雨厓曰：「方百川以太學生止，其淒神寒骨，已兆貧短折於文字間，然其氣脈演逸灝漾，直接歐陽，而超軼之神，又若碧雲卷舒，漫空無跡，非可以淒寒概之。其發聲喟息，實怛然有憂天下之心。」〔註251〕紀曉嵐認為清初四大家之後，其繼起足稱後勁者斷推方望溪。「乾隆初，奉敕錄前明及本朝四書文，以桐城總其事，仰見聖人知人善任，後有作者弗可及矣。」〔註252〕同時，以制義知名者尚有楊雍建、魏裔介、范承謨、李之芳、王庭、王廣心、湯斌、陸燦、熊賜履、張英、陸隴其、朱彝尊、王士禛、張照、蔡世遠、張廷玉、儲在文，「或熔經鑄史，或氣盛言宜，亦一時之傑也」。〔註253〕

　　乾隆初年以墨卷著名者，為吳珏、田玉、馬國果、李中簡四家，但梁章鉅少喜讀之而長則譏之，為其推許者為周采民、袁枚、吳玉綸、趙祐、翁方剛、汪如洋、管世銘、陳鍾麟、吳錫麒、王芑孫、張師誠、賀長齡、王曇等師友。正如當代學者所言，這時考據入八股已成為一時之風氣，如《制義叢話》所錄趙鹿泉《寢不言》稿、孫洛如《設其裳衣》稿、胡應魁《知止而後有定》稿皆有濃厚的考據色彩。然而，《制義叢話》所輯者至嘉慶而止，至於嘉慶以後八股文的情形，商衍鎏先生《清代科舉考試述錄》有簡明扼要地評述：「嘉、道、咸豐以來，時文多無骨力，日見衰靡……同治、光緒間，講求時藝之風轉

〔註249〕梁章鉅著、陳居淵校點：《制義叢話》，第148～149頁。
〔註250〕梁章鉅著、陳居淵校點：《制義叢話》，第185頁。
〔註251〕梁章鉅著、陳居淵校點：《制義叢話》，第175頁。
〔註252〕梁章鉅著、陳居淵校點：《制義叢話》，第131頁。
〔註253〕商衍鎏：《清代科舉考試述錄》，百花文藝出版社，2004年，第256頁。

而為研究古文經史時務之學。」〔註254〕八股文漸變為策論，已經失去了其初的文體特色，走向其衰落之途也就不遠了，盧前先生將晚清八股文衰弊之徵象歸結為四點：一是尤王派之弊，以詞藻為制義；二是雷同之弊，或偷格，或偷意，或偷辭，千篇一律；三是文陋之弊，士不讀書以濫調輕而易舉博得功名；四是截搭之弊，出題者既強行割裂，答題者亦勉強成文。〔註255〕這時社會上對八股取士制度的攻擊愈來愈烈，八股文也在戊戌變法（1898）的高潮中走向終結。

還應該提及的是，《制義叢話》卷十二輯錄了有關明清兩代元墨的論述，有的比較細緻地描述了明清兩代元墨風格的變遷，有的還比較具體地分析了各家元墨的特點及其值得學習和揣摩之處。讓我們感興趣的還有卷十六至二十一關於其鄉賢、師友及其家族內部揣摩制義的情況，這些實際上也構成了一個地域或一個群體或一個家族的八股文「製作史」。

四、科舉文化：《制義叢話》呈現的明清社會心態

八股文作為在明代出現的一種新文體，從宋元時期初萌到明清時期走向成熟，並在科舉考試中得到廣泛地應用，在廣大的讀書人中產生了極其深刻的影響。明清讀書人走仕途只有科舉一條路，而科舉無論是最基本的童試還是後來的鄉試、會試，都必須經過八股文這一關，八股文也就成為當時讀書人走上仕途必經的獨木橋。但是，八股文從思想到形式上的各種束縛實在是太多了，而主考官的趣味又千變萬化，各不相同，應試之士在考場上成敗失據也就在所難免了，他們感到自己的命運就好像被八股文在作弄著。曾異有一篇《與丘小魯》的尺牘，談到明代讀書人這一獨特的社會心態：

私念我輩，既用帖括應制，正如網中魚鳥，度無脫理。倘安意其中，尚可移之盆盎，蓄之樊籠，雖不有林壑之樂，猶庶幾苟全鱗羽，得為人耳目近玩；一或恃勇跳躍，幾幸決網而出，其力愈大，其縛愈急，必至摧鰭損毛，只增窘苦。〔註256〕

實際上，在當時人口急劇增長的明清時期，走上仕途的讀書人並不多，據《明清進士題名碑錄》看，明代一科取進士少則幾十名，多也不過三百餘

〔註254〕商衍鎏：《清代科舉考試述錄》，第256頁。
〔註255〕盧前：《八股文小史》，商務印書館，1937年，第93～94頁。
〔註256〕周亮工：《尺牘新鈔》卷一，上海雜誌公司，1935年，第9頁。

名，清代也大抵如是數目而已〔註257〕，由此可以想見科舉考試競爭的激烈和殘酷，以八股取士的制度帶給大多數讀書人的只是無邊的痛苦：「人生苦境已多，至我輩復為舉業籠囚。屈曲己靈，揣摩人意，埋首積覆瓿之具，違心調爵蠟之語，兀度蘭時，暗催梨色，亦可悲已。」〔註258〕八股文已從一種考試文體影響到讀書人的心靈，這可能是當時這一制度制訂者所始料未及的，而圍繞著八股文的寫作也應運而生出押文題、選文稿、批文稿、印元墨、結文社等一系列獨特的文化景觀。

據梁章鉅考證，命題試士漢時即有之，以經書命者蓋始於宋，到元代明確規定從四書出題而用朱熹注。但是，《大學》《中庸》《論語》《孟子》「四書」加起來一共才五萬餘字，在推行八股取士制度之初尚能敷用，到後來考的年代久了，題目越來越多，也越來越難出，猜題押題的現象就在所難免了，關於應試士子夢中得題或抽籤得題的傳說紛紛出籠。《制義叢話》卷二十二大量輯錄了這方面的材料，如《制義科瑣記》載：

> 萬曆二十三年乙未會試前一日，有舉子夢試題係「晉元帝恭默思道」七字，而題紙為易水生奪去，後試題乃《司馬牛問仁》章。蓋晉姓司馬，而元帝為牛金子，合之則司馬牛也，其「恭默思道」又合訒言意，是科會元湯賓尹則固易水生也，亦奇而巧矣。

陸次雲《北墅奇書》載：

> 順治中，山左有李神仙者，遊行京邸。庚子北直鄉試，有兩生密詢試題者，李笑曰：「君等皆道德仁義中人也，奚以卜為？」題出，乃《志於道》全章，後二人皆中式。

> 法時帆《梧門詩話》載：襄城劉青藜在鄉舉前一年，夢人持一簡，題云：「太昊陵邊思故鄉，兒女織錦千丈長，那解刀尺作衣裳。」謂對劉氏說：「此明年科場題也。」劉氏熟思久之曰：「其《子在陳》章乎？」已而果然，乃為詩以紀焉。

紀曉嵐《灤陽消夏錄》云：

> 乾隆壬申鄉試，一南士齋沐禱於關廟，乞示試題，得籤云：「陰裏相看怪儞曹，舟中敵國笑中刀。藩籬刳破渾無事，一種天生惜羽

〔註257〕蔣寅：《中國古代文學通論》（清代卷），遼寧人民出版社，2005年，第316頁。
〔註258〕俞琬綸：《與客》，《尺牘新鈔》卷七，上海雜誌公司，1935年，第180頁。

毛。」是科《孟子》題為《交聞文王》三句，應首句也；《論語》題
為《夫子莞爾而笑曰割雞焉用牛刀》應第二句也；《中庸》題為《故
天之生物，必因其材而篤焉》，應第四句也，是真不可測矣。嘉慶丁
卯浙江鄉試，有人以闈題叩乩仙者，批云：「內一大，外一大，解元
文章四百字。」及出題，乃《天何言哉》三句，一大者天也，內外
者題內題外也，四百字者明指「四時行，百物生」也，隱語亦可謂
巧矣。

又黃霽青向友人道：永安南嶺為文丞相駐師處，有丞相祠堂。
前明萬曆間，溫君太和為諸生時，清明上冢南嶺，醉臥溪邊，夢二
鬼舁之下水，忽見朝衣冠人訶二鬼曰：「此天秩天敍、人綱人紀舉子
也。」鬼遽捨之去。恍然而寤，後於萬曆壬子科入闈，題為《故君
子名之必可言也》二句，中股即用「天秩天敍」、「人綱人紀」分柱
中式，因感神相之陰祐，遂於其地建祠，至今香火甚盛。

諸如此類，在其他明清筆記裏也有很多，這說明猜題押題在當時實乃一
時之風氣。《日知錄》卷十六「擬題」云：「富家巨族延請名士館於家塾，將此
數十題各撰一篇，計篇酬價，令其子弟及童奴之俊慧者記誦熟習。入場命題，
十符八九，即以所記之文抄謄上卷……昔人所須十年而成者，以一年畢之；
昔人所待一年而習者，以一月而畢之；成於剿襲者，得於假倩，倩卒而問其
所讀之經，有茫然不知何書者。」

當然，為了避免大家抄襲模仿和僥倖獲致，從皇帝到考官在出題上可謂
費盡心機，皇帝是多次曉諭考官務必在出題上力避重複，考官更是千方百計
在題目上翻新花樣。如康熙五十二年上諭：「四書五經皆聖人講理明道之書，
貫始徹終，無非精意。近見鄉、會試俱擇取冠冕吉祥語出題，每多宿構幸獲，
致讀書通經之士漸少。今後闈中題目應不拘忌諱，庶難預作揣摩，實學自出。」
皇上發令容易，這卻難為了出題的主考官，稍有不慎則有性命之虞，在清代
因出題失誤而掉官或殺頭的事件也時有發生。「因而割裂變化，繁簡紛歧，創
為特別殊異之題矣」。〔註259〕如高塘專門就明清時代的科場試題作了一個歸
類總結，有四十八種之多，這樣的結果就是必然招致來自上下雙方的批評和
譏諷，《制義叢話》卷二十二云：「鮑又梧侍郎桂星督學中州，出題過於割裂，

〔註259〕商衍鎏：《清代科舉考試述錄》，百花文藝出版社，2004年，第256頁。

士子嘖有煩言，有刻薄子至逐題作詩嘲之。」於是，清代數代皇帝多次諭令要借出考題而引領文風，在乾隆三年議准：

> 考試命題固取發明義理，而亦以展才思，遇有人文最盛之區，若命題專取冠冕，士子蹈常襲故，或無從濬發巧思，間出截搭題，則旁見側出，亦足覘文心之變化。第必須意義聯屬，血脈貫通，若上下絕不相蒙，恣意穿鑿，割裂語氣，殊屬傷雅。嗣後學政出題，宜以明白正大為主，即間出長搭題，亦必求文義之關通，毋蹈割裂之陋習，則既不詭於義理而亦不合其性靈，庶文章之能事曲盡而課士之法亦周詳矣。

如乾隆四十年，程景伊奏稱覆勘各省試卷，見有試題漸趨佻巧割裂，其最甚者如四川頭場試題「又日新《康誥》曰」六字，連上牽下，便全無義理，既不足以見學問書卷，而稍知機法者便可僥倖獲售，請飭部禁止。又乾隆五十二年覆勘大臣奏稱：經書重句命題，依本文次序，在前者不必加注，在後者題明某章某節，則士子不難遵守，而經文不嫌偏廢，應如所奏，將原例內雷同句法不得命題一條刪除。「敬維訓諭周至，功令嚴明，乃掌文衡者流仍不免有偭規錯矩之事，抑獨何歟？」

一般說來，明清時期的讀書人都只是把八股文當作走入仕途的一塊「敲門磚」。馮班《鈍吟雜錄》云：「人於其所業，當竭一生之力為之。毋求其便者，必為其難者。吾少年學舉子之業，教我者曰：此敲門磚也，得第則捨之矣。但獵取淺易者，可以欺考官而已。遠者、高者，不務也、必無人知，則貿矣。」為了盡快丟下這塊「敲門磚」，各種走捷徑的方法也就紛紛出籠了，其中多讀已中舉士人的選本並反覆揣摩其中制義技巧是大多讀書人所用的主要方法之一。《儒林外史》第十一回「魯小姐制義難新郎」，有這樣的一段文字：

> 魯編修因無公子，就把女兒當作兒子，五六歲上請先生開蒙，就讀的是《四書》《五經》；十一二歲就講書，讀文章，先把一部王守溪的稿子讀的滾瓜爛熟。教他做「破題」、「承題」、「起講」、「題比」、「中比」、「成篇」。送先生的束脩，那先生督課，同男子一樣。這小姐資性又高，記心又好，到此時，王、唐、瞿、薛，以及諸大家之文，歷科程墨，各省宗師考卷，肚裏記得三千餘篇，自己作出來的文章，又理真法老，花團錦繡。

這雖是小說家之言，但卻是明清時期讀書人做八股生活的「實錄」。最受

歡迎的就算那些新科進士或舉人撰寫的時文了，朗瑛《七修類稿》卷二四載：「成化以前，世無刊本時文。杭州通判沈澄刊《京華日抄》一冊，甚獲重利，後閩省傚之，漸至各省提學考卷也。」一些書坊老闆看準這一商機，大量翻刻那些銷路較好的時文選本。當時坊間流行之時文刊本共有四種：「曰程墨，則三場主司及士子之文；曰房稿，則十八房進士平日之作；曰行卷，則舉人平日之作；曰社稿，則諸生會課之作。」〔註260〕但書商往往唯利是圖，並不考慮選本的優劣，只求獲利豐盈，這樣的選本難免魚龍混雜。到正德時坊刻時文已是流佈四方，「書肆資之以賈利，士子假此以僥倖」，南京禮科給事中途文溥遂上疏要求痛革，「凡場屋文字字句雷同，即係竊盜，不許謄錄，其書坊刊刻一應時文，悉宜燒毀，不得鬻販，各處提學官尤當禁革，如或入藏誦習不悛者，即行黜退」。〔註261〕為端正士行和矯正文風，這時政府往往會出面主持選稿的任務。《明史》萬曆十五年禮部言：「舉業流弊太甚，請選弘治、正德、嘉靖初年中式文字，選其尤者，刊布學宮，俾知趨向。」萬曆四十三年（1615）乙卯科題准，將鄉試、會試中式試卷選編印錄，以供應試者揣摩，稱「程文墨卷」。到清朝康熙九年（1670）規定：嗣後鄉試、會試之程文，一概由禮部負責選刊，頒行天下，嚴禁坊間私行刊刻。乾隆時更是由方苞出面編選，皇帝親自審定，輯成《欽定四書文》四十一卷，作為各級學校和應試士子必修的官方讀本，從而達到引導文風和矯正士習的目的。

選稿帶動了明清出版業的繁榮，揣摩經義也促成了明末文社的興起。文社實際上是一種以揣摩風氣而將文人聚結在一起的社團，「明代以八股取士，讀書人因而尊師交友，互相砥勵文章技藝，揣摩風氣，以求取功名，所以結社成風」。〔註262〕明代文社興起於弘治時期，在南方的科舉之鄉蘇州等地，有以揣摩風氣而聚結的文社。〔註263〕不過，當時規模尚小，也就十來人左右，後來文社中中舉者較多，吸引了越來越多讀書人加入文社，規模亦逐漸擴大，以致有的文社人數達到百人以上。更重要的是，文社的影響越來越大，影響所及是從蘇州到浙江、江西、湖廣都形成了這樣的文社組織。「雲間有幾社，浙西有聞社，江北有南社，江西有則社，又有歷亭席社，昆陽雲簪社，而吳門

〔註260〕阮葵生：《茶餘客話》卷十六，中華書局，1985年，第486～487頁。

〔註261〕《明武宗實錄》卷一三二，正德十年十二月乙亥條。

〔註262〕吳承學《中國古代文體形態研究》（修訂本），中山大學出版社，2002年，第311頁。

〔註263〕何宗美《明末清初文人結社研究》，南開大學出版社，2003年，第133頁。

別有羽朋社、匡社，武林有讀書社，山左有大社。」〔註264〕文人相聚，揣摩經義，意在科考，這也是明代文社興起的最初動因。「今甲以科目取人，而制義始重，士既重於其事，咸思厚自濯磨，以融功令。因共尊師友，互相砥礪，多者數十人，少者數人，謂之文社。」〔註265〕文社往往會定期組織社集，並由社中主持選政者選刻社員的四書文稿為社稿，其最著者為張溥、周采等的《復社國表》和夏允彝、陳子龍等的《幾社會義七集》，有的社稿在市面上還有較好的銷路，以致各文社為了經濟利益而產生了衝突。但是，在清代政府明確禁止文人結社，社稿也不復存在，不過在家庭內部或學校書院裏依然有這樣的活動存在，《制義叢話》卷十八到二十一便記錄了這類活動。

第三節　路德的八股文批評

　　路德（1785～1851），字閏生，一號鷺洲，西安府盩厔（今陝西周至）人，清代著名教育家。路德家學淵源深厚，其父路元錫（約1722～1804），字命卿，號梅圃，乾隆三十年（1765）被保入國子監，為舉人，四十六年（1781）大挑二等，任甘肅成縣訓導，後補任陝西朝邑教諭。「所到之處，訓迪有方，學風大變」，「做官10年，無冤屈和遺漏的案件」，「年近七旬時，辭官回家，教導兒子讀書。」〔註266〕受父之教，路德自幼致力於時文，並於嘉慶十二年（1807）中舉，十四年（1809）成進士，初任翰林院庶吉士，未滿期即改授戶部湖廣司主事，嘉慶十八年考補軍機章京。他秉承家風，勤奮異常，亦工於書畫，後因積勞成疾，三十多歲雙目失明，於道光二年（1822）辭官返鄉，息心養性。後視力漸漸恢復，遂辭官不出，專心治學，先後講學於乾陽、象峰、對峰、關中、宏道等書院達三十餘年，親授弟子以數千計。

　　路德在各地書院講學，以弘揚程朱理學為主，同時兼收眾家學說之長。「反對空泛議論，注重學以致用」。〔註267〕其一生用力處多在八股文教育及批評，「路德閏生先生以制藝一道，苦口良心，諄諄為學者告……不惜以金

〔註264〕朱彝尊《靜志居詩話》卷二十一「孫淳」條，人民文學出版社，1990年，第649頁。
〔註265〕陸世儀《復社紀略》卷一，上海書店，1982年，第171頁。
〔註266〕王安泉主編《周至縣志‧人物志》，三秦出版社，1993年，第539頁。
〔註267〕西安市地方志編撰委員會編，《西安市志》（第七卷‧社會人物），西安出版社，2006年，第398頁。

針度人，其心可謂至而盡矣。」〔註268〕其所編時藝之書凡 10 種，為《時藝問》《時藝綜》《時藝引》《時藝階》《時藝話》《時藝核》《時藝課》《時藝辨》《時藝竅》《時藝開》等。「所選時藝一時風行，俗師奉為圭臬，並取其五經節講之本以教學者」。〔註269〕自稱所學為時藝，捨經學、古文，「不為鍾而為鈴」，有學者稱其所談時藝：「以經術傳注為宗，就舉子業為階，導學者以窮經明理，其誨人不倦，猶徇路之鐸，牖民之篪，大叩大鳴，與黃鐘大呂無異也。」〔註270〕又有《關中課士詩賦》《蒲編堂訓蒙》《檉華館詩集》《檉華館文集》，另有題跋、序記、志傳、碑版 2000 餘篇，〔註271〕晚清學者張壽榮根據散在路德文集中論述時文各題論列諸法，分類輯錄彙編而成《仁在堂論文各法》一書。因為路德在八股文領域長達三十餘年的講學經驗，加之對於八股文專研之深，並將之貫穿於其嚴格而靈活的教學理念之中，使其成為清代著名的八股文批評家、教育家。「當時從學者眾多，『一時全秦三晉吳楚人士多從之，遊掇甲科，任京外各職者以數百計』，其學生中有許多人後來成為官宦名家。」〔註272〕可見其影響之深遠。

一、「肄習熟場」與「功歸實用」

路德所處的道光時代，清代學術思潮正在發生蛻變，從乾嘉樸學走向經世之學，以考據為八股的風尚漸以消彌，以蒿目時艱的擔待意識開始成為其時士子的人生取向，並且試圖調和清代學術的漢宋之爭，重新提出「經世致用」的命題，以為士子的安生立命之所。

漢宋之爭是清代學術的重要命題，八股文作為一種代聖賢立言的應試文體，在八股文批評史上也存在著義理與考據的分歧。比如雍正時期的劉大櫆即提出「作時文要不是自我作論，又不是傳注訓詁始得。」〔註273〕不過，其時尚是重義理而黜訓詁的，但在乾嘉時期樸學興盛，漸現以訓詁入八股的風

〔註268〕張壽榮《仁在堂論文各法》「弁言」，《叢書集成續編》（第 205 冊 文學類），第 3 頁。

〔註269〕陳金林編《清代碑傳全集》，上海古籍出版社，1987 年，第 1806 頁。

〔註270〕《續修陝西通志稿》卷 186「藝文四」，民國二十三年（1934）活字排印本，第 38 頁。

〔註271〕王安泉主編，《周至縣志·人物志》，三秦出版社，1993 年，第 540 頁。

〔註272〕西安市地方志編撰委員會編，《西安市志》（第七卷·社會人物），西安出版社，2006 年，第 398 頁。

〔註273〕劉大櫆：《時文論》，《劉大櫆集》，上海古籍出版社，1990 年，第 612 頁。

氣。比如《論語》中《鄉黨》一篇，記載聖人日用起居至朝廟祭祀等禮節，所謂「盛德之至，動容周旋，自中乎禮耳」〔註274〕，但由雷啟（曉東）編纂的《鄉黨文菹》一書卻完全是一部考據文字的彙編，這表明當時人們作八股已有義理與考據之分野。

> 時藝之遵朱注，功令也，而《鄉黨》文不然。《鄉黨》一篇，大而朝廟宮庭，細而飲食服物，無一事不資考據，而朱注闕如，非朱子之疏也。〔註275〕

路德認為朱子之注中考據的缺少，並不是朱子之過失，而是由於漢宋之學的使命不同造成的。「漢唐箋傳注疏多考證制度名物，宋儒則專言義理，發聖學之根本。」但是應試舉子在學習課藝之時又需要對於原文所言及之事禮有確切把握，「考據不確，則題解不明，雖名手無從下筆」，因此，他在文體風格上提出：「惟是典之資乎考據，猶理之資乎語錄也。但以語錄為文，雖說理極精，適形其陳腐耳。但以考據為文，雖數典極博，適益其汗漫耳。」路德認為純以義理為文，或失之陳腐，純以考據，則失之汗漫，均不可取，唯「求理於心，運典以才，斯為得之」。〔註276〕只有義理與考據相互取資，才是科舉時文之道，才能更好地應對八股文寫作的要求。

路德這一理念也體現在因材施教的八股文教育實踐中。針對當時大多士人「率欲獵取科名，志在捷獲，潛心實學者十無一二」的情況，他通過編選《時藝話》一書以糾正士人不良風氣並循循引導之。「書院之有講堂也，為諸生聽講而設也，講者難，聽講尤難，講性命者，人苦其幽深，講經術者，人議其迂闊，講名物象數者，人且憚其瑣屑繁重而不欲聽。」〔註277〕講性命經術與講名物象數，皆有其弊，他主張以實學相號召，調和漢宋之爭，讓科舉回歸到它取士選材的本意上來，不僅僅是為獵取一己之功名。這一主張的背後有一個核心理念——「肄習詩文，本欲磨礪成材，功歸實用。」〔註278〕無論是對於八股文的研習與寫作，還是對於士子實行因材施教的教育理念，路德都極力提倡這一「功歸實用」的時文觀念。這一理念也是當時社會的共同認知，在一個社會亟需變革的年代，八股文也要體現「經世」這一時代精神。

〔註274〕朱熹：《四書章句集注》，中華書局，2012年，第117頁。
〔註275〕路德：《鄉黨文菹序》，《檉華館文集》，清光緒七年解梁刻本。
〔註276〕路德：《鄉黨文菹序》，《檉華館文集》，清光緒七年解梁刻本。
〔註277〕路德：《仁在堂時藝話序》，《檉華館文集》，清光緒七年解梁刻本。
〔註278〕路德：《關中書院課日繳卷限期諭》，《檉華館雜錄》，清光緒七年解梁刻本。

　　路德在多處提到「肄習既塾場」，把書院的課藝訓練當成科場考試，這一方面是因為以八股文為主的科舉是士人仕進必經之途、「實用」之階，關係到士人的前途，所以「一試不得，致誤終身，所關非淺。」〔註279〕「若場中偶有此失，便斷送一生科第，其為害不更深耶」〔註280〕。「肄習既塾場」理念的另一層意思是，他有意把時文與政事聯繫在一起。他說：「今日之士，即異日之官，即不盡為官，亦鄉閭之所矜式，子弟之所則效也。」因為今日之士子可能就是他日之官吏，即使不盡可能為官，亦是地方上學子所傚仿的對象，所以尤其需要注重對待時文的態度。「士當未遇時，無民社之責，無簿書符牒之勞，不商不賈，匪農匪工。其日夜所業者，不過案頭數事耳，於此而鹵莽滅裂，何事不鹵莽滅裂乎？於此而因陋就簡，何事不因陋就簡乎？於此而務苟得，何事不務苟得乎？於此而貪逸獲，何事不貪逸獲乎？」〔註281〕在路德看來，「文章小道也，時藝，文章之最卑者也」，儘管時文文體雖卑，但可以小見大，於此小事貪圖捷徑、苟且了之，亦可知他日處理政事之態度幾何。針對當時剽竊之士習，路德說：

　　　　士多喜剽竊，餘則嚴禁之；多思幸獲，餘則杜絕之。剽竊幸獲
　　之心，何心也？苟且之心也。讀書苟且者，其立身也鮮有不苟且者
　　矣，作文苟且者，其處事也亦未有不苟且者矣，苟且之心生則士習
　　壞，苟且之心去則士習端。〔註282〕

　　這種剽竊之習、苟且之心在讀書是如此，於立身處事亦如此，所以路德言其教育理念是「必求其是、必覈其實」、「務使人閉戶殫精以精其業，凡以去其苟且而已」。但當時文壇剽竊之風盛行，對於文章剽竊的行為「不以為可鄙，而反以為難能也者」的情況，路德指出：

　　　　揆諸開科取士之本意，果有合耶？否耶？孔門四教文先於行，
　　而同歸於忠信。作文不盡心者，其人必不忠。無而為有，虛而為盈，
　　自欺以欺人者，其人必不信。文不偽而行偽者有之矣，斷未有文偽
　　而行不偽者也。〔註283〕

〔註279〕路德：《關中書院課日繳卷限期諭》，《檉華館雜錄》，清光緒七年解梁刻本。
〔註280〕路德：《諭諸生留心試帖》，《檉華館雜錄》，清光緒七年解梁刻本。
〔註281〕路德：《仁在堂時藝辨序》，《檉華館文集》，清光緒七年解梁刻本。
〔註282〕路德：《仁在堂時藝話序》，《檉華館文集》，清光緒七年解梁刻本。
〔註283〕路德：《仁在堂時藝核序》，《檉華館文集》，清光緒七年解梁刻本。

作文要用心，切忌剽竊，欺人者必不自信。雖然也有文不偽而行偽的，但文章不真實，其行為一定不真實，這不但違背儒家之忠信倫理，而且更加違背了國家開科取士、功歸實用的宗旨。這一點，與路德自身之修為是相聯繫的，史稱他教人要先器識而後文藝。「專主自反身心，尤講求實用。」也就是說，他強調由為人而為文，為文則意在經世。

從「功歸實用」出發，路德又提出「文章之道與政通」、「文章政事並為一途」的觀念〔註284〕。在為田太守所寫的時文集序中，他表彰了田太守時文與政事俱佳的人格形象。

> 國家以文章取士，將以儲政事才也，而文士登仕籍者，或竟不達於政，豈為文一心，為政又一心哉？……丙午春，及門馮孝廉峻奉太守命，以求益齋時藝百數十篇就質於余，其文不尚塗飾，不趨詭異，不矜單慧，不弄虛鋒……讀未竟，掩卷歎曰：「文章之道與政通矣，太守有是文，固宜其有是政也。」〔註285〕

在這篇序文裏，他先是讚譽《求益齋時藝》作者田太守之「佳政」，「政平訟理，人心帖然」。進而由聞其政而讀其時藝，通過其時藝的「不尚塗飾，不趨詭異，不矜單慧，不弄虛鋒」，瞭解其文行合一之處，指出其為「達理」「揆情」，故其為政也能「揆情」「達理」，「讀是集者，當因文以求其政，因政以得其心，若但於語言文字間求之，猶求馬於唐肆也。」〔註286〕在與八股文相關的試帖教育中，路德同樣強調這種觀念。比如在《藻香樓試帖序》中，路德首先論及沈霞軒，其人「端謹溫粹，縝密以栗」，繼而言其吏事「表裏瑩徹，整紛剔蠹，辨甲知乙」，再而稱讚其試帖：「集中頌揚之篇，藻繢之什，方流圓折，動中規矩。」〔註287〕認為其試帖「一如其治吏事也」，「以霞軒之才，異日當蒞大邑」，由其文可推知其治政之才也。在路德看來，沈霞軒人品、詩文與其吏事是相通的，故他認為沈霞軒他日必將有大用。路德還在許多地方言及「以文卜人」的概念，即通過士子之文章可看出其日後為政之才的大小，比如其言傅以漸「能於文藝中卜其人，將來經濟百不失一」〔註288〕。同樣，路德是從經世致用角度，通過文章看其作者是否是經國之才，把時文寫作與

〔註284〕路德：《求益齋時藝序》，《檉華館文集》，清光緒七年解梁刻本。
〔註285〕路德：《求益齋時藝序》，《檉華館文集》，清光緒七年解梁刻本。
〔註286〕路德：《求益齋時藝序》，《檉華館文集》，清光緒七年解梁刻本。
〔註287〕路德：《藻香樓試帖序》，《檉華館文集》，清光緒七年解梁刻本。
〔註288〕路德：《貞固齋應試文序》，《檉華館文集》，清光緒七年解梁刻本。

國家政事相聯繫，表明八股文在他的心目中所具有的崇高地位。

在路德的八股文批評中，他特別推重清代第一位狀元傅以漸（1609～1665）。在《貞固齋應試文序》中，除了著重闡述傅以漸的「半生不遇」，亦對於其扭轉時代風氣，「如朝日始出，萬象為之一新」，進行了濃重的渲染。路德認為傅以漸的半生不遇，正是「老其才、邃其學、練達其識，以為興朝之用」，所以，其文「論則上下古今，縱橫變化，凡所欲言者無不言之；策則經經緯史，潤以英辭，《任舉》一篇，皆可作名臣奏議讀，非復故紙堆中所有……凡所陳奏皆承平時所不敢言者，其格式闊略亦與今迥別。」〔註289〕傅以漸的應試文都是有感而發，具有強烈的經世色彩，皆是政事文章相通之言，而沒有其時作者為文之陋習。「大抵以巧勝力，以偽衒真，束書高閣，專務捷獲。不知褊小者不可以懷大絚，短者不可以汲深」。所以路德說：「積水不厚，則負舟無力，干鏌不藏，則鋩刃易鈍。況科名輕重，視乎其人，其得之也易，其用之也立。」〔註290〕他提倡的是有真才實學的之文，只有這樣的文才才能善治政事。

針對當時文壇的不良士習，路德從調和漢宋之爭的立場，提倡實學，從「功歸實用」的角度出發，指出：八股文文體雖卑，然其可因小見大，以時文之真偽見政事才能之勤拙。

二、「文人之心」與「靜以待時」

從上文所言「功歸實用」的時文理念，路德引申出「文章之道與政通」的思想。那麼「文章之道與政通」的結合點是什麼？什麼樣的八股文才是好的八股文？對於舉子以及和考官如何辨別真偽的問題，路德提出一個很核心的理論範疇——「文人之心」。

路德認為那些只是把時文作為仕進之工具的人，在為官之後不再讀書，這些人是讀書沒有得到真味的人。「文人之文，文人之心也。作文此心，作吏亦此心。心顧可轉移乎哉！」〔註291〕漢代揚雄云：「言，心聲也；書，心畫也。聲畫形，君子小人見矣。」〔註292〕以言與書，可見其人，路德也認為八股文是從作者心靈意趣的外顯，即「文人之心」的體現。作文是這樣，為政也

〔註289〕路德：《貞固齋應試文序》，《檉華館文集》，清光緒七年解梁刻本。
〔註290〕路德：《貞固齋應試文序》，《檉華館文集》，清光緒七年解梁刻本。
〔註291〕路德：《張頤園時文序》，《檉華館文集》，清光緒七年解梁刻本。
〔註292〕楊雄：《法言·問神》，轉引《中國歷代文論選》（1），上海古籍出版社，2001年，第97頁。

是這樣，可以在政事上見出良臣與拙吏。「國家以文章取士，將以儲政事才也，而文士登仕籍者，或竟不達於政，豈為文一心，為政又一心哉？」〔註293〕路德認為為文與為政的結合點在於「心」，但大多數在中試為官之後不再操翰為文，文只是其弋取功名的一種工具罷了。

在路德看來，將為政與為文相打通的這個「心」，其根本又在「神」，人之善於存「神」養「神」則用之不匱。「人惟一心，心所藏者神，善藏則神全，神全則用不匱，安有通於此而窒於彼者。」〔註294〕這裡所謂的「心」與「神」，均是從本體角度而言為文與為政的根本，當然更是針對當時「以讀書為迂途，以讀文為捷徑，以能套文者為利器，以業詩賦者為旁門」而發論的。這種不讀書研理而只是以熟讀時文選本，然後生吞活剝的行為，造成的結果是：「摹花樣，倚聲調，有枝葉而無根柢，多外貌而少內心，終身役役，求一言之幾乎，道而不可得，是亦強怒強親而不神者也。以不神者為文，文未必不售，以不神者為政，吾固知其齟齬而難入。」這種舍本求末的行為，其真其偽等到為政之後即立竿見影。所以路德說：「凡為文必達於理，必揆諸情，必因其勢，必會以神。言理而不契以神，其為文也迂，其為政也亦迂。言情言勢而不浹以神，其為文也駁，其為政也亦駁。神之所至，眾美隨之。方其為文而政在是焉，國家以文章取士，將以儲政事才也，其取焉而不得者，乃文士操術之誤，亦鑒裁者未得其真耳，得其真則文章政事並為一途矣。」〔註295〕文章需要達於道理、涵容情感、順應文勢，這些都是需要有「神」作為根本的。因作文可以見出其為政之本事，從考官來講，如若不能選取真才實學之人，就在於沒有從其文中辨識其「真」，只有「真」才是文章與政事統一的根本。

路德標舉真才實學之人，以讀書明理為正途之人。他認為國家以文藝取士，就是通過八股文來檢驗應試之士為學之真偽，「真偽相雜，核之乃出」。「出偽者喜，則真者憂，必然之勢也。」〔註296〕如何辨別真偽？路德也為初學者指出一條切實可行的路徑，他說：

　　　　然則何以核之，核之以題而已。大抵因題作文者：真舍題覓文

〔註293〕路德：《求益齋時藝序》，《檉華館文集》，清光緒七年解梁刻本。
〔註294〕路德：《求益齋時藝序》，《檉華館文集》，清光緒七年解梁刻本。
〔註295〕路德：《求益齋時藝序》，《檉華館文集》，清光緒七年解梁刻本。
〔註296〕路德：《仁在堂時藝核序》，《檉華館文集》，清光緒七年解梁刻本。

者偽，得題心者真，摹題面者偽。真者心入題中，而力餘於題外，偽者心浮題外，而力困於題中，或貌合神離，或語多意少，或外強中乾，或有理無法，或有法無理，或有筆無墨，或有墨無筆，或有色無香，或有音無韻，凡若此者皆偽也。非剽竊而得，即倚傍而成也。〔註297〕

　　從時文角度言，就是通過作者應對題意的能力來判別。「真者心入題中」，即是抓住了題目的本意，體會聖人之用心，這樣才能使得「文人之文」與「文人之心」結合，又與為政之事相通。具體說來，它有兩種表現形態，或試以難題，或試以易題。「凡相士必先試之，試以難題，其文之真偽，一覽即得，試以熟題必屢試而後可得。」〔註298〕從時文出題的難易上看，難題易於見真偽，所以過去的八股文考試中，小題為多。易題需屢次試驗才能見出真偽。一般說來，剽竊者胸無點墨，因襲成文，必然經不起這一考驗。「大抵以巧勝力，以偽衒真，束書高閣，專務捷獲。不知褚小者不可以懷大綆，短者不可以汲深。積水不厚，則負舟無力，干鏌不藏，則鋩刃易鈍。況科名輕重，視乎其人，其得之也易，其用之也立。」〔註299〕宋代大儒張載在其《西銘》中言：「富貴福澤，將厚吾之生也；貧賤憂戚，庸玉汝於成也。」為人如是，為文如是，為政亦如是。趨時迎逢反而終身役役，「求一言之幾乎，道而不可得」，不求捷徑，磨礪成才，是為真用。所以路德說「余之教人，必層累曲折而後成，非殫思畢慮經年累月不能有所得，其見功也緩，其用力也多」。〔註300〕

　　針對其時「真偽相雜」的情況，路德指出：「士生文治昌明之日，但當勉為真者，靜以待時，無作偽以求幸獲，則庶幾乎其可矣。」〔註301〕走捷徑弋取功名者只是得一時一人之喜，而務求根本的人始終保持著家國的憂患意識，就像傅以漸那樣，含章鬱抑，久而弗伸，但一旦時至，「如駿足之騁長坂，鴻毛之遇順風，雖欲斂翼息跡而不可得」。這說明，一個人只要能持其真，即使未能一時獲雋，但經過時間的磨礪，靜以待時，終將玉汝於成。「然則所謂難者，非終難也；所謂易者，乃無往而不難。」〔註302〕

〔註297〕路德：《仁在堂時藝核序》，《檉華館文集》，清光緒七年解梁刻本。
〔註298〕路德：《仁在堂時藝核序》，《檉華館文集》，清光緒七年解梁刻本。
〔註299〕路德：《貞固齋應試文序》，《檉華館文集》，清光緒七年解梁刻本。
〔註300〕路德：《仁在堂時藝辨序》，《檉華館文集》，清光緒七年解梁刻本。
〔註301〕路德：《仁在堂時藝核序》，《檉華館文集》，清光緒七年解梁刻本。
〔註302〕路德：《仁在堂時藝辨序》，《檉華館文集》，清光緒七年解梁刻本。

　　路德對於「文人之心」的強調，還表現他在對應試者創作心理的論述上，即對於為文之用心的論述。他說：

　　　　工試帖者能為之，及得難題，立乎四虛之塗，遊於無何有之宮，彷徨徙倚，不著一物。俄而靈光一縷，燭幽洞冥，意象所造，躍然而出，使讀者歎其妙，而不知其所以然。使題之表裏無不瑩徹，一如其治吏事也。（《藻香樓試帖序》）

　　　　其文不尚塗飾，不趨詭異，不矜單慧，不弄虛鋒。每拈一題，凝神以思，領取立言者之神，虛而與之委蛇。樞機方開，物無隱貌，尺紙寸管，稱心而談。如文與可畫竹見竹而不見人；如梓慶削木為鐻，入山林，觀物性，見鐻然後假手；如郢客歌《陽春白雪》，含商吐角，絕節赴曲。（《求益齋時藝序》）

　　在漢代，司馬相如曾有「賦家之心，苞括宇宙，總覽人物」之說；六朝劉勰更有「夫文心者，言為文之用心」的言論。路德這裡講到作者面對八股文題，「立乎四虛之塗，遊於無何有之宮」，「凝神以思，領取立言者之神」，很顯然也吸收了劉勰關於文學創作「虛靜」心裏的論述。他認為試帖、時文之類的應試文體，在創作時與詩賦等文類一樣，當作者之思緒進入構思之情境時，聖賢之心與作者之心相湊泊，會出現物我合一的心理狀態。如同作畫中講「解衣般礡」（《莊子・田子方》），作文中講「陶鈞文思，貴在虛靜」（《文心雕龍・神思》），形成一種隨物賦形的整體直觀，從而把握精微之妙理（「立言者之神」）。這種妙理的獲得又在於主體處於虛靜狀態下的感應會通，「神即心或精神在忽然的感應會通間與本體相通，於是彰顯朗照無形之道。人對天地萬物精義的把握，也要經過感應會通這一重要契機。」〔註303〕

　　如何通過文題，把握立言者之「神」，進而體認道體之「真」？路德指出：「天下人類繁矣，事機隱矣，燥人視之而弗見，惟靜者審察而得之。李惠擊羊皮而負薪者屈張，舉驗豬口灰而作奸者伏罪，傅令破雞得粟而爭雞者無辭，當時驚以為神，而不知非神也，靜也。」〔註304〕「心」之工夫在於「靜」，而「神」是心之「靜」時的表現。為文的道理也是一樣的，它透過主體摒除雜念的「靜」，而達到對於客體之「真」的體認；同理，國家通過所取之士的施政行為以體驗其「心」，而不是通過語言而求其「真」——即對於聖賢之「道」

〔註303〕陳順智：《玄學虛靜學於文學創作心理》，《文藝理論研究》，1999.5，第 94 頁。
〔註304〕路德：《求益齋時藝序》，《檉華館文集》，清光緒七年解梁刻本。

的把握。「當因文以求其政，因政以得其心，若但於言語文字間，求之猶求馬於堂肆也夫。」〔註305〕從這個角度，為文的最高境界並不拘束於語言，無所為而為之為才是最高的境界。「天下事無所為而為者，為最真，凡有所為而為者，皆偽而已矣。」〔註306〕「雖然文章者有象者也，得之於心而書之於紙。紙上之文皆可得而話也，其所以為此文者，不可得而話也，學者即其可話者，以求其不可話者；則凡古人之話，與古人所未話，皆可於此話中隱然遇之矣，此則余以話為講之意也夫。」〔註307〕即透過文字把握為文者之意，即為文之用心，在路德看來它就表現在為政之實用上。

在《封芝山時文序》中，路德對這種「真」作了比較形象的說明和闡釋。從讀封芝山時文，他追憶昔日遊歷封氏亦園之境，並推及昔日之境「一一繪諸目前」，「卷中之文：其靜而深者，園之賞雨處也。其麗以則者，園之看花處也。或一往清疏，或竟體融朗，園之宜夏宜冬處也。萬象在旁，軒豁呈露，園之賞雪月處也。他人遊其園未必知其文，今余得竝覽之快矣。」從而感歎芝山能為文，又能為園，「且能使園如其文，文如其園」。〔註308〕園林藝術的美以意境的創造為其核心，以涵容士人審美理想為旨歸。葉朗先生言：「園境和詩境、畫境在美學上有共同旨之處。這個共同之處就是『境生於象外』。詩境、畫境都不是侷限於有限的物象，而是要在有限中見出無限。」〔註309〕我們認為路德這裡所闡述封芝山的文章之境與其亦園之境具有藝術同構的審美效果，而路德所變現亦園之境界同樣具有透過有限的形式表現無限本體之「真」的意味。路德從時文「功歸實用」的角度出發，認為封芝山有如此之才，從而發表感歎道：「宜其蜚黃騰達，而竟以青衿終，良為可惜。」但轉念一想，其言且文章樂事也，園林樂境也，「文人有園林之樂，樂事樂境二者兼得，而樂乃無量」。寒士雖不少風雅，但終覺才力不夠，貴人商賈才力有餘，「胸少丘壑」，乃至為官之人「膴仕而滿心戚憔，日夜不休」，均缺失主體回融宇宙保持性情之「真」的活潑，所以相對來說路德認可封芝山亦園與其時文中所體現的是「良辰美景、賞心悅事」〔註310〕的審美理想。

〔註305〕路德：《求益齋時藝序》，《檉華館文集》，清光緒七年解梁刻本。
〔註306〕路德：《張頤園時文序》，《檉華館文集》，清光緒七年解梁刻本。
〔註307〕路德：《仁在堂時藝話序》，《檉華館文集》，清光緒七年解梁刻本。
〔註308〕路德：《封芝山時文序》，《檉華館文集》，清光緒七年解梁刻本。
〔註309〕葉朗：《中國美學史大綱》，上海人民出版社，1985年，第441頁。
〔註310〕謝靈運《擬魏太子鄴中集詩》序中言：「天下良辰、美景、賞心、樂事四者

　　總之，無論是宏達如傅以漸的為國為民，抑或是獨善如封芝山的悅情自賞，均以性情之「真」為其旨歸所在。所謂「靜以待時」，即以體道為真，以性情之真融於時勢之變而或出或處。之後，晚清劉熙載更是創造性的標舉《楚辭》與《莊子》的統一、執著與超越的統一。所以，從這種評論中所表現路德性情之真，亦可見出其批評理論之深。如果說劉大櫆時代的士人更多表現是「盛世」之下士人的持守與固執，從而表現其對話的被動與沉悶，那麼無疑路德的態度更加主動，其精神更加明亮，也更加體現出一位儒者的醇真與敦厚。

三、「清真雅正」之體與「達於理，明於權」

　　上文已經論及路德對於「文人之心」，以及作者為文時虛靜體真的心理狀態。從這一時文理念出發，路德又從才氣與學問關係的角度，對「清真雅正」的觀念作了別於常人的闡釋並提出了「清真、雅正，時藝之體」的文體論思想。

　　承明代八股文「醇正典雅」的觀念而來，清代一直以「清真雅正」作為八股文品評的最高標準，並一直延續至晚清〔註311〕。在一般人心目中，清真雅正，就是中規中矩，不得使才氣，不得炫學問。所謂：「文貴清真，尚書卷者，其人必多浮誇；文取雅正，使才氣者，其人必不醇謹。」鑒於這些人對於清真雅正理解的偏差，路德從才氣與學問關係角度，談到自己對這一問題的看法。他說：

> 夫清真雅正，時藝之體本如此，余之論文亦豈能外此四字，而所見正自有別。條埋（理）井井，不雜一物謂之「清」；一題一文，不可移置謂之「真」；誦法古人，不隨流俗謂之「雅」；範我馳驅，不為詭遇謂之「正」。此非才人學人不能兼也。〔註312〕

　　他對於清真雅正的理解，是從文法的角度立論的，即做到章法井然，切合題意，不含有題外之雜意，上求聖賢之旨，發揮議論，而導歸性情之正，是為路德所謂「時藝之體」。而這些都是需要有真才實學之人才能做到的，將其

難並，今昆弟友朋二三諸彥共盡之矣，古來此娛，書籍未見。」（載顧紹柏校注：《謝靈運集校注》，中州古籍出版社，1987年，第135頁。）

〔註311〕 參考龔延明、高明揚：《清代科舉八股文的衡文標準》，《中國社會科學》，2005年（4）。

〔註312〕 路德：《仁在堂時藝課序》，《檉華館文集》，清光緒七年解梁刻本。

比之為古之「六藝」，非才學之士則不能。「古者，禮樂射御書數為六藝，六經亦稱六藝，書藝祖傳曰藝文也。韻會曰藝，才能也，藝非才不能，非學不得。」路德認為「時藝雖小道，實未易工，惟讀書有志之士，研精理法者始能遊其彀中。」時藝文體雖小，但只有有志向之人通過多讀書，研習理法才能體會時藝之妙，並且指責那些「不用書卷者為清真，不見才氣者為雅正，是阨才人學人也。」〔註313〕路德認為那些沒有真才實學的「膚淺、冗弱」之作為「似藝而非藝」，並疼責之：「羌無故實者錄，引經據典者黜，是禁人讀書也；蹈常襲故者錄，自出心裁者黜，是禁人立志也；不著痛癢者錄，務為譬闓者黜，是禁人研理也；偭規改矩者錄，周規折矩者黜，是禁人循法也。」〔註314〕

在闡明才氣與書卷對於八股文的重要意義後，路德又討論作者之才學與文章之風氣的關係。他指出，逞才使氣之人往往困躓科場，以其不能循規蹈矩，不受一時風氣之影響，「才氣愈高，柄鑿益甚」，反不如才疏學淺但能合乎時趨者易得科名。在他看來，善為時藝者當守其正而權其變，雕以華而歸於樸，才學與理法不可有偏重。其言：「時藝者，不患其不時，患在似藝而非藝……風氣一變，遇合無期，其一成而不能變也，皆狃於一偏者也。書理也，文法也，經籍也，筆力也，此四者藝之所以為藝，終古不變者也。得其所不變而後能善變……雖風氣一日一變，亦誰得而阨之哉。……余與諸生論文不得不隨時，又不得不防其變，作行止坐臥箴，俾諸生參悟書理以求心得文法，無取乎泥，要必示以一定之規矩；經籍有時不用，要不敢聽其不讀；才氣雖不敢逞，要必擇其有神思有筆力者，」〔註315〕一般說來，八股文作為時藝，往往隨風會之變化而不斷變化，但作為文章，它的「書理」、「文法」、「經籍」、「筆力」卻是不變的，只要掌握了這個變而不變的法則，則能隨機應對，化變為不變，化不變為變。「風氣不變，吾亦與之不變；使風氣旦夕立變，吾有不變者存，靜而觀之，亦即隨之而變矣。」〔註316〕

路德認為「古今之文，隨時而變，時藝之變尤甚，昔之文不可用於今，今之文不可用於後，匪世運使然，乃人事為之也。」〔註317〕到劉熙載更是提出「文之道，時為大」，並以《左傳》和《史記》言之，「強《左》為《史》則

〔註313〕路德：《仁在堂時藝課序》，《檉華館文集》，清光緒七年解梁刻本。
〔註314〕路德：《仁在堂時藝課序》，《檉華館文集》，清光緒七年解梁刻本。
〔註315〕路德：《仁在堂時藝課序》，《檉華館文集》，清光緒七年解梁刻本。
〔註316〕路德：《仁在堂時藝課序》，《檉華館文集》，清光緒七年解梁刻本。
〔註317〕路德：《仁在堂時藝課序》，《檉華館文集》，清光緒七年解梁刻本。

嘔殺，強《史》為《左》則嘽緩。」正是因為這兩部著作「與時為消息，故不同正所以同也。」〔註318〕這種「隨時而變」的理念，可以上溯到《周易》，「漢鄭玄《易贊》及《易論》說：『易一名而含三義：易簡，一也；變易，二也；不易，三也。』」〔註319〕其中簡易是相對於《周易》以八卦爻象組合把握宇宙變化而言，對於時藝來說，不易的是「書理也，文法也，經籍也，筆力也」，變易的是時藝的技法風格以及文理於時勢順應中的貫通，所以路德提出文章應當「正之與奇，樸之與華，如陰陽之相蓋而相照，如東西之相反而不可相無。」文章之「理」與文章之「法」亦應當隨著時代的變化而變化，所以說「善為文者，守其正而參以奇，雕以華而歸於樸。」如果固步自封則必然有所偏重，有所偏重則產生流弊，「偏重書卷者，其弊也為僻書、為奇字，偏重才氣者，其弊也為誕怪、為謬悠，垢矣敝矣，閱者厭而憎之。乃黜才氣而取平正，屏書卷而尚清空。學平正不得則失之庸，學清空不得則失之陋。國家取士，主司掄才，將得其人而用之，惡用是庸且陋者哉。」〔註320〕

上文講過，時藝惟讀書有志之人研精理法而得，「作文必先讀書，善讀書者，其見理也明，其用法也審，積理生氣，積氣生辭，由法生巧，由巧生新。」〔註321〕但學人若不「知時」，則陷於所偏，是其不知時藝之體的原因，所以說「夫才人學人之阨，雖曰風氣阨之，亦其人自阨之也」。才人學人的困厄雖有風氣使然，更在於士人不能順應體察時勢之變的原因。「余所謂藝也，即余所謂時也」，時藝之「體」是包含著時宜之「變」的，撇開「時」而談「藝」，「似藝而非藝」，它並沒有把握到「時藝」之規律〔註322〕，「以無書卷為清真，以無才氣為雅正」的時藝作品並非真正意義上的「清真雅正」，只有「達於理，明於權者」〔註323〕才是路德所謂「清真雅正」，這一點與上文所說「功歸實用」、「靜以待時」的時文理念相聯繫。

在明清八股文史上，剿竊模擬之風一直存在，有清以來此風尤盛。路德主講於各大書院多年，對此感觸頗深，因此，他提出要在千變萬化的時風中求不變的為文之道。

〔註318〕劉熙載：《文概》，袁津琥校注：《藝概注稿》（上冊），第60頁。
〔註319〕李學勤主編：《十三經注疏·周易正義》，北京大學出版社，1999年，第5頁。
〔註320〕路德：《仁在堂時藝課序》，《檉華館文集》，清光緒七年解梁刻本。
〔註321〕路德：《仁在堂時藝辨序》，《檉華館文集》，清光緒七年解梁刻本。
〔註322〕路德：《仁在堂時藝課序》，《檉華館文集》，清光緒七年解梁刻本。
〔註323〕路德：《時藝竅序》，《檉華館文集》，清光緒七年解梁刻本。

　　　　諸生雖來去無常，而吾堅持吾說，始終不變，以讀書為本，以
　　研理為宗，以法律為門，上溯古文以增其筆力，旁及詩賦以發其才
　　思。〔註324〕

　　時文文風隨時而變，流弊滋生，莫宗一是。針對這一習氣，清初戴名世提出「由舉業而學問」的救弊之路，和戴名世等許多古文家一樣，路德也推崇以古文為時文的理念。比如言及其老師周學山先生之時文：「先生晚年專治古文，閒出所作以示時，方從事帖括。讀先生經義，輒神動色飛，欲歌欲舞，於古文則浮慕而已，未嘗遊其藩也。」〔註325〕有了古文的功底才能做好時文，真知古者方能作古。路德在書院教育中還多次提到詩賦的重要性，如《諭諸生留心試帖》《藻香樓試帖序》等。他還從創作心理上提煉出「思路」與「筆路」的概念：

　　　　始得一題，怳惚杳冥，聽不以耳，視不以目。冥搜者久之，目若
　　有見，耳若有聞，窊隆隱現。六通四辟，遇山開徑，臨流架梁。靡幽
　　不探，靡高不陟，縱步所如，獨往獨來。靈境照曜，樂哉斯遊，是曰
　　「思路」。……吾意所向，全神赴之。神之所為，吾莫能助之，惡乎御
　　之。緩步疾趨，方趨忽止，時而迅厲也。若騏驥之騁長阪，鷹隼之下
　　層霄，時而便嬛綽約也，若游絲之嫋晴空，微風之皺細浪。聽之有聲，
　　望之有氣，齅之有香，讀之有味，而索之無跡，是曰「筆路」。〔註326〕

　　這就是「研理」與「法律」相結合所產生的藝術效果，這裡的「思路」與「筆路」，「路雖有二，實出於一」，因為「思欲其靈，筆欲其活。無理則不靈，不靈則無思，無氣則不活，不活則無筆。」如果說古文之名始於中晚唐韓愈時代，那麼從那時起道之體、文辭與義理的關係就不停被學人討論〔註327〕，在八股文批評中，路德從「時宜」的角度亦認為「作文有內功、有外功」。那麼「何謂外功？曰詞頭也、調頭也。」是因為「文章之有時藝，難之以題，束之以法，限之以程式。」〔註328〕需要遵守一定的格式規律，並且能夠隨著題

〔註324〕路德：《仁在堂時藝辨序》，《檉華館文集》，清光緒七年解梁刻本。
〔註325〕路德：《周學山先生遺文序》，《檉華館文集》，清光緒七年解梁刻本。
〔註326〕路德：《仁在堂時藝引序》，《檉華館文集》，清光緒七年解梁刻本。
〔註327〕如韓愈《題歐陽生哀辭後》云：「思古人而不得減，學古道則欲兼通其辭，
　　　　通其辭，本志乎古道者也。」柳冕「夫君子之儒必有其道，有其道，必有其
　　　　文。」李翱「故義雖深，理雖當，詞不工者不成文，宜不能傳也。文、理、
　　　　義，三者兼併，乃能獨立於一時。」等。
〔註328〕路德：《時藝竅序》，《檉華館文集》，清光緒七年解梁刻本。

目而有所變化，自出新意。比如在《諭諸生講前屬對》中很多「佳文」，因為「不諳屬對，不講音節」，從而導致「有意無詞，有詞無采，有采無聲，有聲無韻」，「對不工則無詞采，音不諧則無聲韻，心中之文雖極得意，紙上之文終難愜心。」由於辭法筆力上的欠缺，導致心中所想不能落實於筆上，即不能做到「辭達」。相對於外功，路德更加看重的是「內功」。那麼「何為內功？曰理、曰氣。」這是文章之所以為文章的根本，「意生於理，筆生於氣，理實氣空，便是妙文。」作者之意出於對理的體認，文章筆力出於氣的流動，理識充實而氣體流動的文章才是佳文。如果沒有外功，那麼就「字句不工，聲調不響。或失之孤高，或失之汗漫，或失之粗豪，雖理明氣足，終不得為佳文。得意自賞，知音難逢，智者不為也。」這就是路德所說的為文有失偏頗的流弊，其原因不在於沒有才學，而在於「不循繩尺，不趨風氣」，路德認為這樣才學愈高愈是與時藝相悖。如果專用內功，「則拾人餘唾，絕無心得，雖字句穩妥，聲調和諧，終與自家無干，有志者不為。」〔註329〕

如同上文所論述「思路」與「筆路」同出於一路一樣，路德亦認為「內功」與「外功」同樣是同歸一路。指出：「詞生於意，調生於筆，有理則不患無詞，有氣則不患無調，但於詞調間略加揣摩，便能合墨裁花樣，較之專務詞調者，用力少而成功多，學者宜早辨之。」外在的形式是由於內在文意生發出來的，詞調同樣也是由於筆力所體現，而有了內在的理氣，於外在的詞調稍加推敲，相較於只在外在辭法上下工夫要事半功倍。

這種內功與外功的統一即是文章之有法與無法的統一，即是路德說「作文先求謹嚴，到謹嚴後須學奔放，極奔放處仍不失為謹嚴，方為合作。」「理法不精，安能謹嚴，必循規蹈矩，漸至神而明之，然後可為奔放之文。」〔註330〕所以路德認為作文能達到識體知變，即強調讀書有志才學的內涵，又要求研理循法，才學神思是內在於法度謹嚴之中的。路德比喻說「作文如作畫」，文人通過讀書把內在的涵養施諸筆墨章法之中，才見「氣韻」、「光澤」。循法非墨守成規，否則才學只是孤芳自賞，偏於時藝之體而不知全，其文必失之庸陋。「國家取士，主司掄才，將得其人而用之，惡用是庸且陋者哉。」〔註331〕從文與政通

〔註329〕路德：《仁在堂論文各法》（做法總論），《叢書集成續編》（第205冊　文學類），第12頁。

〔註330〕路德：《仁在堂論文各法》（做法總論），《叢書集成續編》（第205冊　文學類），第12頁。

〔註331〕路德：《仁在堂時藝課序》，《檉華館文集》，清光緒七年解梁刻本。

的角度，他要求時文之體當「清真雅正」，且「達於理，明於權」。這些都體現出一個今文經學家經世致用的批評態度，在這裡也能看到相對於以前的八股文批評者而言，他更強調「知時」從而表現出來的儒者之「智」。

四、關於《仁在堂論文各法》

　　路德八股文批評的一個重要方面是關於八股文的程式理論，而這些理論反映在路德先後選編的時藝選本上，比如《仁在堂時藝課》《仁在堂時藝辨》《仁在堂時藝話》《仁在堂時藝綜》《仁在堂時藝引》《仁在堂時藝階》《仁在堂時藝核》以及《時藝開》《時藝竅》等。

　　路德編撰這些時文選本，一方面是針對當時舉子「喜剽竊，而憚實學」以及對於時藝之體有畏難心理；另一方面是針對當時時藝選本不佳且舉子不易入手，如其所言：

> 余始訓課子弟，擇明人小題文之精者，與之講肆，率茫然不解。或解之而不能學，或學之而不得其意，反益瑕疵焉，既而怃然曰誤矣。明文篇幅雖小，實難學步，且佳者多在中後，其前數行則簡率，參差不可為訓，不如置之。〔註332〕

　　在他看來，明代小題文最易成為初習時藝者的典範，但他們大多「學焉不得其階，但擬其形似，襲其聲貌沾沾焉，自以為得」，所以說「人但慕明文之明，於其不明者，亦強謂之明，人心之明為明文揜矣。」〔註333〕路德根據舉子的學習情況，因材施教地選編各種時藝選本，比如《仁在堂時藝階》：「是編也，較輩名家之文則易知，較坊刻小品之陋者則稍覺難為。非真難也，自上而下，其勢便自下而上。」〔註334〕後來晚清學者張壽榮（1827～？）將這些散落在路德文集之中關於時藝程式方面的資料分類輯錄而成《仁在堂論文各法》，使得「各題亦以次附存，若綱在綱，有條不紊矣。學者之閱是編也，知一題有不可易之法，一法有不容混之題。」〔註335〕全書由做法總論與做法分法兩部分組成，總論部分論「時宜」與「流弊」，分論部分則就各文題的做法展開，凡四卷，共十九種做法，全面地呈現了路德的八股文法論思想。

〔註332〕路德：《仁在堂時藝引序》，《檉華館文集》，清光緒七年解梁刻本。

〔註333〕路德：《明文明序》，《檉華館文集》，清光緒七年解梁刻本。

〔註334〕路德：《仁在堂時藝階序》，《檉華館文集》，清光緒七年解梁刻本。

〔註335〕張壽榮：《仁在堂論文各法》（弁言），《叢書集成續編》（第205冊　文學類），第3頁。

　　前文從國家以文藝取士和「文人之心」的角度講文辨真偽的問題，從程式角度路德認為應從時藝之題的角度核實真偽，以體認題心為真，以心浮題外者為偽，其言「大抵因題作文者：真捨題覓文者偽，得題心者真，摹題面者偽。」〔註336〕所謂「核之以題」即在於切題，「文無定法，惟其切而已矣」〔註337〕，路德結合幾種主要的八股文體制分析切題的途徑和方式。

　　首先，路德認為行文以空靈為妙。如何做到空靈？「不惟題前要空要靈，即中後作正面處，亦不可稍涉沾滯。詮題以切當為主，不惟題之正面要切，當即前半來路，後半去路，亦不可稍涉浮遊。」也就是說從切題的角度，處處以空靈而不沾滯即為切題。如此又須文體、文勢與文氣的結合，路德言「作文如用兵，得勢者勝。一篇有一篇之勢，一段有一段之勢，數句有數句之勢，每作一題，須就題審勢，而後文勢從之。」〔註338〕八股文每一題、題中每一段每一句的位置與氣勢都不一樣，都需要審視清楚然後文章才能自然成文而不偏執。注重文勢之外還需注重文氣，「但必雙單相輔而行，方成文氣。」即時藝排偶與不排偶文句相結合。以散行體〔註339〕為例，路德言「散行體，亦制勝之法，議論筆力，缺一不可。」所謂議論與筆力即是作者的發揮議論和組織文法的結合。又說「散行文離不得三個字，曰勢、曰機、曰氣。文勢雖得而氣機不足以運之，則勢亦不見其妙，機動於天者也。氣即吾身之生氣，虛而待物者也，氣之發動處，便是機。」氣是文勢的內在本原，機是文勢的外在表現，當作者處於虛以待物的狀態，即是文氣發動之時；當內在之氣發動之後，主體的才氣則自然外露出來，並表現於時藝的文辭上面。所謂切題心者，即是把握文勢與氣機。再如三扇四扇清空說理之題，此一類題最易鋪排，也最易蹈襲，所以需要「洗刷」與「變化」結合，所謂「洗刷」即要求達到「字句乾淨卻又說得暢達」，所謂「變化」即要求達到「存變得神遠，卻句句是題所應有」，而這些都來自善於用意與用筆，而用意與用筆又從積理養氣而來，所謂「氣理深則意多，氣盛則筆強」。〔註340〕

〔註336〕路德：《仁在堂時藝核序》，《檉華館文集》，清光緒七年解梁刻本。

〔註337〕路德：《仁在堂論文各法・做法總論》，《叢書集成續編》（第205冊　文學類），第10頁。

〔註338〕路德：《仁在堂論文各法・做法總論》，《叢書集成續編》（第205冊　文學類），第8頁。

〔註339〕八股文一般以八股為主，八股為駢體，駢體為文句之外的八股文即是散行體，或稱散體。

〔註340〕路德：《仁在堂論文各法・做法總論》，《叢書集成續編》（第205冊　文學類），

其次，路德又提出切題在於「緊」。他說：「文無定法，惟其切而已矣。切題亦無定法，惟其緊而已矣。」路德所謂八股文之法在於「緊」，即把文題中每一個字為緊緊聯繫的一個有機整體來理解，而非僅僅就某個字解某個字，同時又要從文題的上下文語境之中去揣摩此一題目的用意，從而使得題目本身和題目之外的上下文語境表裏合一。否則則失之沾滯與空套。從這這個角度，路德認為當時的風氣有尚「空衍」而不尚「典實」的特點，以至舉子不學經籍，衡文者不解真才。所以路德說「好作大言詩文人第一病，文理未能真切，遽爾走入此路，終身為文，總不知題為何物。」特別是當時科場之中「理題居多，典制題十無二三，若微細典題則絕無僅有矣」，於是學人專以「清空」之文模擬敷衍，而做好典制題非「博採經傳」不能做好。否則只是「好作大言」而非真切題。對於「口氣題」和「凡題有問答者」，更需要從題之上下文，探求題之神理和聖人之意，而不能就原話去老實理解。「到得題來，卻不知如何切法，彼其所見者，題之表也，所不見者題之理也。題裏何在？上下文是也。」因為「一題有一題之文」，哪怕是《四書》中很多句子是相似或者是相同的，路德認為也應該從文體語句上下乃至於上下章去把握此一題的不同之處，從而才能把握這一題的特別意蘊所在。

第三、路德還提出了作文的八字要訣——「眾趨勿趨，眾避勿避。」在他看來，不知詮題者，則趨眾人之所趨，「眾所趨者何？成文也，常套也，類典也，習氣也，他題之相類者也」，從而導致「場中試卷，累千累百，如黃茆白葦，一望皆同。」而「眾所避者，乃題之要害，文之精神也，故認題為文家第一要害。」〔註341〕所以，路德特別強調八股文「切題」的重要性，而切題即是掌握八股文的文理，而這些都是以「讀書研理」作為根本。針對於此，路德從八股文寫作程式上提出一套系統的學習次第：

> 凡業時藝者，必從虛小題入手。先以截上題，欲其知來脈也，次截下題，欲其知去路也。不知來脈，不知去路，則文理終於不通，雖苦心為文至於白首，其人究為門外漢。知來脈去路而能截清上下，無仰逼俯侵之失，其於文法也得半矣。明於截下法，復難之以冒下題，明於截上法，復難之以結上題。冒下結上題較截下截上題似覺稍易而

第 10 頁。

〔註341〕路德：《仁在堂論文各法·做法總論》，《叢書集成續編》（第 205 冊　文學類），第 16 頁。

難實倍之，能為冒下結上題，文其於文法也思過半矣。〔註342〕

學習時文者大多從「小題」入手，如清初王步青《熟課小題分編》，亦可避免抄襲膚淺之弊。從小題中之「截上題」瞭解題目上文語境，通過「截下題」瞭解下文語境，這樣瞭解八股題目的上下文語境以及題目的位置作文就會處於一種融合的狀態之中，如此對於八股文文法即掌握大概。在「截下題」、「截上題」瞭解之後再由易而難地練習「冒下題」、「結上題」。

　　諸法既明，復熟以割截題法。凡割截題，上截多截上，下截多截
　　下。其上全下偏者，上截多冒下，上偏下全者，下截多結上。其偏者，
　　或半面、或單扇、或兩扇、或多至數扇。割截題之長者，中間或數句，
　　或一節、或一章、或數節數章，總而言之，皆應截作。〔註343〕

在上述基礎之上，再聯繫更加難的「割截題」，即截取《四書》中個別詞語搭配而為題。因為割截題的這些複雜性，即包含有以上「截上」、「截下」、「結上」、「冒下」的各種因素與應對技巧，所以「不得截上截下，冒下結上之法，必不能為割截題文，不能為割截題文，則一切單句、單扇、兩扇、數扇、通節、通章、數節、數章題，亦必不能如法。」路德認為「割截題者」如「永字之八法也」，開八股文體制創作之眾多法門。

　　割截之法明，然後授以滾做法。凡能為割截題文者，一遇滾作
　　題，不煩繩削而自合，若遇寬平正大之題，必能自出機杼，與眾不
　　同。無他，由難而易，其勢順也。滾截二法，乃諸法之總匯，而滾
　　法必出自截法，乃能融洽分明，學者靜參而有得焉，則一切文法備
　　於斯矣。〔註344〕

由難而易，學習「滾做法」以及「寬平正大之題」則能得心應手，路德認為滾作題與割截題包含時藝眾法，而滾作題法由必定出自割截題法，於此二題有所領悟則一切時藝文法即完備了然。

《仁在堂論文各法》編者張壽榮又根據上面的程式理念將路德關於八股文學習程式細分為十九種作為「各法分編」，以方便舉子進行次第的學習，分

〔註342〕路德：《仁在堂論文各法·做法總論》，《叢書集成續編》（第205冊　文學類），第7頁。

〔註343〕路德：《仁在堂論文各法·做法總論》，《叢書集成續編》（第205冊　文學類），第7頁。

〔註344〕路德：《仁在堂論文各法·做法總論》，《叢書集成續編》（第205冊　文學類），第7頁。

別為：破承法、講末出全題法、領上法、出題法、截上題法、截下題法、結上題法、冒下題法、承上冒下題法、全偏題法、偏全題法、截搭題法、滾作題法、滾截兼行題法、比喻題法、贊斥題法、代述題法、長題法、全章題法，這些文題做法，較之高嵣《論文集鈔》四十八種有簡化，論述卻更為深入。

作為八股文教育家和理論家的路德，在其八股文批評中，以「功歸實用」來定位八股文的文體意義，又在書院教育中注重因材施教、循循引導。針對八股文文風在當時所產生種種流弊，重提「清、真、雅、正」作為時藝之體的衡文標準，又明確「知時」而變的主體能動性，並且在八股文程式方面提出一套切實的學習次第和章法，使得路德的八股文理論在清代中後期有著很深遠的影響。在《曾國藩家書》中即提到曾國藩叮囑其子紀澤、紀鴻：「屢聞近日精於舉業者，言及陝西路閏生先生（德）《仁在堂稿》及所選仁在堂試帖、律賦、課藝無一不當行出色，宜古宜今。余未見此書，僅見其所著《樨華館試帖》，久為佩仰。」當時「陝西近三十年科第中人，無不不閏生先生之門。湖北官員中想亦有之。」〔註345〕對於《樨華館試帖》，曾國藩告誡其子「亦以背誦為要」。〔註346〕可見路德八股文批評的典範意義以及其教育影響之深遠。

第四節　鄭獻甫的八股文批評

鄭獻甫（1801～1872），原名存紵，字獻甫，避咸豐帝奕詝名諱，以字行，別號小谷，晚年自號識字耕田夫，廣西象州縣白石村人。十歲讀五經，十三讀九經，十五歲補弟子員，後十年（1825）拔貢生，凡四應春闈，遊學各地，足跡所至，「北走燕趙，南流江淮，東遊齊魯，西居漢沔，頗得江山之助」〔註347〕。至三十五歲時即道光十五年（1835）成進士，官刑部主事。入仕僅十四月，以乞養歸，丁父母憂，遂不復出。終生以著書講學為業，先後主講於洛江、德勝、榕湖、秀峰、柳江、鳳山、越華、象臺等兩廣的各大書院，門徒眾多，飲譽杏壇，後人尊之為「粵西儒宗」。道光三十年（1850），

〔註345〕曾國藩：《諭紀澤紀鴻》（同治五年五月十一夜），唐浩明評點：《唐浩明評點曾國藩家書》（下），嶽麓書社，2002年，第307頁。

〔註346〕曾國藩：《諭紀澤紀鴻》（同治五年五月十一夜），唐浩明評點：《唐浩明評點曾國藩家書》（下），嶽麓書社，2002年，第308頁。

〔註347〕鄭獻甫：《識字耕田夫別傳》，《補學軒文集》，沈雲龍主編《近代中國史料叢刊‧續編》第二十二輯，文海出版社，1977年，第1043頁。

廣西爆發太平軍起義，獻甫流離輾轉，喪所著書。咸豐七年，避亂至廣州，與陳澧、勞崇光交厚。同治六年（1867），廣東巡撫郭嵩燾向朝廷上奏獻甫「學深養邃，通達治體」，請飭赴廣東差遣委用，獻甫力辭。廣西巡撫張凱嵩以獻甫「品高守正，足勵風俗」，請旨特賜五品卿銜。同治十一年（1872），卒於桂林榕湖書院，年七十二。

　　獻甫天資高朗，耿介豪逸，自謂「身似郎官，心似處士，業似農夫，行似浪子」〔註348〕。生平無他好，惟嗜書，終日手不釋卷。他姿稟超絕，博聞強記，既絕意進取，益貫綜六經諸子百家，於經義、史論、古之詩詞、四六駢體皆精之，有《補學軒文集》及《續刻》《外編》共十四卷，《補學軒詩集》及《續刊》共十六卷，《家藏書目錄》四卷，《愚一錄》十二卷，《四書翼注論文》十二卷等。徐世昌《晚晴簃詩匯》選其詩十四首，《詩話》論小谷詩曰：「詩直抒胸臆，無所依傍，骨韻甚秀。當時粵西詩人以朱伯韓、王少鶴、龍翰臣為最著，小谷頡頏其間。其伉爽之氣，清越之音，亦拔戟自成一隊。」〔註349〕林昌彝《射鷹樓詩話》亦評獻甫詩曰：「詩筆嫻雅幽豔，如馬守真畫蘭，秀氣靈襟，紛披楮墨之外；又如倩女臨池，疏花獨笑。」〔註350〕

　　作為有清一代廣西最著名的學者、詩人、藏書家、書法家之一，鄭獻甫最為人所稱道與最具影響力的是其詩歌創作。事實上，他在八股文批評理論方面亦多所創建。鄭獻甫先後主講兩廣各大書院，從教時間長達三十餘年之久，自身坎坷的科舉應試經歷，使他堅信為教學、讀書的目的在於求取功名，報效國家，他常說：「教人為學而曰不必求名，吾不信也」。圍繞此一原則，他在教學實踐中，「年來主講書院不免多講經義」〔註351〕。反覆的沉潛研習與多年的積極探索，加之以卓然不群的識見、胸襟，使他的時文寫作、鑒賞理論呈現出鮮明的個性與深度。他不僅創作有時文《補學軒制藝》四卷，同時有系統的八股文批評理論《制藝雜話》一卷，還有時文評點本《補學軒批選時文讀本》行世，在明清八股文理論與批評史上，佔據獨特而重要的地位。

〔註348〕鄭獻甫：《小谷自誄》，《補學軒文集外編》卷四，第 3367 頁。
〔註349〕徐世昌：《晚晴簃詩話》卷一三八，華東師範大學出版社，2009 年，第 1000 頁。
〔註350〕林昌彝：《射鷹樓詩話》卷八，上海古籍出版社，1988 年，第 177～178 頁。
〔註351〕鄭獻甫：《制藝雜話》，《補學軒文集續刻》，第 2271 頁。

一、八股文體本不卑，作者自卑耳

　　自明初推行八股取士制度以來，對八股文之質疑、指責、謾罵便從未停止，就制度層面而言，「大到說國家的命運，國破家亡是八股文斷送的，小到個人的遭遇，考不中功名做不了官也是八股文害的」〔註352〕。而對於八股文體自身之內容、程式、法度，尤其是其中割裂四書章句以命題之法等文體方面之指責與攻擊則更甚，如明成化間進士吳寬道：「今之世號為時文者，拘之以格律，限之以對偶，率腐爛淺陋可厭之言。甚者指謫一字一句以立說，謂之主意。其說穿鑿牽綴，若隱語然，使人殆不可測識。苟不出此，則群笑以為不工。」〔註353〕

　　到了清朝，關於八股文的論爭已由利弊之爭上升到存廢問題，至鄭獻甫的時代，八股文衰極，「凡號才俊之士，皆不屑為八股。」〔註354〕然而，在眾人之反對聲中，鄭獻甫力闢眾議，欲挽狂瀾於既傾。首先，他為時文正名，推尊八股文體。在敘述《制藝雜話》之創作緣由時，他以設問提出「或見而哂曰：『古人有詩話，古人亦有文話，經義之體，詞人不道，何亦瑣瑣及此？』」在此，他提出自己對八股文的看法，曰：「八比文義理本於注疏，體勢仿於律賦，絜度同於古文。體本不卑，作者自卑耳。」〔註355〕他認為八股文是融合了經史注疏、詩詞律賦與古文這些傳統主流文學的元素，加以陶鑄、熔煉而成，因此有著和經史、詩賦、古文同樣重要的地位，是「體本不卑，作者自卑耳」。

　　不僅如此，明之八股文與漢人注疏、宋人語錄一樣，都作闡發聖言、抒寫己志之工具，然而「漢人解經以注疏，宋人解經以語錄，明以來釋經以八股文，其於闡發聖言、抒寫己志一也，而八股最卑，入最難。」〔註356〕世俗眼中最卑的八股文，卻是要求最高的，非一般人所能為，「必通經之箋注家，必熟史之考據家，必兼習漢以來之綴文家，然後可為八股文。」〔註357〕較之注疏與語錄，八股對創作者之才情、學識提出了直接而不可模糊的考驗與挑

〔註352〕鄧雲鄉：《清代八股文》，中國人民大學出版社，1994年，第21頁。
〔註353〕吳寬：《送周仲驥應舉詩序》，《匏翁家藏稿》卷三十九，四部叢刊景明正德本。
〔註354〕鄭獻甫：《新選起衰集自序》，《補學軒文集外編》卷一，第2864頁。
〔註355〕鄭獻甫：《制藝雜話》，《補學軒文集續刻》，第2271頁。
〔註356〕鄭獻甫：《新選起衰集自序》，《補學軒文集外編》卷一，第2863頁。
〔註357〕鄭獻甫：《新選起衰集自序》，《補學軒文集外編》卷一，第2865頁。

戰，「注疏主於釋名義、正音讀、徵典實而已，其不知所出，可直曰不知所本，八股可如此乎？語錄析理，其精者勝似注疏，而其中俚語俗說皆攔人，八股可如此乎？故注疏難，語錄難，八股尤難。」〔註358〕然而，對八股文的推尊，更需要一種膽識與氣魄，一種超然卓絕的眼光，這與鄭獻甫的治學態度與主張是分不開的。

獻甫治學，胸襟博大，視野開闊，反對詩文創作之模擬蹈襲、格套陳說，提倡變古創新，主張「為文章貫串古今，直抒所見，絕去修飾。」〔註359〕其弟子蘊璘序其詩曰：「師之詩非漢非魏，非唐非宋，自成為鄭子之詩耳。學之既不能，模之亦不似，但求抒我意，何必令公喜。」〔註360〕他極其重視向古今各類名家學習，兼融並蓄，博採眾家之長，尤其反對近世人之拘一孔之見立門戶之私：

> 道無所謂統也，道有統其始於明人所輯《宋五子書》乎？文無所謂派也，文有派，其始於明人所選《唐宋八家文》乎？然皆門戶之私也，非心理之公也。古者人品有賢愚，人才有美惡，然而流品未分也。儒術有師承，學術有授受，然而宗法未立也。經說有淺深，詞章有華實，然而尺度未嚴也。自韓子有「軻之死不得其傳」一語，而道之統立。自韓子有「起八代之衰」一贊，而文之派別。遂若先秦以來之賢人君子，東漢以來之鴻篇巨製，皆可置之不議，而惟株守此五子書、八家文，以為規矩盡是，學問止是。甚且繪為旁行邪上之圖，曰某傳之某，某得之某，如道家之有符籙，禪家之有衣缽，世家之有族譜，閱之令人失笑。不惟於體太拘，而於事亦太陋矣。〔註361〕

他批駁桐城派之私立門戶、標榜師承、自相把持，他認為這樣的舉動都是門戶之私見，而非心理之公允，若不能兼收並蓄歷代眾家之精華，「惟株守此五子書、八家文」，則下筆陳陳相因，庸淺枯率，「拘牽如嚴家餓隸、模仿如劇場優工」〔註362〕。他反覆強調為學之不拘體格、不囿成見，力避道統、文統之說，他認為所謂八大家之文，亦不過「多讀書以求其至，多窮理以求其

〔註358〕鄭獻甫：《新選起衰集自序》，《補學軒文集外編》卷一，第2863頁。
〔註359〕陳澧：《五品卿銜刑部主事象州鄭君傳》，《補學軒文集外編》，第3385頁。
〔註360〕蘊璘：《補學軒詩集序》，《補學軒詩集》卷首，第3頁。
〔註361〕鄭獻甫：《書茅鹿門八家文鈔後》，《補學軒文集》卷二，第777～778頁。
〔註362〕鄭獻甫：《書茅鹿門八家文鈔後》，《補學軒文集》卷二，第779頁。

是」〔註363〕，而非如近世不學者之矯誕貪鄙而附於正學。究其實，他所反對的並非五子、八家，而是世之以五子、八家為依附而空疏不學之士。在《書呂月滄文集後》，他又云：「近世治古文者皆事瞽說，謂東漢文弊，南宋後無古文。於前明僅推一歸震川，於本朝獨推一方望溪，為得文章正統，此皆姚姬傳弟子妄為說」，「如市中壟斷之夫互相標榜、自相把持，實則便於不學者盜竊模仿，苟以循名而已。」〔註364〕他認為分立門派不僅於學術事功無益，易遮蔽、割裂學術公理，同時也造就諸多狂妄自大、高自標持、不學無術之輩欺世盜名而已。且門戶之別立，而片面、狹隘之說始惑亂人心，而詩文之偏裨流弊百出：「故詩之流別，至宋而始詳；詩之流弊，亦至宋而始極。後有作者，非不欲矯之，然神韻勝者，矯以清音，或少切響；才調勝者，矯以亮節，或少微情，終去彼二家不遠，亦不免令二家互笑耳。」〔註365〕

因此他提出「一代之世運，與一代之人才合而成一代之文體，如天之有日月風雲，地之有江河山嶽，體象不同，而精彩皆同，故愈久而愈新也。」〔註366〕無論朝代，不分流派，無論文體，鄭獻甫都能夠合理、辯證地取彼之長為我所用。因此，在清初文壇漢、宋之爭中，鄭獻甫也能夠始終保持清醒的頭腦，不狹隘、不絕對，他認為「論學不宜有漢、宋之分。」〔註367〕他提倡二者兼尊且學且力避其短，「通漢唐注疏，而碎義則不尚也；尊宋儒德行，而空談則不取也；兼擅六朝唐宋詩文，而摹倣沿襲尤深恥而不為也。」〔註368〕這種博學名家又不囿於任何一家的做法，使鄭獻甫的文學創作、學術研究具有鮮明的集大成特色，而究其一生，他也確實做到了言行一致、表裏如一，無絲毫門戶陳見，蔣琦齡序其墓誌稱：「顧其考據之精博如此，而不屑以漢學自名，其品之高、行之篤如彼，而生平不喜宋儒之講學。蓋與其一切著述，不拘格轍，不分門戶，皆斷然自為一家之學也。」〔註369〕嶺南學者陳澧亦高度推崇之曰：「國朝二百餘年，儒林文苑之彥迭出海內，及風氣既衰，而鄭君特起於廣西，學行皆高，可謂豪傑之士矣。」〔註370〕

〔註363〕鄭獻甫：《書茅鹿門八家文鈔後》，《補學軒文集》卷二，第779頁。
〔註364〕鄭獻甫：《書呂月滄文集後》，《補學軒文集》卷二，第783～784頁。
〔註365〕鄭獻甫：《跋仙舫詩集後》，《補學軒文集外編》卷一，第2925頁。
〔註366〕鄭獻甫：《書茅鹿門八家文鈔後》，《補學軒文集》卷二，第779頁。
〔註367〕蔣琦齡：《小谷鄭先生墓誌銘》，《補學軒文集外編》，第3375頁。
〔註368〕陳澧：《補學軒文集序》，《補學軒文集》卷首，第581頁。
〔註369〕蔣琦齡：《小谷鄭先生墓誌銘》，《補學軒文集外編》，第3378頁。
〔註370〕陳澧：《五品卿銜刑部主事象州鄭君傳》，《補學軒文集外編》，第3391頁。

正是基於這樣的識見與氣度，鄭獻甫拒絕在「宗唐」或「宗宋」、漢學或宋學中做選擇。對於「格調」、「神韻」與「性靈」，他同樣兼收並蓄、不名一家，從各種文體中汲取精華而不斷充實、完善自我之學術文章。因此，在當時諸多強勢反對八股文的聲音中，鄭獻甫能夠把時文置之於「文」的整體背景下看到其獨特價值。作為文體之一的八股文，其產生、發展並日趨成熟，同樣是在「一代世運」與「一代人才」的碰撞與融合中，在不拘門戶、不論朝代廣泛汲取前代優秀作品的基礎上形成的最具時代特色之文體。同時，如上所言，這一文體出入於經史注疏、詩詞律賦與古文，匯聚諸主流文學之精華，而對創作者之學養與識見提出了更高的要求，迫使創作者不斷充實、完善自我從而探討打破各文體之壁壘。正因為有如此的束縛與限制，學者才能夠竭盡心力去探討文字所能夠達到的極致與更廣闊的天地。因此他堅持以全面的眼光否定時人對八股文的絕對定論。然而，對這一文體的具體掌握，因勢利導或逆流起衰，則在於作者之才膽識力，神而明之。所謂：「一代之世運與一代之人才互為激蕩於中，有因而坐受其弊者，如東周之積弱、南宋之偏安，其勢流宕而順；有因而力矯其弊者，如宣王之復古、光武之中興，其勢崛起而逆。」〔註371〕

鄭獻甫對八股文的推尊還體現在他始終保持對時文的熱情。自道光乙酉中進士而迅疾辭官後，鄭獻甫於各大書院傳授時文創作之法，後輯之為《制藝雜話》。這是一部以「話」語體批評模式，試圖構建一個具有完整系統的制藝理論框架，從制藝源流、宗旨、體制，到範疇、技巧的探討時時匠心獨出、授人以漁。同時，他躬身實踐、勤耕不輟，保持寫作時文的習慣，曾自編少作與近作若干，「都為卷，以就正君子」〔註372〕，是為《雙柳堂制藝》。針對當時才俊之士不屑為八股，「其只能為八股者又大率不通經不學古，而自用承訛襲謬、綴庸緝故，相習為一切浮華無實、誕謾無稽、俚俗無文之言，父以詔其子、師以切其徒，直歧之中又歧而已」〔註373〕的時文衰落現狀，鄭獻甫有鑒於明萬曆之際與國朝康熙之時，時文少衰，而臨川章公中雋、陳艾諸家噎於並起，長洲韓公首倡方儲諸稿庚續並出，時文遂衰而復盛之狀況，認為「斯文未墜，必有領袖之者先開風氣耳。」〔註374〕因此，「即先大家之文擇其言

〔註371〕鄭獻甫：《詩文分體論》，《補學軒文集》，第677頁。
〔註372〕鄭獻甫：《雙柳堂制藝自序》，《補學軒文集外編》卷一，第2876頁。
〔註373〕鄭獻甫：《新選起衰集自序》，《補學軒文集外編》卷一，第2864頁。
〔註374〕鄭獻甫：《新選起衰集自序》，《補學軒文集外編》卷一，第2864～2865頁。

中有物、言外有神，可以起庸腐砭空、滑振卑冗者錄若干」，並「爰選訂裒輯而名以《起衰》」〔註375〕，希冀於有識之士、救時文家、仍倚時文家共同來拯救時文於衰落，希冀時文之衰而復盛。

鄭獻甫這種對時文的推尊態度，與袁宏道、王士禎亦有相一致之處。袁宏道《與友人論時文書》寫道：「當代以文取士，謂之舉業。士雖藉以取世資，弗貴也，厭其時也。走獨謬謂不然。夫以今視後，今猶古也，以文取士，文猶詩也。後千百年，安知不瞿唐而盧駱之顧，悉必古文辭而後不朽哉？」〔註376〕這是極具歷史眼光的，故後之視今，亦猶今之視昔，千百年後詩、古文辭不曾卑，時文何卑之有，詩、古文辭可千百年後而不朽，安知時文之不如是乎？王士禎《池北偶談》亦有：「予嘗見一布衣有詩名者，其詩多格格不達，以問汪鈍翁。頓翁云：『此翁坐未嘗解時文故耳。』時文雖無與詩古文，然不解八股，即理路終不分明。近見王惲《玉堂嘉話》一條，鹿庵先生曰：作文字當從科舉中來。不然，而汗漫披猖，是出入不由戶也。亦與此言同。」〔註377〕這是從八股層層入微、環環相扣的說理議論角度來肯定時文理路之訓練能夠使人更好的懂得章法，而從章法角度而言，鄭獻甫則提出了「今之時文，即古之律賦」一說，下文試論之。

二、今之時文，即古之律賦

鄭獻甫曾對八股文之源流進行辨析，他認為八股文之發展成熟，體制皆備、法度漸詳實在明代，然其源流所自遠矣，「賈董公孫之策論，歐王蘇氏之文章，元白溫李之詩賦，非今之時文也，而以科目者，半即古之制藝也。韓集有《不貳過論》，柳集有《五就桀贊》，蘇集有《從先進論》，亦非今之時文也，而其題目若此，亦古之經義也。顧此體在宋時本無八股之名，即明初亦無八股名，殆成化以後綴庸緝故，局於定式。」〔註378〕秦漢賈董公孫之策論、唐宋韓柳歐蘇之文章、元白溫李之詩賦，今之所膾炙人口者亦皆當世之時文科

〔註375〕鄭獻甫：《新選起衰集自序》，《補學軒文集外編》卷一，第2865頁。
〔註376〕袁宏道：《與友人論時文書》，《袁中郎尺牘全稿》卷一，南強書局，1934年，第31頁。
〔註377〕王士禎：《時文詩古文》，《池北偶談》卷十三，中華書局，1982年，第300～301頁。
〔註378〕鄭獻甫：《補學軒制藝原序》，《補學軒詩集》，同治辛未嘉平月黔臬署刊，上海圖書館藏。

目，八股文之興起與發展、內容與範疇、結構與章法，都是從歷代諸文體中汲取元素、調整融合，至明成化以後而漸趨成熟。然而就八股文之體用排偶、講究破題、大結、股對等程式法度而言，其與古之律賦的關係則更為緊密，八股文的諸多形式技巧即承律賦發展而來，有一脈相承之處。具體而言：

> 唐賦起或整練八字，或對練兩語，即今破題所本也。結處或借頌時事，或別抒己意，即今大結所本也。中間不用論斷者，必順敘口氣，如王棨《沛父老留漢高祖賦》即作父老語，宋言《漁父辭劍賦》即作漁父語，即今用口氣所本也。前後用己意論斷，所以驗其學識，中間用口氣代言，所以徵其義蘊。萬曆以後，八比就衰，士或藉以行私，於是禁用大結，而又仍用破題。天下事有頭無尾，而國運隨之矣。今學者試問以通篇皆代人言，何以起頭必作己語？皆不能對。又問以破題或作對句，何以押腳必用虛字？亦不能對。蓋天下之以訛傳訛久矣。今唐荊川、歸熙甫、陳大士、黃陶菴集中破題猶有存古者，大結猶有未刪者，學者曷取而考之？〔註379〕

先論破題，八股文之破題，即文章起筆之概括說明文章題義與全文重點的散行句子，萬曆前可三四句，萬曆後只兩句。八股文最重破題，清唐彪《讀書作文譜》卷九引梁素治曰：「凡作破題，最要扼題之旨，肖題之神，期於混括涵醒，精確不移。」〔註380〕在律賦中，破題也同樣重要，秦觀視之為眉眼，「惟貴氣貌有以動人，故先擇事之至精至當者先用之，使觀之便知妙用。」〔註381〕故鄭獻甫認為八股之破題源於唐賦。顧炎武認為時文之破題「本之唐人賦格。」〔註382〕香港學者鄺健行在《律賦與八股文》一文中，亦贊同其說。〔註383〕瞿兌之《中國駢文概論》亦認為八股之破題是「從律賦來的訣竅」〔註384〕。

次論大結，「篇末敷衍聖人言畢，自攄所見，或數十字，或百餘字，謂之『大結』。」〔註385〕唐賦結尾亦或作頌揚，或生議論，鄭獻甫認為時文大結

〔註379〕鄭獻甫：《制藝雜話》，《補學軒文集續刻》，第 2274～2275 頁。
〔註380〕唐彪：《讀書作文譜》，偉文圖書出版社有限公司，1976 年，第 125 頁。
〔註381〕孫梅：《四六叢話》卷五引《濟南先生師友談記》，清嘉慶三年吳興舊言堂刻本。
〔註382〕顧炎武：《試文格式》，《日知錄集釋》卷一六，第 952 頁。
〔註383〕鄺健行：《律賦與八股文》，《文史哲》1991 年第 5 期。
〔註384〕瞿兌之：《中國駢文概論》，載劉麟生等《中國文學七論》，廣西師範大學出版社，2007 年，第 175 頁。
〔註385〕顧炎武：《試文格式》，《日知錄集釋》卷一六，第 952 頁。

本此。鄺健行經論證比較，亦言「不妨說：八股文的大結頗近部分唐人律賦的體裁」〔註386〕，然用語較之鄭獻甫更為嚴謹。明代初期，八股文常做大結，可涉及本朝時事，後「功令益密，恐有藉以自炫者，但許言前代，不及本朝」〔註387〕，萬曆後禁用大結。對時文大結逐漸禁用之歷程，鄭獻甫極為痛心，甚至他將八比之衰與明朝之亡聯繫起來，「天下事有頭無尾，而國運隨之矣」。針對世人之不解八股語氣、破題，他提出「唐荊川、歸熙甫、陳大士、黃陶莽集中破題猶有存古者，大結猶有未刪者」，希望學者取而考之。再次可見鄭獻甫之時文「尊體」意識，與對時文漸趨衰亡與世人之不解時文之不滿與無奈。

最後論「敘口氣」，獻甫所舉兩例為唐賦中作父老語、漁父語者，他認為這是八股文「入口氣」即「代聖人立言」之所本。這一說法受到鄺健行的質疑，他認為八股文與王、宋二人的賦篇用口氣，純然是基於題目的要求，是行文之常規言路。在他看來，這是在探討八股文與律賦源流關係時過分比附所致，他秉持文章做法有其普遍的準則，適用於各種文體。二賦和八股文的題目都包含著語言因素，寫作時分別入口氣，也屬常情。〔註388〕鄺健行此論是有理有據的，然而亦不可據此推翻鄭獻甫之觀點，完全割裂時文與律賦中「入口氣」之內在聯繫與源流演變。我們不能絕對肯定八股文之代聖賢立言本於律賦中「敘口氣」，但它是否受律賦中口氣語之影響與啟發從而如此安排，則有待於進一步論證。

基於對八股文與律賦的淵源認識，鄭獻甫又從駢偶的角度糾正時人對古文認識的偏見，並進一步指出時文對偶之起源：

> 文以散為古，駢即不古矣；文以奇為變，偶即不變矣。顧亦不盡然。韓文公《原毀》篇，前後皆作二整比；白香山《動靜交相養賦》，通篇乃似十數小比；而柳子《賀王參元失火書》前疊三句，以後即作三層；遞講蘇老泉《史論》，前立四柱，以後即分四段發揮；韓文公《原性》亦前列三等，以後即將三意申明。文何嘗不古，格何嘗不變？時文之用對偶，蓋本此也。〔註389〕

〔註386〕鄺健行：《律賦與八股文》，《文史哲》1991年第5期。

〔註387〕顧炎武：《試文格式》，《日知錄集釋》卷一六，第952頁。

〔註388〕鄺健行：《律賦與八股文》，《文史哲》1991年第5期。

〔註389〕鄭獻甫：《制藝雜話》，《補學軒文集續刻》，第2275～2276頁。

　　世人認為文以散、奇為古為變，而駢、偶則不古、不變。鄭獻甫對此不以為然，他舉出韓愈《原毀》《原性》篇、白居易《動靜交相養賦》、柳宗元《賀王參元失火書》、蘇洵《史論》這些最優秀的古文與賦體中亦講究駢偶乃至「通篇乃似十數小比」，這些文何嘗不古，其格又何嘗不變？因此，他認為「時文之用對偶，蓋本此也」。此一論一則為時文對偶溯源，二則再次為時文「尊體」。強調時文體用駢偶亦源自於最純正的古文古賦。時文融合了文學主流的諸多元素，其體自不卑、格自不降。從古文中尋找時文駢偶元素，用心可謂良苦，然而亦有所牽強。如上所言，獻甫認為八股文之破題、大結、語氣都可從律賦中追蹤溯源，筆者以為八股文之「比」、「股」即對偶的直接來源則為古之律賦。律賦以「音律諧協、對偶精切為工」〔註390〕，加之以限韻。八股文雖不押韻，然「體用排偶」，則自然注重對仗聲調，雖不像律賦中嚴格限制，但亦有所講究。對於八股文之排偶與律賦八韻之承接淵源，前人亦多有論之。清汪之昌說：「唐試士之賦限八韻，今試士之文分八股，名異者實不盡異。四書文之緣起，意在斯乎？……四書文分為八股與唐賦之分為八韻，體段亦不甚懸殊，推其原起，正不得謂作俑者宋人已。」〔註391〕周以清《四書文源流考》：「今之制藝排比聲調，裁對整齊，即唐人所試之律詩律賦，貌雖殊而體則一也。」〔註392〕

　　鄭獻甫認為時文之破題、大結、語氣出之於律賦，然對偶則本之於古文。在此基礎上，他進一步探討了古文與律賦，時文與律賦之間的關係：

　　　　古文一氣舒卷，不容畫段；律賦八韻發揮，故須畫段。然畫之使逐段分明，非畫之使逐段橫決也。今觀白香山《漢高祖斬白蛇賦》，元微之《兵部觀馬射賦》等篇，雖八韻發揮，何嘗不一氣舒卷。若牧之《阿房宮》、歐公《秋聲》、東坡《赤壁》本是文賦不是律賦，其通體流走，又勿論矣。今之時文，即古之律賦，例應點句，又例應勾股，所以便冬烘者之閱耳。而學者若一經畫段遂兩不相顧，其稍知前、中、後之法者亦不過勿令顛倒，未嘗自成運掉，如作傳奇者，每唱曲一套，即道白數句，以為出落通氣，其去夫丑末能有幾哉？〔註393〕

〔註390〕吳訥：《文章辨體序說》，人民文學出版社，1962年，第55頁。

〔註391〕汪之昌：《四書文緣起》，《青學齋集》卷二五，中山大學圖書館藏1929新陽汪氏本，第31頁。

〔註392〕周以清：《四書文源流考》，《四書文集初集》卷八，光緒七年刊本。

〔註393〕鄭獻甫：《制藝雜話》，《補學軒文集續刻》，第2276～2277頁。

這裡他明確提出了「今之時文，即古之律賦」的觀點。在文章之脈絡上，古文一氣舒卷，遂不容畫段；律賦則八韻發揮，需分段使逐段層次分明，時文正如律賦。然而高明的律賦家雖八韻發揮亦能夠一氣舒卷，而拙劣學者則一經畫段而逐段橫決，點句、勾股，兩不相顧，文章之整體性被割裂，即使稍知前、中、後之法也不過在寫作中不會順序顛倒，而不能夠自成運掉收放自如。因此，時文固本之律賦，吸收了律賦中諸多元素，然亦需反覆涵詠古文之內在氣脈，學習、熔煉古文中舒卷自如之氣，使之在整體上渾然一體，而後能夠成就好的文章。若只逐段割裂、前後無關聯，就如傳奇劇中丑末累牘連篇而徒增笑柄而已。在此，他又進一步探討了時文與古文的關係：

> 言之不已又長言之，其衍為一篇，即古文之法也；言之已明又重言之，其裁作二偶，即律賦法也。譬如《聽秋蟲賦》以聞蟲之人分發，《曲江池賦》以遊池之時分發起句，以此一層立柱，以下即貼此一層。取義未有率爾出之，而意無分別、詞可互換者，惡睹近日合掌陋套乎？荊川自言平生得法只是開合，大士自言平生得力只在分股。蓋天下之物無獨有偶，人心之靈舉單見雙，必出比一字不敢輕，而後對比一字不敢苟，如詩句然。「暮蟬不可聽，落葉豈堪聞」，上二字分對，下三字不合掌乎？「蟬噪林逾靜，鳥鳴山更幽」，論其詞亦分對，論其意不合掌乎？解此則於文必嚴矣。〔註394〕

古文是「言之不已又長言之」，時文或律賦是「言之已明又重言之」。前者強調寫作時之情志之抒寫，是情動於中而形於言，是情感的自然流露行於所當行，止於所當止；後者是所要闡發的主題已明，而需圍繞此一層「立柱」，多角度、全方位反覆申述之，使義理明義蘊深。因此，時文之寫作更著重強調對聖賢經典之深刻識見與在章法句法自法上之精切布局。行文取義要嚴謹周密，未有一字可率爾出之，「而意無分別詞可互換者」，章法段法開合、分股布局嚴密，出比、對比逐字逐詞嚴格考較，不能詞義重複、語意相近，否則即犯「合掌」錯誤，其文法之縝密、修辭之考究有甚於詩者。

三、時文之題不外四書，時文之人必博群書

今之時文，即古之律賦。然而，科舉取士之由策論－詩賦－經義再發展到時文，無論是從內容上還是形式上，時文都廣泛汲取了前代舉業文體之諸

〔註394〕鄭獻甫：《制藝雜話》，《補學軒文集續刻》，第 2277～2278 頁。

多元素，熔爐於一體。因此，要創作一篇好的制藝，成為一名時文大家，首先對八股文之體制、源流、程式、變革要有非常清晰的認識。然而，「今學者讀高頭講章，習新科利器，謬以襲謬，歧之又歧。試問以體制所自、程式奚如，大都不得其解，因相與不求其解，而文於是乎極鄙。」〔註395〕針對世之學八股文者之現狀，鄭獻甫主持書院時多講經義，使學者對時文之體制、程式了然於心。他認為時文之難，需淹貫眾學、博通百家，然而如此還不夠，「即能淹貫漢人之學、洞察宋人之書，而無董楊匡劉之經術、韓柳歐曾之文心、歸茅陳黃之體制，則亦畫龍而蛇、畫虎而狗，謂之野戰而已。」〔註396〕八股文之創作用詞與體制、義理嚴格要求，對學習者而言是長期學識與才情的積累、反覆回味、涵詠與咀嚼，方可駕馭的文體。因此，他引導學習者要從內容與形式上廣泛閱讀歷代解經、發明經義之注疏、語錄、詩賦、古文，反覆研習、揣摩時文之法，以求其「義理明，典章確，語氣肖」：

> 論策取士多談功利，詩賦取士多尚詞華。荊公創經義體以救時弊，使之明義理、考典章、貼語氣。學者非考究唐之注疏、研尋宋之語錄，則必不能解聖賢之言；非瀏覽唐之律賦、宋之古文，則亦不能代聖賢之言。何則？言之精者為文，注疏之瑣碎，必濟以律賦之整齊，語錄之腐俗，必行以古文之淵雅，而後義理明，典章確，語氣肖。其品似在策論詩賦下，其學實在策論詩賦上。今學者乃以為至卑而習為至易，無怪乎苟以干祿二無所解也。〔註397〕

「聖賢之言」、「儒家經典」是制藝之根基，不考究唐注疏、宋語錄則不解聖賢之言，這是從內容、本質而言；不瀏覽唐律賦、宋古文則不能代聖賢之言，這是從修辭、形式而言。從體、用角度而言，「儒家經典」為體，唐律賦、宋古文為用。唐律賦、宋古文賦予唐宋解經以鮮活的、審美的生命力，以之調劑、約束瑣碎的注疏、腐俗的語錄，而後能夠令制藝在更高一個層次上達到其功效。因此，對於世人誤解、不屑之制藝，「其品似在策論詩賦下，其學實在策論詩賦上。」

論及制藝之學，鄭獻甫更對制藝者提出了「博」的要求：

> 時文之題不外四書，時文之人必博群書，否則斷無是處。今學

〔註395〕鄭獻甫：《制藝雜話》，《補學軒文集續刻》，第 2271 頁。
〔註396〕鄭獻甫：《新選起衰集自序》，《補學軒文集外編》卷一，第 2863～2864 頁。
〔註397〕鄭獻甫：《制藝雜話》，《補學軒文集續刻》，第 2273 頁。

者動謂十三經、二一史何與此事？特師古文家藉以見才耳。然試問《關雎》合樂，執圭聘禮，不考《儀禮》，能動一字乎？庶人在官，八家同井，不考《周禮》，能動一字乎？又況周召二南國，見《汲冢書》，淇澳二水名，見《博物志》，世之論地理者或略焉。滅明故有父，見《左傳》文，子思必有兄，見《檀弓》語，世之考人物者或駁焉。他如顏淵度轂之仁，曾子架羊之義，仲弓含澤之諺，冉耕《苦莒》之歌，雜見諸書，尤難枚舉。而欲以固陋之學闡發聖言，推求古典，如明人「宗廟之禮」二句，題文謂「昭之子孫在左，穆之子孫在右」，而不知死者之昭穆以左右分，生者之昭穆不以左右分，是不熟《禮記》也。「君召使擯」一節，題文謂「拜賓時視與手俱下，賓之顧不顧在所不敢知，故侍覆命而不知本有賓，升車不顧擯送，賓覆命之文」，是不熟《儀禮》也。讀之皆令人笑來，是古欲以經義明經，今反以經義蔑經矣。〔註398〕

時文之題不出四書範圍，義理闡發也不出朱注，即所謂「道理共見，節目共知」〔註399〕。在這種「道理共見，節目共知」的前提下，制舉者為文「不過將吾心思，虛而與之委蛇，以吾筆力，曲而為之紬繹，而花草自生，局陣自成。」〔註400〕不拘格套，隨心自如地運化吾之心思、筆力，潤色以巧妙之修辭，下筆之時自然花草自生，格局自成。然而，若只是一味模仿沿襲他人之風格，則「彼日學枯淡老橫生硬為古者，即使姿質不凡，摹仿相肖，而吾之性情已蕩盡矣。何從得筆歌墨舞，情深韻遠之文乎！」〔註401〕然而八股文要求之高、程式法度之考究，在諸多束縛與限制之下，隨心自如地運化吾之心思、筆力，則非博極群書所不能為。然今之學者不能理解「博」之重要性，以為十三經、二十一史與時文了不相涉，而僅僅視之為炫才之具，這是一種極其淺陋、錯誤之偏見。下面鄭獻甫列舉了許多例子以說明惟有真正博覽群書，理解、考辨諸書中之特有禮樂制度、地理人物、典故軼事等方能夠正確理解、發揮題旨。否則，禮儀之不熟、制度之不明、典故之不曉，所作之文往往會犯各種低級、荒謬、學理性錯誤，讀來令人發笑，因此他感慨「欲以固陋之學闡

〔註398〕鄭獻甫：《制藝雜話》，《補學軒文集續刻》，第2278～2279頁。
〔註399〕鄭獻甫：《補學軒批選時文讀本》，貴州臬署，同治八年刊本，第32a頁。
〔註400〕鄭獻甫：《補學軒批選時文讀本》，第32a頁。
〔註401〕鄭獻甫：《補學軒批選時文讀本》，第32a頁。

發聖言，推求古典」所導致的效果是「古欲以經義明經，今反以經義蔑經矣。」

同時，時文之題雖宗一說，其注解則眾說紛紜，因此制舉者於考辨中則需博覽眾說，「時文之題必宗一說，時文之理必考眾說，否亦不知是處古論魯論。字既多異，漢注宋注，解亦不同。」〔註402〕否則，對於古本古注與今本今注之淵源、異同、刪佚、真偽皆不能解，「不觀古本大學，不知今本大學綱目之分明也；不觀《何晏集解》，不知《朱子集注》義理之精深也。至於趙岐古注，多有刪節；宣公正義，皆屬偽託。既稱習四書之文，亦仿四書之本。」〔註403〕這一平日積澱考究之功鎔鑄於制藝中，則令人於陳俗中生出新意，於散漫中見出統一之旨：

> 神理之切泛，由臨時之體貼；義蘊之淺深，則由平日之講求。胸中本無一物，而腕下欲作千言，非剿襲陳言，即敷衍俗意耳。然其功在多讀古書，其效在精研集注，若「孟子有不虞之譽，有求全之毀」節，說此二句似無謂，故作此二句多牢騷，注中填實本旨曰「言自修者勿以是為憂喜，觀人者勿以是為進退，此則下筆有主矣。」又《論語》：「吾日三省吾身」節，自驗三件何所益，故說此三句殊少味，注中補實其功曰「有則改之，無則加勉」，解此則立言有歸矣。又如子路志在車裘，顏淵志在善勞，夫子志在安懷，各執一詞，殊不一類。作文便如滿屋散錢，注中揭出本義曰「子路求仁，顏淵不違仁，夫子安仁」，便覺滴滴歸源，層層入細。若不解此義，第一節只似俠士，第二節只似善人，其與夫子所言三句皆不相入，理既粗而文亦謬矣。〔註404〕

這裡鄭獻甫強調的是靈感與積澱，靈感固然重要，「神理之切泛，由臨時之體貼」，然最終義理之深淺則由於平日之講求、胸中之積澱。所謂積澱，亦在於平日之「博」，博讀古書而精研集注，博而後能不襲陳言、不敷俗意，而且能夠對題旨有更深刻的認識與理解。

然而，鄭獻甫也並非要求制舉者盲目淹貫於一切經史子集之文，他更強調一種對於所博覽之書、所學之文的靈活巧妙之運用，歸根結底，學以致用方能夠學得其所。因此他舉出了諸多博古通經而又能將所學之古文筆法、格

〔註402〕鄭獻甫：《制藝雜話》，《補學軒文集續刻》，第 2280 頁。
〔註403〕鄭獻甫：《制藝雜話》，《補學軒文集續刻》，第 2280 頁。
〔註404〕鄭獻甫：《制藝雜話》，《補學軒文集續刻》，第 2282～2283 頁。

調運用之時文創作中，用心經營從而形成自我之特色之實例以供學習者借鑒
並思索：

> 有降就時文之格而迂迴震盪，純是古文之神者，前則歸震川、
> 周萊峰諸人，後則黃陶菴、陳臥子諸人也。有盡變古文之貌而謹密
> 微至，獨造時文之極者，前則王守溪、錢鶴灘諸人，後則徐思曠、
> 羅文止諸人也。有盡得古文之精而清奇深厚，特闢時文之徑者，前
> 則唐荊川，後則金正希諸人也。有專工時文之法而淡遠流逸，間存
> 古文之味者，前茅鹿門，後則艾千子諸人也。其有不似古文、不似
> 時文而自為至文者，前則嵇川南、張小越，後則陳大士、章大力諸
> 人也。學者各就其性之所近而求其學之所入，必有獨至處。〔註405〕

　　這些人都是淹貫眾學、通經博古而又能於時文中獨闢蹊徑，或「降就時
文之格而迂迴震盪，純是古文之神」、或「盡變古文之貌而謹密微至，獨造時
文之極」、「盡得古文之精而清奇深厚，特闢時文之徑」、或「專工時文之法而
淡遠流逸，間存古文之味」、或「不似古文、不似時文而自為至文」，無論是怎
樣的風格，他們都成功地將自我所學鎔鑄於時文中而自成一家之面目，是學
以致用的成功案例。因此，鄭獻甫呼籲學習者以這些人為典範、楷模，而在
學習中「各就其性之所近而求其學之所入。」

四、作文無他，繆巧切題而已

　　在博覽群書出入於唐注疏、宋古文、十三經、二十一史，胸中有了足夠
的積澱之後，則開始下一步對八股文具體寫作文體的探討了。八股文的寫作
之中，最重要的就是切題，而切題的第一步就是審題，審題而得其精義，而
後運筆切題。從審題角度展開，鄭獻甫條分縷析、層層深入探討了時文寫作
中應試者之精神修養與文章之行文脈絡。時文寫作中，首先要審題，而審題
的關鍵則在於捕捉題目之虛實，並據此以安排文章結構：

> 實字研義理，虛字審精神，此看書法也。虛處起樓臺，實處開
> 洞壑，此作文法也。虛處認得不真，實處必說得不透，故曰理貴踏
> 實。何以神必摹虛耶？曰：「子不見明人之作文，子亦見宋人之注書
> 乎？如『自誠明，謂之性；自明誠，謂之教。』之字在謂字下，易
> 解也。『天命之謂性，率性之謂道，修道之謂教。』之字在謂字上，

〔註405〕鄭獻甫：《制藝雜話》，《補學軒文集續刻》，第2301頁。

難解矣。朱子注云：『蓋人知己之有性而不知其出於天，知事之有道而不知其由於性，知聖人之有教而不知其因吾之所固有者裁之也。』」謂虛字既分明，本節實意益透闢，若如今人囫圇讀書，似謂之二字亦同之，謂二字則豈有一言之當乎？又如『由也，非助我者也，升堂矣，未入於室也。』本當推崇，乃反貶抑，得注中特耳字則豁然，此皆模虛為踏實之證也，作文何獨不然？〔註406〕

　　他認為理貴踏實而神必模虛，虛字關係文章實理與義蘊之理解，甚至聖人之情感態度蘊含其中，以不同語境中「之」字的理解為例，他得出「虛字既分明，本節實意益透闢」的結論。虛字含義越清楚、明白，則文字之實理越透徹、深刻。倘若囫圇吞棗不求甚解，則對文章之意理解不透，或導致審題偏差。接下來：

　　　　文之實，理既得，文之虛，神又得，則可以練意矣。然將欲練意，必先練識。識者不離文字之中，而又不滯於語言之下者也……識既獨到，意即判然，如鴻鵠舉於碧落，盡見山川；如漁父入於桃源，別有天地。此為第一義，諦知練意，則可以言練局矣。〔註407〕

　　審題無偏差，則可以練意。練意以練識為先。識灑落於文字之中不離不即，識既獨到，則意必判然不同於流俗。懂得練意了，就可以言練局、練勢、練筆、練氣而進入全文之整體布局於文章之氣韻貫注了：

　　　　將欲練局，必先練勢。勢者，死活所分也。譬之相地者某處，來龍某處，過脈某處，結穴非不井井成局，然或四平無勢，則一路直瀉矣。又譬之，作室者某，為外門某，為中廳某，為內奧某，非不羅羅成局然，或四布無勢，則一覽徑盡矣。故均之敘意，或順或逆，必相其機；均之出題，而或緩或急，必盡其致；均之顧母，而或明或暗，必循其格。皆所以布勢也，即所以布局也。……此皆勢之分明如畫者，知練局則又知練筆矣。

　　　　將欲練筆，尤當先練氣。氣者，所以斂吾筆、縱吾筆、抑吾筆、揚吾筆、頓吾筆、宕吾筆者也。氣之橫奇近陽，如水出峽，如火燎原，如龍行空，如虎步野，勢不可當，而起伏出沒，又不可測。氣之疏暢近陰，如松吟風，如桐過雨，如雁度塞，如魚乘流，勢無所

〔註406〕鄭獻甫：《制藝雜話》，《補學軒文集續刻》，第2280～2282頁。
〔註407〕鄭獻甫：《制藝雜話》，《補學軒文集續刻》，第2283～2284頁。

滯，而婉曲跌宕，又無所軼。是以馳驟而不病其泛架，結練而不病
其循牆，若氣不能橫奇而筆貌為橫奇，氣不能舒暢而筆欲為舒暢，
其粗者必野，其弱者必促。跛驢行路，三起三蹶，不離故處；寒士
乞憐，半吐半吞，依然此語。則有令人不能耐者矣。〔註408〕

　　這裡鄭獻甫尤其強調根據文章題目與行文安排練勢，或急或緩、或順或
逆、或明或暗，譬如相地作屋，要於其適；也特別提醒制舉者根據自我之胸
襟氣度練筆，或橫奇、或舒暢，不能無其筆而強為之。

　　從審題一層延伸至文章內蘊之練意、練識、練局、練勢、練筆、練氣，則
文章結構之間架安排呼之而出矣。在此，鄭獻甫又一次展示了他與眾不同的
見解：

　　　　今論文者傳起承轉合四字，不知始於何時，猶作論者傳理弊功
效四字，亦不知始於何人。要之，皆極不可訓而又斷不可行者也。
如神龍行空，攫挐夭矯，豈有呆步？如大將置陣，作坐進退，豈有
定方？文不過首尾欲成龍而已，不過方圓欲成陣而已。是故有起而
又起、承而又承者，又有轉而不轉、合而不合者，又有當承反起、
當合反轉者。今若教人以起則要承，承則要轉，轉則要合，必至心
機呆滯、手法平衍而到死無一筆出奇矣。且以此四字論，全篇猶可
以此四字作。總之，文妙只擒、縱、離、合、斷、續，數字耳。然
將欲縱之，必先擒之，則以後可以即擒，亦可以不擒而縱之，愈見
其奇。將欲離之，必先合之，則以後可以即合，亦可以不合而離之，
愈見其妙。將欲斷之，必先續之，則以後可以即續，亦可以不續而
斷之，愈見其連。否則當其縱之、離之、斷之之時已漫無擒之、合
之、續之之勢，必且舉足不敢違、斂手不敢放，安得縱橫如意、控
制由我、周流於九天九地而無滯哉？〔註409〕

對於世人反覆言說之「起承轉合」的結構安排，鄭獻甫不以為然，他認為這
同論者所謂「理弊功效」四字一樣，都是「極不可訓而又斷不可行者也」。他
認為文章之寫法不過是神龍行空、大將置陣，是神明變化、未可一端擬議之
的，「是故有起而又起、承而又承者，又有轉而不轉、合而不合者，又有當承
反起、當合反轉者」。若要程式化地教人以起而承而轉而合，則必「心機呆滯、

〔註408〕鄭獻甫：《制藝雜話》，《補學軒文集續刻》，第2284～2286頁。
〔註409〕鄭獻甫：《制藝雜話》，《補學軒文集續刻》，第2286～2288頁。

手法平衍而到死無一筆出奇矣」。且他認為文章之妙在於巧妙運用「擒縱、離合、斷續」，圍繞此數字欲擒故縱、欲離反合、欲斷還續，則文章自能「縱橫如意、控制由我、周流於九天九地而無滯」，如入於無人之境。

如此，又有人問：「人有已知相題，已知行文，而局苦呆筆若直，則何也？」〔註410〕鄭獻甫又撚出「反正起結」數字而已，曰：

> 此雖關乎天姿，亦可挽以人力，在乎善用反、正、起、結數字而已。譬如前一股反說對一股正說，此必笨極不能成文。巧者將反意置前為兩偶，將正意置後為兩偶則中間有波折，有過渡，有夾縫，其妙不窮矣，局安得呆耶？又如反筆作起，正筆作結，此筆順下不能成文。巧者將兩起割之為兩偶，將兩節割之為兩偶，則承接無橫決無平衍無支詘，其病悉去矣，筆安得直耶？非但此也，即如題義當兼兩說，文義必兼舉兩說，若呆為對偶，即少味矣。〔註411〕

此論緊承上文，力舉在行文中避免正面落筆，打破一正必對一反之傳統思維，而巧妙運用一切騰挪、婉曲、反、翻、跌、避、空手法反面敷粉，使行文中波瀾叢生、奇妙無窮。

然而，一切行文之展開、局勢之布整，皆以切題為要，鄭獻甫指出「作文無他，繆巧切題而已。」〔註412〕而切題之要，則在於「謬巧相題而已」。〔註413〕為進一步明確切題與相題之要，鄭獻甫又根據時文題目之不同情況，逐一分析了相提切題過程中，「斷不可忽而人皆不能悉者」〔註414〕，包括「題不得於題中脫卻」、「題苟有上文，則必領上文，蓋語氣來路在此也」、「題苟有下文，又當落下文，蓋語氣結局在此也」、「領題固有法，落題固有法，中間出題尤有法」〔註415〕言之可謂詳切精當矣。

論切題、相題之中，鄭獻甫亦表達了對截搭題、弔挽法之憎惡。他認為八股文之衰落，不僅由於世人之不通經學古、相習為速化之術，也由於在上者之為防止士子猜題、套題，用盡心力詭怪偏激、誇新鬥妍。為此，他也曾在詩中無奈憤慨：「宋創四書注，明創八比藝。名目古未聞，學業今不易。經史

〔註410〕鄭獻甫：《制藝雜話》，《補學軒文集續刻》，第 2298 頁。

〔註411〕鄭獻甫：《制藝雜話》，《補學軒文集續刻》，第 2298～2299 頁。

〔註412〕鄭獻甫：《制藝雜話》，《補學軒文集續刻》，第 2289 頁。

〔註413〕鄭獻甫：《制藝雜話》，《補學軒文集續刻》，第 2289 頁。

〔註414〕鄭獻甫：《制藝雜話》，《補學軒文集續刻》，第 2289 頁。

〔註415〕鄭獻甫：《制藝雜話》，《補學軒文集續刻》，第 2290～2296 頁。

子集文，概付高閣支。誰知百年後，更增一重弊！截搭龜背文，割裂魚貫字。上已侮聖言，下逐判帝制。既不看講章，亦不解文義。傀儡笑登場，聊持竿木戲。」〔註416〕他極力反對這種怪論百出之截搭題、割裂文，認為它們不僅於儒家經典、聖人之旨無所發明，也會影響世風世氣、影響國家選拔真正有才之士，如此造成的不良文風只如跳樑小丑般作傀儡戲，沒有思想，沒有靈魂。他認為「好出截搭題，其人目力必昏，蓋恐人以為抄襲相眩，故妄以為成文必少，而不知己無所稟以為準矣。好為弔挽文，其人心地必壞，蓋專以誕妄為事，故竊自喜，頃刻必成，而不知己無其理而取鬧矣。」〔註417〕

　　綜上所論，在世人皆棄八股而不屑之時，鄭獻甫力闢眾議，推尊時文，認為「八股文體本不卑，作者自卑耳」；又為八股文追蹤溯源，從破題、語氣、大結等章法上考證時文與律賦之淵源，認為「今之時文，即古之律賦」；同時，八股文雖「道理共見、節目共知」，然要做一篇好的制義，成為時文大家，必博覽群書、淹貫眾學，即「時文之題不外四書，時文之人必博群書」；最後，具體到時文之寫作、義理之闡發與章法之結撰，鄭獻甫認為「作文無他，繆巧切題而已」，從審題出發，圍繞切題，層層深入，示人以至法。這些理論出自於鄭獻甫多年之反覆研習與深度沉潛，與其治學理路相一致，具有鮮明的個性特色與理論深度，在明清八股文理論與批評史上獨放異彩，有不可磨滅之地位。

第五節　劉熙載的八股文批評

　　劉熙載（1813～1881），字伯簡，又字熙載，號融齋，晚年自號寤崖子，世人多稱之「融齋先生」，江蘇興化人。係清代中後期極負盛名的樸學家、教育家和文藝批評家，劉熙載生活在道光、咸豐、同治三朝，《清史稿·儒林傳》稱其「自少至老，未嘗作一妄語。表裏渾然，夷險一節。主講上海龍門書院十四年，以正學教弟子，有胡安定風。」〔註418〕

　　劉熙載平生治學勤勉，遍覽群書，於六經、子、史、釋、道諸家學問無不通曉。又旁通天文、音韻、算術等學，其晚年著述有《持志塾言》二卷、《藝概》六卷、《四音定切》四卷、《說文雙聲》二卷、《說文疊韻》二卷、《昨非

〔註416〕鄭獻甫：《雜詩》其六，《補學軒詩集》卷八，第540頁。

〔註417〕鄭獻甫：《制藝雜話》，《補學軒文集續刻》，第2288～2289頁。

〔註418〕《清史稿·劉熙載傳》，《清史稿》卷四八○，第四十三冊，中華書局，1977年，頁13158。

集》四卷行世，並稱《古桐書屋六種》。此外劉熙載還有《讀書劄記》《遊藝約言》《制藝書存》等著作傳世，係其長子劉彝程從遺存中所輯，合稱《古桐書屋續刻三種》。《藝概‧經義概》立八股文為又一文體，論其做法。據《制義書存稿自序》載，《制義書存》為劉熙載青年時期所作時文，二者是研究劉熙載八股文批評最直接的原始材料。

劉熙載在《藝概‧序》中說：「藝者，道之形也。學者兼通六藝，尚矣。次則文章名累，各舉一端，莫不為藝，即莫不當根極於道。顧或謂藝之條緒綦繁，言藝者非至詳不足以備道。……蓋得其大意，則小缺為無傷，且觸類引申，安知顯缺者非即隱備者哉！抑聞《大戴記》曰：『通道必簡。』『概』之云者，知即為『簡』而已矣。至果為通道與否，則存乎人之所見，余初不敢意必於其間焉。」〔註419〕《藝概》卷六為《經義概》，係關於八股文創作批評的專門著述，說明劉熙載將闡釋「經義」的八股文融於文藝之列的同時，又寓文藝於經義之中，體現出尊儒宗經、藝道合一的創作批評思想。這是清代中後期較之乾嘉時期八股文批評的一大顯著轉變。

一、治學經歷與人生取向

劉熙載一生治學經歷可分為三個時期，第一時期為早年的求學生涯，為其學術思想體系的形成基奠了基礎；這一時期劉熙載分別受到了家庭、書院諸師及友人、故鄉先賢的影響，形成了通博的治學基本態度。第二時期為壯年的宦遊生活，為其學術思想的初步形成期，作為儒者身份所具有的宗經明理思想開始突顯出來。第三時期為晚年的講學生活，這一時期，劉熙載的學術思想趨於成熟，為其思想集大成時期。此時表現出積極入世、經世致用的思想傾向。第一個階段可以稱作「學於師」時期，第二、三個階段可歸併為「為人師」時期，這可見於劉熙載自述生平：「仕皆師儒之位，自其為諸王師，為太學師，與夫在鄉塾為童子師，客遊為遠方士子師，出處不同，而視之未嘗不一也。」〔註420〕如果說劉熙載在「學於師」時期受於他人影響，那麼「為人師」時期則是形成自己獨立的知識體系並影響他人。

劉熙載平生不喜交遊，在求學期間遇陳廣德、宗裕昆、李杭幾人，並與

〔註419〕劉熙載：《藝概‧序》，《藝概注稿》，中華書局，2009 年，第 1 頁。
〔註420〕劉熙載：《窶崖子傳》，《昨非集》卷二，《劉熙載文集》，江蘇古籍出版社，2001 年，第 665 頁。

之來往密切。韓弻元曾談到他「生平交友略數人，余子落落非所親。」〔註421〕
陳廣德，字茂亭，生活儉樸，嗜讀勤學，學問淵博。曾為戶部主事，後念母乞
歸，孝名遠揚。歸後任文正書院山長，品學兼優，堪為師表。宗裕昆，善畫山
水與人物，尤工傳神。道光二十年九月，劉熙載受宗裕昆遺囑請託，便請假
回故鄉督教其子懷荃。他在《南歸序上》裏便記載了回鄉一事，也表明了他
此行的用意：「宗生懷荃故學於余，其父惺泉病篤以為託。余諾之，而惺泉死。
噫！使垂死之言而可負，余豈有人心者哉……至終能惜時敬業，思所以釋余
之懼，而慰惺泉之望者，則在懷荃之自勵也已。」〔註422〕李杭，五歲能誦《唐
詩三百首》，七歲能作五言詩。博通經史，為湯鵬、梅曾亮等所賞識。他與劉
熙載為同科進士，授翰林院編修，有《小芋香館遺集》。王柏心《翰林院編修
李君墓誌銘》、李元度《李杭傳》、孫鼎臣《李梅生哀辭》均對李杭生平有記
載。道光二十八年，好友李杭卒。李杭死後，劉熙載作《祭李梅生文》以悼
之：「嗚呼逝者，吾友梅生！赴愬遠至，如寒中人。劉峻有友，官卒秣陵；報
書將恫，壟劍喻情。今子不幸，才高壽促；齎志長終，有心同哭。君始與余，
同舉進士；往來闊疏，應求有俟。」〔註423〕

　　劉熙載於北京出仕時，很少交遊達官貴人，卻與一些奇人隱士成為知己
好友，如《京寓秋日寄友》有：「幽居門巷擬山阿，一徑清風動薜蘿。謝病且
求逢客少，避名還恐著書多。雲開薊北千峰曉，夢隔江南八月波。安得結鄰
偕隱士，菊籬攜酒近相過。」〔註424〕又如《秀庵詠》中所稱的文毓，是一位
看城門的滿洲隱者，詩前有：「滿洲秀庵老人文毓，仕於擊柝，蓋關尹之流也。」
〔註425〕劉熙載也經常去古禪院，有時訪友，有時寓居在那裡，與僧人有密切
往來，如有《為山僧作書》等詩，《浣溪沙·西山禪院訪徐進之》與《答人問
徐子》裏所稱的徐宗勉，是一位隱居禪院的參禪者。這些均可見出劉熙載對
佛禪文化的興趣和受到的薰染。

〔註421〕韓弻元：《劉子歌寄贈融齋（熙載）編修》，翠岩室詩鈔，光緒二十六年刻本。

〔註422〕劉熙載：《昨非集》卷二《南歸序上》，《劉熙載文集》，江蘇古籍出版社，2001
　　　　年，第640頁。

〔註423〕劉熙載：《昨非集》卷二《祭李梅生文》，《劉熙載文集》，江蘇古籍出版社，
　　　　2001年，第663頁。

〔註424〕劉熙載：《昨非集》卷三，《劉熙載文集》，江蘇古籍出版社，2001年，第682
　　　　頁。

〔註425〕劉熙載：《昨非集》卷三，《劉熙載文集》，江蘇古籍出版社，2001年，第691
　　　　頁。

　　權貴之中，劉熙載交往的有倭仁，但也限於學術上交流而已。《清儒學案》與《左春坊左中允劉先生行狀》均記載了他任職於上書房時，曾與大學士倭仁以操尚相友重，時常過從切磋。他曾手錄倭仁《日記》數冊，倭仁索要劉熙載的著作，劉熙載則謙遜不與。〔註426〕倭仁（1804～1871），道光九年進士。官至工部尚書、文淵閣大學士。倭仁基本繼承理學的傳統，宗程、朱，劉熙載則兼取陸、王及邵康節、陳白沙諸儒，而又折衷於程、朱，以慎獨主敬為宗，不喜學蔀通辨以下掊擊已甚之談。同治初年，朝廷任用劉熙載為國子監司業，受命督查廣東學政，不久又補為左春坊左中允。督學廣東，清正廉潔，兢兢業業，作懲忿、窒欲、遷善、改過四箴訓士。「視廣東學，一介不苟取。諸生試卷無善否，畢閱之。試畢，進諸生而訓之，如家人父子。」〔註427〕在此期間，劉熙載與廣東學者陳澧相見，講學甚契。陳澧（1810～1882），廣東番禺人，字蘭甫，別號止齋，人稱東塾先生，是清代著名的經學家和音韻學家。先後受聘為學海堂學長、菊坡精舍山長。於天文、地理、樂律、算術、古文、駢文、填詞、書法，無不研習，著述達120餘種，著有《東塾讀書記》《漢儒通義》《聲律通考》等。畢生讀書所得，薈萃於《東塾讀書記》中，破漢、宋門戶之見，為晚清學術之集大成者。二人均學識淵博，且音韻、算術與書法都有涉獵，若沒有如此交集，恐怕難以有過多交往。

　　同治六年（1867），劉熙載辭離官場，受應寶時（敏齋）之聘請，主講上海龍門書院，辛勤執教長達十四年之久。劉熙載於龍門書院期間，「與諸生講習，終日不倦。每五日必一一問其所讀何書，所學何事，講去其非而趨於是。丙夜，或周視齋舍，察諸生在否。」〔註428〕時人譽之為「以正學教弟子，有胡安定風」〔註429〕。劉熙載講學於龍門書院期間，與人交往較多。當時俞樾主講於杭州沽經精舍，兩人過從甚密，齊名當世。俞樾稱：「樾時亦頻至上海，至必訪君。君亦數數來，談諧甚樂。」〔註430〕俞樾（1821～1907），字蔭甫，

〔註426〕沈祥龍：《劉先生行狀》，見《劉熙載年譜》五，「同治十年」下。
〔註427〕蕭穆：《劉融齋中允別傳》，《劉熙載文集‧附錄》，江蘇古籍出版社，2001年，第793頁。
〔註428〕俞樾：《左春坊左中允劉君墓碑》，《劉熙載文集‧附錄》，江蘇古籍出版社，2001年，第790頁。
〔註429〕徐世昌：《融齋學案》，《劉熙載文集‧附錄》，江蘇古籍出版社，2001年，第803頁。
〔註430〕俞樾：：《左春坊左中允劉君墓碑》，《劉熙載文集‧附錄》，江蘇古籍出版社，2001年，第790頁。

自號曲園居士，浙江德清人。道光三十年進士，曾任翰林院編修。清末著名學者、文學家、經學家、古文字學家、書法家，治學以經學為主，旁及諸子學、史學、訓詁學，乃至戲曲、詩詞、小說、書法等，撰著頗豐，有《春在堂全書》。「通經致用」是俞樾治學的宗旨所在，他所謂的「致用」，主要是就傳統道德的教化而言，這與劉熙載所提倡的「文行並重」的觀點有相通之處。

　　《清史稿・儒林傳》評劉熙載說，一生未嘗作一妄語。表裏如一，夷險一節。曾告誡學者：「真博必約，真約必博。」又曰：「才出於學，器出於養。」又曰：「學必盡人道而已。士人所處無論窮達，當以正人心、維世道為己任，不可自待菲薄。」「生平六經子史及仙釋家言靡不通曉，而一以躬行為重。治經無漢、宋門戶之見。其論格物，兼取鄭義。論毛詩古韻，不廢吳棫叶音。」〔註431〕作為學者，劉熙載的學術貢獻涉及多個領域，其中《藝概・經義概》和《制義書存》是反映他八股文觀念的主要著作。《藝概》是劉熙載晚年思想成熟期的代表作之一，由《文概》《詩概》《賦概》《詞曲概》《書概》和《經義概》六部分組成，分別論述文、詩、賦、詞曲、書和經義。就體式而言，這六概同屬短條劄記形式，但在內容上卻不同於一般泛論的詩話、詞話、文話，如就共計九十五條篇幅的《經義概》而言，開頭至第三十四條主要論審題與開頭做法，其中開篇兩條又帶總論性質；從第三十五至七十五條主要論八股文的布局與對比、立柱、用筆等做法；最後二十條為總括性的概論，三部分之間結構層次清晰，論述條理暢達且自成體系，極具系統性和邏輯性，甚至有學者認為劉熙載的《藝概》是繼劉勰《文心雕龍》之後又一部帶有通論性質的文學批評理論專著。〔註432〕作為文學理論家和批評家，劉熙載對八股文的創制源流及後世流變做了準確的回顧，一方面體現出乾嘉以來學人治學尚「樸」的風氣，另一方面他還立足於考據，賦予了八股文也是一種文學樣式的文體意義，為其創作批評提供了豐富的「文學性」因子。簡言之，劉熙載之於八股文的創作批評主張可以歸納為「辨源流、釋文體」、「明大義、重文法」、

〔註431〕《清史稿・劉熙載傳》，《清史稿》卷四八〇，第四十三冊，中華書局，1977年，第13158頁。

〔註432〕王運熙、顧易生《中國文學批評通史》稱其「大體而論，（《藝概》）可視作一部以時為序的分體文學史。它的成就，也不在於理論上有多大創見，而主要在於具有一種史學家的氣度和眼光，把作家作品放在文學發展的歷史進程中去揭示其基本風貌和相互關係，並以此來證實一些傳統理論、觀點和表明自己的某些真知灼見。」

「工言辭、兼才氣」等三個方面。

二、辨源流，新釋文體內涵

在清代，幾乎每個八股文批評家對八股文體都做了考源溯流的工作，但劉熙載和清代初期、中期乃至同時批評家的立場都不盡同。如清初順、康、雍時期的顧炎武、王夫之、李光地等，是以「通經致用」的立場去考證，凸顯了八股文明確的義理功令作用，其意在經世；清中乾、嘉時期的阮元、杭世駿、管世銘等，是以「考訂經籍」的立場去考證，凸顯了八股文作者的學問道德水平，其意在明理；清中期道光以後，如路德是以「時文之法」的立場去考證，凸顯了八股文創作的應試機法技巧，其意在應試。而劉熙載之於八股文體的考據工作卻與上述諸家有著明顯的立場差異。從《藝概·序》和《經義概》的篇章內容與結構上可以看出，劉熙載著《經義概》的本旨，是在於對士子所接受到的經義的最初本質、八股文體的基本特點以及八股文具體實踐訓練中的創作技法進行的一次全面的歸納與整理，從而使士子能夠較為容易地明白科舉考試中的經義知識，獲悉八股文創作批評標準，進而使其舉一反三，達到中試獲第、走上仕途、為國家社會服務、實現古代學人自身價值的人生理想。

換言之，劉熙載對八股文體的基本認識，主要是站在兼顧發明經義和科舉建功兩方面的立場上，即所謂「聖人『瞻言百里』，識經旨則一切攝入矣。」〔註433〕從這樣的立場出發，《經義概》把八股文視作一種獨立性文體，詳細論述了八股文的做法，其間不乏對科舉制度的一些認識。《經義概》辭少意精，自成體系，為劉熙載研習經義之精華，亦為多年講學之心得。而《制義書存》是劉熙載尚存的五篇八股文習作，為探究《經義概》關於八股文的創作要旨提供一個旁證參考。

劉熙載從兩個角度對經義的源流與形成發展做了較為全面的探究。

把八股文視作一種應試文體，是他追源溯流的第一個角度。《經義概》開篇即言：「經義試士，自宋神宗始行之。神宗用王安石及中書門下之言定科舉法，使士各專治《易》《詩》《書》《周禮》《禮記》一經，兼《論語》《孟子》。初試本經，次兼經大義，而經義遂為定制。」〔註434〕可見，對於宋代最初以

〔註433〕劉熙載《藝概·經義概》第八十九條，《藝概注稿》，中華書局，2009年，第896頁。

〔註434〕劉熙載：《藝概·經義概》第一條，《藝概注稿》，中華書局，2009年，第815頁。

「經義試士」的做法，劉熙載是頗為認同的。

那麼究竟何謂「經義」呢？劉熙載解釋說：「漢桓譚遍習《五經》，皆訓詁大義，不為章句，於此見義對章句而言也。至經義取士，亦有所受之。」〔註435〕他認為經義不能拘泥於尋章摘句，應從「義」這個整體的層面上探求經文的要旨。這種從宏觀角度把握「經」之要旨的做法，自漢代便出現了，他引趙岐《孟子題辭》為之證：「漢興，孝文廣遊學之路，《孟子》置博士。訖今諸經通義得引《孟子》以明事，謂之博文。」〔註436〕與此同時，劉熙載還將經義同前代的科舉之文作比較，認為經義試士本意在於使後之學者對其進行發揚闡釋的創作，而不是對經史典籍進行死記硬背的應試，如其所言：「唐楊瑒奏有司試帖明經，不質大義，因著其失。宋仁宗時，范仲淹、宋祁等奏言有云：『問大義，則執經者不專於記誦矣。』合數說觀之，所以用經義之本意具見。」〔註437〕對比唐宋時期出現的兩種相對的治經方法之後，經義試士的本意也就不言而明瞭，即不拘泥於單純的章句考據。由此觀之，劉熙載企圖為經義文，即八股文產生尋找的合理性依據，基本還是符合情況的。宋代王安石提出以經義取士方式，其目的是要科學地檢測應試之子的濟世能力，劉熙載也正是秉承「經義試士」的精神傳統，從最初經義文的原本目的來肯定今日以「八股文」取士的科學性與合理性。

把八股文視作一種文學文體，是他對其追源溯流的第二個角度。八股文，即經義與秦漢文、唐宋文存在著一定的聯繫，融合了前代多種文體的特徵，例如經義中最顯著的特點就是「股對」，即詩賦、駢文中的對仗。於是，劉熙載通過對文體形式的追根溯源，將八股文的文體特點追溯到先秦，以證明「八股」樣式的合理性：「《易·繫傳》言『物相雜故曰文』，《國語》言『物一無文』，可見文之為物，必有對也。然對必有主是對者矣。」〔註438〕此外，八股文的另一個顯著特點是代聖人立言，劉熙載認為這種「代言體」的形式，也可追溯到先秦：「制義推明經意，近於傳體。傳莫先於《易》之《十翼》。至

〔註435〕劉熙載：《藝概·經義概》第八十七條，《藝概注稿》，中華書局，2009 年，第 867 頁。

〔註436〕劉熙載：《藝概·經義概》第八十七條，《藝概注稿》，中華書局，2009 年，第 867 頁。

〔註437〕劉熙載：《藝概·經義概》第八十七條，《藝概注稿》，中華書局，2009 年，第 867 頁。

〔註438〕劉熙載：《藝概·經義概》第八十五條，《藝概注稿》，中華書局，2009 年，第 865 頁。

《大學》以「所謂」字釋經，已隱然欲代聖言，如文之入語氣矣。」〔註439〕
從《周易》等中尋找代聖人立言的源頭，以此證明這一創作特點同樣有著悠
久的歷史。因此，劉熙載認為八股文作為一種文學文體，在很大程度上繼承
並融合了前代多種文體的特徵。在形式上，八股文要求對偶，講究聲律，傳
承了前代大小賦與駢體文的特點。在內容上，八股文要求推敲闡釋題之要旨，
追求行文的頓挫流暢，也是先秦諸子及唐宋古文常用的行文方法。甚至以經
義為內容的八股文在作為科舉定制之前，就以古文的題材出現了：「《宋文鑒》
載張才叔《自靖，人自獻於先王》一篇，隱然以經義為古文之一體，似乎自亂
其例。然宋以前，已有韓昌黎省試《顏子不貳過論》，可知當經義未著為令之
時，此等原可命為古文也。」〔註440〕劉熙載從多種角度探討了經義的起源及
發展，梳理了經義形成、發展乃至蛻變過程的完整脈絡，具有較高的認識價
值。同時，把秦漢、唐宋文中的文學因子滲透於八股文創作，也體現出劉熙
載「以古文為時文」的創作理念。

從應試文體和文學文體兩種角度對八股文體進行推根溯源，可以看出劉
熙載對八股文的基本認識是立足於其所具有的應試和文學兩方面的文體特
徵。八股文之於應試，表現為創作思想的明確性和創作內容的功令性，劉熙
載視其文體功能為「經義則惟聖道是明」〔註441〕和「觀其文，能得其人之性
情志向於工拙疏密之外，庶幾知言知人也與！」〔註442〕以繼承「文以載道」、
「文以明道」的傳統文道觀念，以「為文將益於人」為創作目的，在思想旨趣
上倡導儒家之道，在內容形式提倡「以古文為時文」、「融時文於古文」的駢
散結合，從理、法兩個方面予八股文以嚴格的軌範，使其能夠較為理想地為
國家選拔人才。八股文之於文學，同樣表現為創作主體的獨立性和文本內容
的藝術性兩個方面，劉熙載視其文體功能為「破干祿之陋見，證求理之實功」
和「雖不應舉，亦可當格言一則」〔註443〕。就文本而言，於內容上，八股文

〔註439〕劉熙載：《藝概・經義概》第八十六條，《藝概注稿》，中華書局，2009年，
　　　　　第866頁。

〔註440〕劉熙載：《藝概・經義概》第八十八條，《藝概注稿》，中華書局，2009年，
　　　　　第868頁。

〔註441〕劉熙載：《藝概・經義概》第九十二條，《藝概注稿》，中華書局，2009年，
　　　　　第873頁。

〔註442〕劉熙載：《藝概・經義概》第九十五條，《藝概注稿》，中華書局，2009年，
　　　　　第875頁。

〔註443〕劉熙載：《藝概・經義概》第九十四條，《藝概注稿》，中華書局，2009年，

與秦漢、唐宋散文、古文等都體現了宗經、載道的思想；於形式上，八股文又與駢文、詩賦等有著繼承借鑒的聯繫，因此八股文與其他傳統文學體裁之間並無明確的界限。就創作主體而言，劉熙載將儒家「文品關乎人品」的文論思想應用於八股文批評，強調「欲學者知存心修行……惟不專為作文起見，故能有益於文。」〔註444〕主張八股文形式與內容並重，反映出作者真實的思想與個性，故而將八股文批評納入到文藝批評範疇。也就是說，劉熙載於理、法的應試要求之外，又於辭、氣兩個方面予八股文以創作標準，使其成為文藝理論和藝術實踐之一環。以上兩方面，即是劉熙載對八股文體做出的迥異於前代、不同於當時的新詮釋。

三、明大義，兼重文法、主意

劉熙載在《經義概》開篇闡述經義的產生與發展，目的是在根源上辨析八股文的創作本旨，一方面以匡正乾嘉時期考據風尚帶來的「士子揣摩時尚……揆之經義，漸失真源」〔註445〕的流弊，另一方面也給出了他對八股文做出的基本認識與批評標準，即：「文不外理、法、辭、氣。理取正而精，法取密而通，辭取雅而切，氣取清而厚。」〔註446〕

眾所周知，八股文以代聖賢口氣、闡述儒家義理為旨歸，要求應試之士在寫作過程中務必以理學思想和儒家經義為思想主旨，以朱熹《四書章句集注》為表述標準。劉熙載深受儒家傳統文化薰陶，在對八股文的批評中，以一個經學家的身份處處凸顯六經的顯赫地位，表現出濃厚的「宗經」思想，這既是劉熙載的古文觀，也是他論述時文的指導思想。這一思想必然影響著他對八股文的論述，《經義概》有云：「理取正而精，法取密而通。」劉熙載認為作為「經義」之原的《四書》，其實是出於聖賢之口，「聖賢吐辭為經，以經尊之，名實未嘗不稱。」〔註447〕這就把聖賢之道與經義的旨歸合為一體，因此，基於闡發聖賢之道的宗旨，八股文之目的在闡明經文之本旨——「推明

第 874 頁。

〔註444〕劉熙載：《藝概・經義概》第九十三條，《藝概注稿》，中華書局，2009 年，第 873 頁。

〔註445〕嘉慶十三年御史黃任萬奏請續選《欽定四書文》時引上諭，見《國朝右文掌錄》。

〔註446〕劉熙載：《藝概・經義概》第七十六條，《藝概注稿》，中華書局，2009 年，第 862 頁。

〔註447〕劉熙載：《藝概・經義概》第一條，《藝概注稿》，中華書局，2009 年，第 815 頁。

經意」。換言之，聖賢所述之「經」即是聖賢之「道」的載體。因此，劉熙載非常強調從先秦聖賢經書和漢宋名儒注疏中去尋求「正理」，如其所言：「厚根柢，定趨向，以窮經為主。秦漢文取其當理者，唐宋文取其切用者，制義宜多讀先正，余慎取之。」〔註448〕與此同時，以經為主並不意味著劉熙載認可那種僅僅以經書為思想，近乎僵化的八股文創作，而是提倡以博學打破俗學陋規：「然觀王臨川《答曾子固書》云：『讀經而已，則不足以知經。』此又見群書之宜博也。」說明高水準的八股文創作需要作者具備博覽群書的素質，這就突破了八股取士只限於四書五經和朱注的狹域，同時也表明劉熙載所宗之「經」並非一成不變的「死經」，而是具有廣闊內涵的具有鮮活生命力的「經」。

那麼由「經」所承載的聖賢之「道」又指什麼呢？劉熙載所論「道」的內涵，也不是簡單的等同於荀子「文以明道」和韓愈「文以載道」中的「道」。他說的「道」，繼承漢儒，追慕韓柳，兼取陸王，汲取《文心雕龍》中關於「原道」、「徵聖」、「宗經」的主張。劉熙載說：

> 他文猶可雜以百家之學，經義則惟聖道是明，大抵不離天地之常經，古今之通義也。〔註449〕

「道」就是八股文中所謂的「理」，「道」也包含了事物內部的固有規律。無論是文章的內容還是文章的寫作方法，都需是「道」的外在顯現：「藝者，道之形也。」劉熙載深受儒學道義觀的影響，認為「道」也應是天人合一，「道」是與寫作主體緊密相連的，如《藝概·詩概》說：「《詩緯·含神霧》曰：『詩者，天地之心。』文中子曰：『詩者，民之性情也。』」劉熙載對荀子關於文道關係即道是說明是非道理的觀點是認同的，在《持志塾言·為學》中說「求學盡人道而已」，也體現了求學就是「道」的弘揚的觀點，肯定了「道」在文章中的作用非常重要，認同了「文以明道」中「道」的作用。然而「道」不僅僅是關乎治國方略與世間真理的濟世思想，還包含寫作主體的意圖和情感認識。如《藝概·詩概》中引白居易在《與元微之書》中的話：「余謂詩莫貴於知道，觀香山之言，可見其或出或處，道無不在。」另外，「道」應該隨著時代的變遷有著不同的特色，要有一定的包容感，反映時代的精神面貌，

〔註448〕劉熙載：《藝概·經義概》第九十一條，《藝概注稿》，中華書局，2009年，第871頁。

〔註449〕劉熙載：《藝概·經義概》第九十二條，《藝概注稿》，中華書局，2009年，第873頁。

符合當時的社會現實。「文之道，時為大」，「道須有益於生人之用，乃與自私自利有別。昌黎《原道》大旨，括於一『公』字。」〔註450〕可見，在對「道」的理解時，劉熙載將傳統的理學與經學注入了經世致用的時代色彩，注重文章的實用價值與現實意義，此之所謂「理之精」。

另一方面，八股文在創作上要求遵經守注，模擬聖賢口氣，講說經義。因而它為一種限定身份的代言形式的說理文章，在很大程度上束縛了士人表達思想的自由。劉熙載在論及八股文的時候，雖然有「宗經」思想貫穿始終，然而他並沒有死抱經書，而是採取了通達的態度，落實到時文的行文標準與規範，也比較重視主體精神的表現。

首先，對個人情志的關注。劉熙載在《經義概》中總結了講學經驗，認為要把個人感悟融入到文章中。「欲學者知存心修行，當以講書為第一事。講書須使切己體認，及證以目前常見之事，方覺有味。且宜多設問以觀其意，然後出數言開導之。惟不專為作文起見，故能有益於文。」〔註451〕講學需要融入日常之事與自己的生活感受，才會「有味」。講學如此，作文亦如此，為了作八股文而作八股文，就會陷入科舉取士制度的泥沼，作文只是成為應試的工具，自然也不會寫出高妙之作。劉熙載認為，作八股文一事類於講學，都注重融於生活實際，積累對現實生活的切身感悟，從而達到「存心修行」的目的，以之激蕩出高妙的文章。《經義概》的最後一部分有言：「觀其文，能得其人之性情志尚於工拙疏密之外，庶幾知言知人之學也與！」這與《文概》中「以文持志」的觀點是一致的，主張將作者的心性志趣體現在八股文中，是韓愈、柳宗元的「文以載道」與「文以明道」的體現。此外，關於個人情志的標準，劉熙載在《持志塾言》中表述道：「『志』『行』具離『正』『實』二字不得。」〔註452〕創作主體的「志」之「正」與「行」之「實」彼此呼應，由此看出，劉熙載對個體情志的關注，是針對乾嘉時期八股文變得知識艱深而為文淺陋的弊端而有的放矢。此之所謂「理之正」。

其次，對作者主觀能動性的關注。《經義概》既論述了八股文應「為人立

〔註450〕劉熙載：《持志塾言·致用》，《劉熙載文集》，江蘇古籍出版社 2001 年，第35 頁。

〔註451〕劉熙載：《藝概·經義概》第九十三條，《藝概注稿》，中華書局，2009 年，第 873 頁。

〔註452〕劉熙載：《持志塾言·人品》，《劉熙載文集》，江蘇古籍出版社 2001 年，第30 頁。

言」，又論述了八股文須「為己立言」，這種看似矛盾的觀點實質上摺射出劉熙載的辯證色彩，在遵循八股文種種規範的前提下，力求在行文中表現自我。如其所說：「制義之體有二，一本注釋，就題詮題也；一本古文，夾敘夾議也。注釋，合多開少；古文，小開大合，大開小合，俱有之。先敘後議，我注經也；先議後敘，經注我也。文法雖千變萬化，總不外敘議二者求之。」〔註453〕劉熙載承認八股文體如經傳注疏，有嚴密的功令、文法格式，而且歷來傳統是在就題詮釋之外，以古文筆法行文，先引經釋文，再依朱注加以議論，即「我注經」。但他還認為八股文法並非是一成不變的死格式，還可以在「理取正而精」的基礎上，發前人之所未發，先抒發議論，提出個人觀點，然後引經據典加以印證，即所謂「經注我」。如劉熙載在談到「破題」時，提出了「文章由我」和「我由文章」的觀點：「昔人論文，謂未作破題，文章由我；既作破題，我由文章。余謂題出於書者，可以斡旋；題出於我者，惟抱定而已。破題者，我所出之題也。」〔註454〕由此可以看出，這種全新的「經注我」觀念，既保障了士子守經遵朱的八股文創作要求，也使得八股文創作內容和形式規範不致僵化於傳、注之下。這種從法式上予以八股文「密而通」的提倡，可謂是當時八股文創作批評之一大突破。

最後，劉熙載還指出，要做到「理取正而精，法取密而通」，創作主體必須具有「識」和「力」的能力。《經義概》指出：「文之要，曰識曰力。識，見於認題之真；力，見於肖題之盡。」〔註455〕「識」指的是作者要有較高的認識水平。「力」指的是作者豐厚知識儲備下的創作水平。唯有在通曉六經所有、朱注所備的基礎上，更兼博覽群書的廣袤識見和視野，才能夠精準、真切地解讀題中「別人所未發」和「他人所已發」的觀點，進而在創作表述時做到充分透徹、既無增加又無遺漏地闡發題意。

綜上所述，劉熙載視八股文為一文學文體，關於「文道」、「文法」等問題的論述往往也是前代、同時文論家共同關注的話題。針對這些「老生常談」的問題，劉熙載大多提出了不同於時俗、極具創新意義又兼具實用性的理論和方

〔註453〕劉熙載：《藝概‧經義概》第五十八條，《藝概注稿》，中華書局，2009年，第851頁。

〔註454〕劉熙載：《藝概‧經義概》第四條，《藝概注稿》，中華書局，2009年，第822頁。

〔註455〕劉熙載：《藝概‧經義概》第八條，《藝概注稿》，中華書局，2009年，第824頁。

法。如其雖然強調聖人之言的重要性，但同時又反對死記硬背、行文僵硬。在八股文創作時，以四書五經為題，代聖人立言，八比對偶結構是其基本要求，而劉熙載在遵循此規範之外，還主張以作者個體為中心，通過個性化的理解最大限度地體現出創作主體的主觀能動性，讓作品蘊含出作者的觀點，為創作主體的論述服務。作為一名篤實的宗經學者，能有這樣的觀點，著實難能可貴。

四、工言辭，不廢學問才氣

清代學術發展至道光以後，當傳統的考據實學與日漸蔓延開來的西學發生碰撞並融合之後，又使得這一時期學術文化產生了新的風尚，而八股文在形式和內容的批評標準也隨之發生了蛻變。首先，八股文在科舉考試中所佔比重較之前期明顯減少，如在清代中後期由一般書院和學政主持的歲考、科考中，八股文多讓位於詩賦或經義考據，於是士子將日常的文章訓練的重心也相應放在了經學、實學、詞章、掌故等方面，至於八股文則予以「余事做八股」的態度對待之。其次，受乾嘉考據之風的影響，在道光以後的八股文中，士子講求以考據見學問、以掌故見博學的傾向越來越明顯，於是這一時期八股文的創作與批評也多有「藝文」特色，士子在深厚學問的基礎上盡可能的驅使才情，逞才使博，於機法、辭采、聲調等方面多做工夫。因此，這一時期的八股文的文學和藝術的融通性就顯得尤為明顯。據作於同治十二年的《藝概·敘》可知，《經義概》是劉熙載晚年撰定而成，具有回顧與總結意義，那麼劉熙載與這一時期的八股文風也必然有著交互影響。以此為觀照點，再來審視《經義概》中從「理、法、辭、氣」四個角度對八股文進行的批評，就不難發現劉熙載關於八股文批評的理論建樹即在於，將八股文的藝術獨創性作為其批評的出發點，並且不以文章的功令格式廢個人的學問才氣的觀念尤為突出。這集中體現在如下幾個方面：

（一）打通文與藝，以藝術規律指導八股文創作

劉熙載係清代中後期極具盛名的文學家、藝術家和文藝批評家，於詩文、書畫領域均有較高的成就。他於書法，「早年工行楷書法，晚年喜撫漢魏人八分篆書。久之，鎔鑄一體，規模奇古，變化無端。」〔註456〕於文學，「於《六

〔註456〕蕭穆：《劉融齋中允別傳》，《劉熙載文集·附錄》，江蘇古籍出版社，2001年，第793頁。

經》、子、史及仙釋家言，靡不通曉，而一以躬行為重。」〔註457〕可以看出，作為「文藝通才」的劉熙載始終是以兼容貫通的眼光去審視各種文藝體裁，如其所說「文之理法通於詩，詩之情態通於文。作詩必詩，作文必文，非知詩文者也。」〔註458〕即是主張打通詩、文兩種文學體裁的創作主張。因此，在論述八股文的創作批評時，劉熙載也往往將詩文、書畫理論與之相互滲透，彼此觀照。如論八股文言辭，劉熙載將其與詩文創作中字句錘鍊相比擬：「文家皆知鍊句鍊字，然單鍊字句則易，對篇章而鍊字句則難。字句能與篇章映照，始為文中藏眼。不然，乃修養家所謂瞎煉也。」〔註459〕劉熙載認為，言辭是八股文「大義」最直接的表現方式，也是士子個人「主意」最直接的體現，因此八股文言辭是維繫作者、篇章、理法三者的重要紐帶，必須要予以「煉」的工夫。「煉」和「眼」均屬詩文理論範疇，清人薛雪說過：「篇中鍊句，句中鍊字，煉得篇中之意工到，則氣韻清高深渺，格律雅健雄豪，無所不有，詩文之能事畢矣。」〔註460〕可見詩文中對字句錘鍊的要求是要達到「篇中之意工到」的目的，而詩文中「篇中之意工到」折射到八股文中，則是「字句能與篇章映照」的言辭要求。又《詩概》中提到：「詩眼，有全集之眼，有一篇之眼，有數句之眼，有一句之眼，有以數句為眼者，有一句為眼者，有以一二字為眼者。」〔註461〕此處「詩中之眼」與「文中藏眼」顯然是出於同樣的批評眼光。

此外，論述八股文創作時遣詞造句的行文之法，劉熙載將其與書法中運筆的「筆法」相對舉，如：

> 文家用筆之法，不出紆陡相濟。紆而不懈者，有陡以振其紆也；陡而不突者，有紆以養其陡也。

> 筆法之大者三：曰起、曰行、曰止。而每法中未嘗不兼具三法，如起，便有起之起，有起之行，有起之止也。

〔註457〕《清史稿·劉熙載傳》，《清史稿》卷四八〇，第四十三冊，中華書局，1977年，第13158頁。

〔註458〕劉熙載：《遊藝約言》，《劉熙載文集》，江蘇古籍出版社，2001年，第753頁。

〔註459〕劉熙載：《藝概·經義概》第四十七條，《藝概注稿》，中華書局，2009年，第845頁。

〔註460〕薛雪：《一瓢詩話》第一四五條，《原詩、一瓢詩話、說詩晬語》，人民文學出版社，1979年，第134頁。

〔註461〕劉熙載：《藝概·詩概》第二三八條，《藝概注稿》，中華書局，2009年，第378頁。

起筆無論反正虛實，皆須貫攝一切，然後以轉接收合回顧之。

筆法，初非本領之所存，然愈有本領，愈要講求筆法，筆法所以達其本領也。〔註462〕

「筆法」二字並不是文論術語，而是專屬於書法藝術的範疇。劉熙載工於書法，並在《藝概》中將《書概》與其他五概相提並論，足見其視書法寫作與八股文創作之間有著可供融通的藝術規律。《書概》中說：「起筆欲斗峻，住筆峭拔，行筆欲充實，轉筆則兼乎住、起、行者也。」又「澀非遲也；疾非速也。以遲速為疾澀，而能疾澀者無之。」〔註463〕書法中的起、收（住）、行，與八股文創作中的起、行、止（收），顯然出於同一理論表述，而「轉筆則兼乎住、起、行者也」則更是與「每法中未嘗不兼具三法，如起，便有起之起，有起之行，有起之止也」的批評理論如出一轍。書法中運筆的「疾澀」，與八股文創作中表述的「紆陡」可以看做是交互發明。徐緩、婉曲的筆法與陡峭、突兀的筆法相互協調，形成起伏跌宕、張弛有致的布局。紆中有陡，陡中見紆，婉轉盡致，才能極盡吞吐之勢。劉熙載於書法中強調「疾澀相間」，而於八股文中則強調「紆陡相濟」，這又是劉熙載融匯諸藝、交相為用的又一例證。

不難發現，劉熙載對各種藝術手法精熟的掌握，是其「文藝通才」的一個體現。而影響並促使其成為「通才」的深層因素，則是其通達的藝術眼光和審美品位，《藝概》中所涉及到的「六概」，幾乎滲透了各種文學藝術樣式共同的創作規律和藝術原理，而《經義概》更是以藝術化眼光論述八股文的創作與批評，這顯然是與其他八股文批評家那種死守教條範式、專意功令利祿的立場有著本質的差異。既然劉熙載提倡貫通文藝，並以藝術規律去指導八股文創作，而「文學」和「藝術」在很大程度上又強調創作主體的「才情」，那麼劉熙載在其八股文批評理論中自然也就體現出以文章顯見個人學問和才氣的特點。

（二）強調「主意」，以意統辭

劉熙載認為，一篇優秀的八股文要做到「推明述理」，就必需「言有物」，即所謂「以文言之，言有物為理，言有序為法。」〔註464〕這裡的「言」，對應

〔註462〕以上四條分別為劉熙載《藝概・經義概》第四十九、五十、五十一、五十四條，《藝概注稿》，第847～849頁。

〔註463〕以上兩條分別為劉熙載《藝概・書概》第一七二、一八八條，《藝概注稿》，第770、777頁。

〔註464〕劉熙載：《藝概・經義概》第七十七條，《藝概注稿》，中華書局，2009年，

創作主體之「意」，表現為八股文中之「辭」；「物」，對應為創作客體之「文」，表現為八股文中之「理」。而在強調八股文以意作文、以辭述理的同時，劉熙載又分別提出了「主意要純一而貫攝」和「文不外理、法、辭、氣」的觀點。劉熙載主張「辭取雅而切」，即「字句要刻畫而自然」。而「主意」，即所謂「凡作一篇文，其用意俱要可以一言蔽之。擴之則為千萬言，約之則為一言，所謂主腦者是也。」〔註465〕「辭」的運用與「意」的驅使則是相互依存的。

先談「主意」。「主意」，劉熙載又稱「主腦」。「主腦」一詞，李漁曾在《閒情偶寄》中單列篇目論述其義曰：「古人作文一篇，定有一篇之主腦。主腦非他，即作者立言之本意也。傳奇亦然。」「原其初心，止為一人而設。」「無窮關目，究竟俱屬衍文；原其初心，又止為一事而設。此一人一事，即作傳奇之主腦也。」〔註466〕李漁認為「主腦」是作者的立言本意，即文章的立意。而劉熙載所論的「主腦」與李漁持論相當，包含兩個方面要求：其一，「意」要「廣大精微」，既要包含廣博的內容，又應精深透闢。其二，「意」要「純一」，且勿旁生枝節。

在劉熙載看來，「主腦」可以具體理解為文章的所有語言都是緊緊圍繞其「意」的：「襯托不是閒言語，乃相形勘緊要之文，非幫助題旨，即反對題旨，所謂客筆主意也。」「題旨」是劉熙載對「意」、「主腦」的另一種表達，除了指行文的主旨與意圖外，還包含結構上的意義。他認為無論是直切主題，還是側面襯托，都需緊緊圍繞題旨，為「意」服務。襯托之句看似與題旨無關緊要，其實都是以題旨為中心而展開的。而題旨之「意」，則務求「純一」。劉熙載為了把「純一」的含義更確切地闡述出來，以樂律等喻其義，像樂律一樣，「既已認定一宮為主，則不得復以他宮雜之」，如「兵非將不禦」和「射非鵠不志」一樣，不散神，不破氣，一線到底，萬變不離其宗。這就把材料安排、遣詞造句與中心主旨的關係生動地闡述了出來。

因此，文章能否寫好，首要表現在「立主腦」上，即主腦、主意必須與文題旨意完全契合。若要契合題旨，則必須對八股文各部分之間加以統籌和規劃，使其充分、完整地闡釋題意。《經義概》曰：「必審乎章旨、節旨、句旨之所當

第 862 頁。

〔註465〕劉熙載：《藝概·經義概》第三條，《藝概注稿》，中華書局，2009 年，第 819 頁。

〔註466〕李漁：《閒情偶寄·結構第一·立主腦》，《中國古典戲曲論著集成》第七冊，中國戲劇出版社 1959 年，第 14 頁。

重者而重之，不可硬出意見。」在審準整個主旨的同時，也要時時關注各章、各節、各句的要旨，在把握大處的基礎上，從小處著手，仔細斟酌每章、節、句的旨意，圍繞主腦組織材料，切勿再旁生枝節，勉強地表達自己的見解。

　　劉熙載之所以強調「主意」契合題旨，是因為在科舉考試中，審題是非常重要的，對文題的理解，不僅能反映出對經書的理解程度，也與作者為文所立之「意」的闡發有著緊密聯繫。對此，《經義概》在詳細闡釋了審題的重要意義、審題的方法以及審題的原則之後，提出了八股文創作時「文貴如題」的論斷：「題義有而文無，是謂減題；題意無而文有，是謂添題。文貴如題，或減或添俱失之。」〔註467〕並從「如題」、「尊題」、「認題」、「肖題」等諸多方面予以具體的創作要求。

　　劉熙載認為，作八股文首先重在尊題：「文莫貴於尊題……尊題者，將題說得極有關係，乃見文非苟作。」〔註468〕文之順逆、局勢、柱法、句調都是依題而為：「文之順逆，因題而名……文無一定局勢，因題為局勢；無一定柱法，因題為柱法；無一定句調，因題為句調。」〔註469〕所謂「認題」，是指準確分析、理解題意，這就需要作文者對經義有深刻的認識。所謂「肖題」，就是指在找準題意的同時，還要有聯想性與創造性，從不同方面闡盡題蘊：「肖題者，無所不肖也：肖其神，肖其氣，肖其聲，肖其貌。有題字處，切以肖之；無題字處，補以肖之。自非肖題，則讀題、認題亦歸於無用矣。」〔註470〕此外劉熙載還從正、反兩處提出了破題、讀題，以及題眼、題要、題緒、題面、題意、題義、平題、串題，還有題字、題間、題縫、點題與題字的虛實與詳略和減題、減題、添題等具體的審題方法理論。

　　對「文題」的大力關注，是劉熙載「主意」觀念基於八股文創作批評中言辭的使用而提出的一項內在要求，這是因為儘管劉熙載主張借八股文凸顯作者的個體精神，但與此同時還必須要實現作者通過八股文取得科第入仕的現實效果，那麼八股文中的言辭就必須做到「彰於文藝」和「達於有司」。而

〔註467〕劉熙載：《藝概·經義概》第十六條，《藝概注稿》，中華書局，2009年，第829頁。

〔註468〕劉熙載：《藝概·經義概》第五條，《藝概注稿》，中華書局，2009年，第822頁。

〔註469〕劉熙載：《藝概·經義概》第三十九條，《藝概注稿》，中華書局，2009年，第841頁。

〔註470〕休息在：《藝概·經義概》第十條，《藝概注稿》，中華書局，2009年，第826頁。

立意是否準確、解題是否合理就勢必成為這兩項功能能否實行的先決條件，因此劉熙載主張「意在筆先」和「以意統辭」。

劉熙載所主之「意」，可以說是在八股文創作之前的總體構思，包括確立文章主旨、構建內容框架、整合材料安排等多個方面。如其所言：「古人意在筆先；故舉止閑暇；後人意在筆後，故手忙腳亂。」〔註471〕此處劉熙載要求士子於八股文創作之初，對儒家大義、聖賢義理、文藝技藝、經史故實等有了深刻認知的基礎上，醞釀出個體的真摯、獨立之「意」，換言之，劉熙載所主、所立之「意」，是在「物我激蕩」之後、下筆寫作之前即需完成的步驟環節。然後再以「意在筆先」為實際作文時遣詞造句的指導：士子通過反覆思考與構思，圍繞著「意」整理思路，根據「意」整合材料，並在之後的行文中通過「意」駕馭言辭，「舉止閑暇」地完成選取材料、組織結構、運用修辭等八股文各項創作環節。誠如其所言：「提比要訣，全在原題。不知原題而橫出意議，豈但於本位不稱，並中後之文亦無根本關係矣。」〔註472〕

再談「言辭」。「言辭」是「意」的載體，劉熙載主張「辭取雅而切」。八股文言辭尚「雅」有著悠久的傳統，如雍正帝就曾明確表示以「雅正清真」為八股文的衡文標準。「切」主要是指言辭在經過構思錘鍊之後，能夠準確地表達反映所立之「意」，從藝術的維度看，則是要達到「刻畫而自然」的審美效果。前文已述劉熙載之於八股文創作中，以詩家「鍊字」對八股文作者「工言辭」的活動予以了肯定的態度，同時也以書家「品字」強調「自然本色」作為對言辭錘鍊的最高境界：

　　　　書當造乎自然。蔡中郎但謂書肇於自然，此立天定人，尚未及乎由人復天。〔註473〕

　　　　學書者始由不工求工，繼而由工求不工。不工者，工之極也。《莊子·山木篇》曰：「既雕既琢，復歸於樸。」善夫！〔註474〕

〔註471〕劉熙載：《藝概·文概》第五十條，《藝概注稿》，中華書局，2009年，第39頁。

〔註472〕劉熙載：《藝概·經義概》第五十六條，《藝概注稿》，中華書局，2009年，第850頁。

〔註473〕劉熙載：《藝概·書概》第二四五條，《藝概注稿》，中華書局，2009年，第812頁。

〔註474〕劉熙載：《藝概·書概》第二二〇條，《藝概注稿》，中華書局，2009年，第798頁。

　　那麼怎樣才能使言辭符合「自然本色」的標準呢？劉熙載又進一步給出了兩項具體的要求：其一是辭達真意。「品居極上之文，只是本色。」〔註475〕要想在八股文創作中體現出作者的藝術獨創性和高尚的立意情懷，就必須在作品中流露真情實感，因此其反覆強調「詩可數年不作，不可一作不真。」〔註476〕如評王安石時說：「介甫每言及骨肉之情，酸惻嗚咽，語語自肺腑中流出。」〔註477〕真情來源於實感，表現在語言上就是不經雕琢地自然宣洩，即「自肺腑中流出」。其二是遣詞自然。語言在真實自然地表達個人情感時，需要在表述上安排上做到辭、意、事三者的自然相稱：「余謂不但事當稱乎辭而已，義尤欲稱也。」〔註478〕八股文是「代聖賢口氣」推明經義，因此士子在創作八股文時也必須要在語言、立意、內容上合乎聖賢口吻，達到所作之文、所敘之事與所闡之意的妥帖稱合，以近於「推明經義，近於傳體」的自然風貌。

　　由此可以看出，劉熙載論八股文創作時，立意以「彰文藝」和「達有司」並重，文辭以「刻畫」和「自然」共舉。「立意」與「工辭」都是士子個人學問才情的體現，並切二者之中亦有主次，先強調「意在筆先」，再要求「辭」要切「意」，即其所謂「辭取雅而切」。

（三）重視布局，以藝謀篇

　　在劉熙載看來，除了立意和工辭外，在行文布局、篇章結構上也具有一定的藝術特色。他認為，八股文在文章結構上雖然有著嚴密的功令格式，但格式畢竟是「死」的，而創作主體的人卻是「活」的，所以極力主張在八股文的結構安排上要有「變」：

> 「通其變，遂成天地之文。」「一闔一闢謂之變」，然則文法之變可知矣。〔註479〕

　　需要說明的是，劉熙載主張的「文法之變」，並不是要改變八股文基本的

〔註475〕劉熙載：《藝概·文概》第三一九條，《藝概注稿》，中華書局，2009年，第202頁。

〔註476〕劉熙載：《藝概·詩概》第四十七條，《藝概注稿》，中華書局，2009年，第261頁。

〔註477〕劉熙載：《藝概·文概》第二三七條，《藝概注稿》，中華書局，2009年，第158頁。

〔註478〕劉熙載：《藝概·文概》第一五三條，《藝概注稿》，中華書局，2009年，第168頁。

〔註479〕劉熙載：《藝概·文概》第二七三條，《藝概注稿》，中華書局，2009年，第181頁。

文體格式，而是在整齊固定的文體格式中運用多種表達方式，從而使其獲得更多的藝術表現力，即其所謂「格局，要整齊而變化。」〔註480〕劉熙載以「水」來解釋文章的格局：「水之發源、波瀾、歸宿，所以示文之始、中、終，不已備乎？」〔註481〕水和文章的變化有相通之處，即在不斷變化的表象之下都隱藏著不可變更的規律，「動」中有「整齊」，「整齊」中有變化。那麼，八股文又該如何才能做到「整齊而變化」呢？

先談「整齊」。《經義概》云：「筆法之大者三：曰起，曰行，曰止。而每法中未嘗不兼具三法，如起，便有起之起，有起之行，有起之止也。」〔註482〕又云：「起、承、轉、合四字，起者，起下也，連合亦起在內；合者，合上也，連起亦合在內。中間用承用轉，皆兼顧起合也。」〔註483〕起指文章的開端，既要緊扣題旨，又要需注意文章各部分的前後連貫。承和轉也可以稱作「行」，指承接上文加以申述，是文章的展開。轉接恰當，就能環環相扣，開合自如，整篇文章渾然天成。合也是止，指的是文章的結尾。文章最後的收束，需要處理好它與起的關係：「合者，合上也，連起亦合在內。」〔註484〕總之，起時須考慮到後面的合，合時須提到前面的起，承與轉時，也須兼顧開頭與結尾，這就形成了一種完整而穩定的結構。

再談「變化」。劉熙載首先從認識上向人們解釋了「文法之變」給文章帶來的藝術化審美效果，並以「絕處逢生」為作文布局的最高境界：「空中起步，實地立腳，絕處逢生，局法具此三者，文便不可勝用。」〔註485〕劉熙載在《文概》中解釋了「絕處逢生」的含義：「有路可走，卒歸於無路可走⋯⋯無路可走，卒歸於有路可走。」即指文章的曲折變化，起伏跌宕，有柳暗花明、曲徑通幽之勢。

〔註480〕劉熙載：《藝概·經義概》第七十八條，《藝概注稿》，中華書局，2009年，第862頁。

〔註481〕劉熙載：《藝概·文概》第二七四條，《藝概注稿》，中華書局，2009年，第181頁。

〔註482〕劉熙載：《藝概·經義概》第五十條，《藝概注稿》，中華書局，2009年，第847頁。

〔註483〕劉熙載：《藝概·經義概》第三十七條，《藝概注稿》，中華書局，2009年，第840頁。

〔註484〕劉熙載：《藝概·經義概》第三十七條，《藝概注稿》，中華書局，2009年，第840頁。

〔註485〕劉熙載：《藝概·經義概》第三十六條，《藝概注稿》，中華書局，2009年，第840頁。

在明確了「變」的意識之後，劉熙載又針對實際創作，給出了多種「文法之變」的藝術方式，如其論布局方法和題目結合到一起：

昔人論布局，有原、反、正、推四法：原以引題端，反以作題
勢，正以還題位，推以闡題蘊。〔註486〕

或從文章推究本源，以此引出題端，或從反面入必，使文章有起勢，或正面闡述，直指原意，或運用推理，使題意淋漓盡致地闡釋開來。將布局與闡發題旨關聯起來，「因題為局勢」〔註487〕。又論文章布局有順逆之法：

局法，有從前半篇推出後半篇者，有從後半篇推出前半篇者。

推法固順逆兼用，而順推往往不如逆推者，逆推之路較寬且活也。

〔註488〕

在順逆之法中，以逆推為優，從題目的反面說起，依理推出題目的正面之意，這種由反到正、由開到合的布局方式，使文章論述透徹，跌宕起伏。又論文章布局有虛實相生法：

文之善於用事者，實者虛之，虛者實之；文之善於抒理者，顯
者微之，微者顯之。〔註489〕

化虛為實，才能引發主觀情思，以虛生實，才能突出所寫之物。至於虛實用法，有「先空後實，有先實後空，亦有迭用實、迭用空者……至正反俱有空實，空實俱有正反，固不待言。」〔註490〕有論文章布局有斷續之法：

文忽然者為斷，變化之謂也，如斂筆後忽放筆是；復然者為續，

貫注之謂也，如前已斂筆，中放筆，後復斂筆以應前是。〔註491〕

斷續之法其實是文章辭斷意連，影響著文章的節奏感，使文章跌宕起伏，波瀾起伏。又論文章布局有抑揚之法，頓挫就是抑揚之法，指聲調上的抑揚，

〔註486〕劉熙載：《藝概・經義概》第三十五條，《藝概注稿》，中華書局，2009 年，
　　　　第 839 頁。

〔註487〕劉熙載：《藝概・經義概》第七十九條，《藝概注稿》，中華書局，2009 年，
　　　　第 863 頁。

〔註488〕劉熙載：《藝概・經義概》第三十八條，《藝概注稿》，中華書局，2009 年，
　　　　第 841 頁。

〔註489〕劉熙載：《藝概・經義概》第八十一條，《藝概注稿》，中華書局，2009 年，
　　　　第 864 頁。

〔註490〕劉熙載：《藝概・經義概》第四十一條，《藝概注稿》，中華書局，2009 年，
　　　　第 842 頁。

〔註491〕劉熙載：《藝概・經義概》第六十九條，《藝概注稿》，中華書局，2009 年，
　　　　第 858 頁。

也指語意上的張弛起伏的變化：「抑揚之法有四，曰：欲抑先揚，欲揚先抑，欲抑先抑，欲揚先揚。沉鬱頓挫，必於是得之。」〔註492〕又在八股文的對偶方法上，劉熙載給出七種變化方法：

> 文之有出對比共七法，曰：剖一為兩，補一為兩，迴一為兩，反一為兩，截一為兩，剝一為兩，襯一為兩。〔註493〕

總之，無論是哪種布局之法，都是在戒凌躐，避板直。對於文章內部的關係，既注意了整體與局部的邏輯關係，又把握了各部分之間的動態變化，使人對「文法之變」的方式和途徑一目了然。

綜上所述，劉熙載是清代中後期的「文藝通才」，他持志力學，發為宏論，所著《藝概》綜論文藝。劉熙載的八股文批評理論主要集中在《藝概》卷六的《經義概》中，通過對《經義概》的探微發覆，可知其寓文藝情懷於經義之中，以宗經、尚藝、崇文等觀念，矯革乾嘉末流和道光文風之弊。並針對當時科舉制度及八股文風，承《六經》濟世和《六經》注我的道統，主張文章與經世相成，提升經義取士的功效，進而激勵人心，鼓舞士氣，使之志於弘道教化。因此，《經義概》的內容、對後世的影響以及為當下文藝研究所提供的指導思想，都有較大的價值和深遠的意義。

〔註492〕劉熙載：《藝概・經義概》第七十條，《藝概注稿》，中華書局，2009年，第859頁。

〔註493〕劉熙載：《藝概・經義概》第四十二條，《藝概注稿》，中華書局，2009年，第842頁。

結束語

　　公元 1904 年，清王朝進行了中國科舉史上最後一場考試，即「甲辰恩
科」。自此以後，由隋代肇啟並延續了一千餘年的科舉考試制度，正式退出了
中國的歷史舞臺。但是，明清時期讀書人對於八股文的一生投入及其發表的
意見，並沒有隨著這一科舉文體的退場而銷聲匿跡，它對於我們重新認識八
股文的價值，瞭解八股文所蘊含的傳統文化依然有意義。

　　作為明清科舉的核心組成部分——八股文，已於光緒二十八年被清政府
正式廢除，然而從八股文發生到消亡的各個階段，都有對其嚴正且猛烈的清
算和抨擊。「大到說國家的命運，國破家亡是八股文斷送的；小到個人的遭遇，
考不中功名做不了官也是八股文害的。」〔註1〕誠然，近代中國腐朽與落後的
命運，作為封建文化的推波助瀾者，科舉制度有著不可推卸的社會責任，而
八股文又是明清科舉制度的顯性體現，於是痛斥、喊打八股文就貌似就成為
蕩滌污泥濁水般的封建文化的最自然、合理的事情了。「五四」新文化運動以
來，隨著西方現代「科學」的思想席捲中國，人們更是將不具備現代功能的
八股文作為集矢之目標。正如美國學者艾爾曼所言：「歷史學家們也毫不例外
地從歐洲和美國現代化進程的透視角度，來評價明清時期科舉考試的作用。
他們因而成功的揭示了儒家體系在推動科學技術的專門化和訓練普及方面的
失敗。」〔註2〕但不能忽視的是，在反思與審視近代中國腐朽與落後根源的同
時，我們不能將之簡單、孤立地歸結為一項科舉制度，或一種通行文體，尤

〔註 1〕鄧雲鄉：《清代八股文》，河北教育出版社，2004 年，第 21 頁。
〔註 2〕B. A. 艾爾曼：《明清時期科舉制度下的政治、社會與文化更新》（衛靈譯），
　　　　《國外社會科學》，1992 年第 8 期，第 55 頁。

其是在對待文化、思想之於國家、民族命運的關聯性評判上，因情緒化產生的單一成見和僵化認識顯然是不夠全面的。

在「科舉時代」，如何根據統治階級的需要，建立一套完整的處理官府事務人才的選拔機制，從而調整、任免、補充各級官吏以為社會服務，是歷代王朝在建立伊始就亟需解決的一個重大問題。明清兩代更是在總結前代「科目」之制的基礎上，創立了「八股取士」這樣一種較為公平、客觀的考選辦法。作為明清考試主導文體的八股文，其根本目的是為了公平公正的選拔人才，其方式是通過嚴密的貢院規制，以文章的優劣、品第為評定標準，既較好的體現了選拔考試的公正公開原則，又便於統治者有意識地控制士人思想，普及全社會文化，因此備受統治者的青睞和提倡。陳文新先生從影響國民生活的宏觀角度上指出，明清以八股文為主體的科舉制度在當時具有的兩項正面的功能：「（科舉）在提高全民族的文化水準和維護我們這個多民族國家的統一穩定方面，發揮了直接而巨大的作用；……以其對社會的整體影響力將儒家經典維持世道人心的作用發揮到極致。」〔註3〕以往治明清八股文批評史者，大多以新時期的立場對其進行負面審視，認為明清科舉考試單以儒家經典為內容，考核內容狹窄；又以朱注為唯一標準，約束了士人思想，於是造成了近代中國思想保守、人才缺失、民族落後的狀況。但倘若我們將視角還原到明清歷史，上述負面認識顯然不構成對科舉制度的認識全貌。在這裡，陳先生一語道破了封建社會文化背景下八股文所具有的意識形態和人文教育兩項基本功能，在此基礎上形成的「程式的公正」的科舉制度為維護社會穩定、凝聚士人思想、樹立道德規範、普及文化教育、選拔官員團體等多個層面起到了積極的作用。以滿族權貴為中心而建立起的清王朝論之，在吸取明亡教訓的意義下，迅速確立起一種能夠凝聚全社會以期鞏固政權統治的官方學術思想和價值評判準繩，是其王朝創立初期尤為關注的大事。因此，明清鼎革之後，程朱理學並沒有隨著明王朝的消亡而退出歷史舞臺，而是在清朝統治者的大力推崇下再次成為思想指南，康熙帝更將其視之為「集大成而繼千百年絕傳之學」，並給與其「非此不能知天人相與之奧，非此不能治萬邦於衽席，非此不能仁心仁政施於天下，非此不能外內為一家」〔註4〕的高度評價。

〔註3〕陳文新：《〈歷代科舉文獻整理與研究叢刊〉總序》，《八股文總論八種》，武漢大學出版社，2009年，第4頁。

〔註4〕《聖祖仁皇帝諭制文四集》卷二一《朱子全書序》。

在思想上確立了程朱理學的官方正統地位後，明清兩代統治者即以科舉為中介的形式，將社會才學之士的精力導向對於儒家經典的精思研讀上，使之將孔孟思想和程朱學說落實到實際行動上的自覺，從而控制社會思想、緩和階級矛盾以確保政權的穩固。「國家以經義取士，將使士子沉潛於《四子》《五經》之書，含英咀華，發攄文采，因以覘學歷之淺深與器識之厚薄。」〔註5〕《四書》《五經》成了明清科舉考試的全部內容，朱熹注解成了衡量士子解經立言是否合乎「道統」與「政統」要求的唯一標準。於是，在既定的考試範圍內，在傳統士人「讀書—取士」、「文人—官僚」〔註6〕的人生實踐模式中，整個社會的主導思想得到了規範和統一，各民族士人的凝聚力也得到了加強，大一統王朝的政權統治亦隨之和諧與穩固，正如鄧雲鄉先生所言：「儒家思想孔孟言論，程朱理學不但武裝了每個進士、舉人，而且武裝了每個讀書人，武裝了整個社會。」〔註7〕因此，明清兩代統治者八股取士的科舉制度，加強了與社會精英階層的聯繫，對維護社會秩序、促進文化繁榮、推動社會進步，有重要意義。

另一方面，明清科舉制度在人文教育和普及文化的社會功能上的積極意義，在當時同樣是顯而易見的。首先，它具有明確的教育指向性。「士人以品行為先，學問以經義為重。故士之自主也，先道德而後文章；國家之取士也，黜浮華而崇實學。」〔註8〕這裡所謂「實學」，即《四書》《五經》中「修、齊、治、平」之學。又「從來科場取士，首重頭場《四書》文三篇。士子之通與不通，總不出《四書》文之外。」〔註9〕「鄉、會試三場，並設經文、策對，原與制義並重。然必須先閱頭場文藝，擇其『清真雅正』合格者，再合校二三場。」〔註10〕明清科舉考試借助儒家經典，於潛移默化中訓導了當時讀書人的思想，使其在日復一日的誦讀中，逐步形成「聖希天，賢希聖，士希賢」的循規蹈矩的理想人格，著重培養其忠君愛國、中正仁和的精神特質，以備統

〔註5〕《欽定大清會典事例》（嘉慶朝），托津等編纂，沈雲龍《近代中國史料叢刊三編》第六十七輯第 663／1 冊，臺北文海出版社，1991 年，第 1653 頁。
〔註6〕閻步克：《士大夫政治演生史稿》，北京大學出版社，1996 年。
〔註7〕鄧雲鄉：《清代八股文》，河北教育出版社，2004 年，第 196 頁。
〔註8〕《清會典事例》第五冊卷三百八十八，中華書局，1991 年，第 303 頁。
〔註9〕《欽定大清會典事例》（嘉慶朝），托津等編纂，沈雲龍《近代中國史料叢刊三編》第六十七輯第 663／2 冊，臺北文海出版社，1991 年，第 2258 頁。
〔註10〕《欽定大清會典事例》（嘉慶朝），托津等編纂，沈雲龍《近代中國史料從刊三編》第六十七輯第 663／2 冊，臺北文海出版社，1991 年，每 2153 頁。

治者由此來考核、檢視並選拔思想合格的士子，組建起明清兩代的官吏階層。其次，它還具有廣泛的文化普及作用。明清科舉考核範圍明確，考試形式和評判標準唯一，讀書人只需要熟讀《四書》《五經》及朱子諸書，熟練八股文體寫作，都可以應對科舉考試，並通過科舉獲得仕進的機會。因此，這在保證科舉選拔公平、公正的同時，還極大刺激了全社會的讀書風氣，大大推進了全民的文化素養，即所謂「萬般皆下品，惟有讀書高」的普遍意識。

以上從歷史文化的角度上肯定了明清科舉制度所具有的「凝聚思想」和「普及教育」功能。除此之外，在當時作為「特是一文體」的八股文，其本身同樣具有濃厚的思想教育性和顯著的時代優越性，值得我們走出以往的認識誤區，對其進行客觀公允的認識與評價。

先談它的思想教育性，這和八股文的命題體制有直接關係。單就文題而言，由於科舉考試的內容不出儒家經典，所以《四書》《五經》中的文字自然成了科舉文題的直接來源。根據考試級別的高低和錄取名額的多寡，作為科舉考試而使用的文題又分為「大題」和「小題」。所謂「大題」，即摘取《四五》《五經》中的某一句、數句或某一節、章，題義呈示完整且意義明確，如：

    1. 無政事則財用不足；

    2. 孔子有見行可之仕（三句）；

    3. 聖人之行不通同也（合下節）；

    4. 敢問交際何心也（一章）；〔註11〕

「大題」明確地交待了題目範圍，上下文界限也清晰明白，大多用在鄉試以上級別的考試中，按戴名世言：「今夫大題者，其體崇，其勢閎闊，固可以縱其馳騁。」〔註12〕考生拿到題目後，先憑藉個人對《四五》《五經》的熟稔，能準確地領會出題者之立意，然後代聖人立言，完成八股文創作。

所謂「小題」，主要是相對大題而言的，即割截《四書》《五經》中的某一文句，有意地破壞原有章句文義的完整性，從而增加試題難度，以便檢視考生對經典的熟識程度。由於《四書》《五經》中涉及到關乎制度、人倫、治道等內容的數量是一定，而相比於全國歷科歷場的考試次數，更是「供不應求」，

<hr>

〔註11〕方苞：《欽定四書文·隆萬四書文》卷六，《文淵閣四庫全書》1451 冊，第 293～294 頁。

〔註12〕戴名世：《甲戌房書小題文序》，《戴名世集》卷四，中華書局，1986 年，第 90 頁。

甚至幾乎任何一道文題都可以找到前賢的範文，當代學者黃強先生即據《清秘述聞三種》中所記述的順治二年（1645）至光緒二十四年（1898）全國各省鄉試及朝廷會試的文題，歸納出了有清一代的「高頻文題表」，〔註13〕尤為醒目地標示出了清代各科鄉、會試從《四書》《五經》中擬取出的重複試題。在這種情形下，朝廷「敕科場無出熟習擬題」，〔註14〕於是為了避免試題的重複，在鄉試及鄉試以下（童試）等小級別的考試中，考官較多地使用了「小題」，誠如戴名世所言：「小題者，場屋命題之所不及，而郡縣有司及督學使者之所試童子者也。」〔註15〕「小題」在有效地規避了與「大題」重複的同時，還增加了題目的難度。考官出題有意地避熟就生，截取《四五》《五經》中完整的文句，使考生根據個人理解去揣摩被截取部分的意義及其與上下文之間的聯繫，如：

1. 又日新，康。（乾隆三十九年甲午鄉試）〔註16〕

2. 巍巍乎其有成功也，煥乎其有文章，舜有臣五人而天下治。

（光緒十六年庚寅童試）〔註17〕

首題出自《大學・傳二章》：「湯之《盤銘》曰：『苟日新，日日新，又日新。』《康誥》曰：『作新民。』」。次題出自《論語・泰伯》第十九和第二十章，十九章為：「子曰：大哉堯之為君，巍巍乎唯天為大，唯堯則之。蕩蕩乎，民無能名焉。巍巍乎其有成功，也煥乎其有文章也。」二十章為：「舜有臣五人而天下治。武王曰：『予有亂臣十人。』孔子曰：『才難，不其然乎？唐虞之際，於斯為盛。有婦人焉，九人而已。三分天下有其二，以服事殷。周之德，其可謂至德也已矣。』」不難發現，考官或截一章中前後句、或搭隔章文句的做法，讓考生在拿到考題後往往來回推敲，臆測題義，大大增加了考試的難度。

因此，從八股文文題的難度上看，首先在題目的設定上它就能準確地考察考生平時的學養精深與否和融會貫通的工夫。「大題」的設置，可以教育並規導考生如何去把握儒家經典的要旨；「小題」的設置，則既可以檢視考生對《四書》《五經》的熟識程度，還可以訓練考生運化巧思的多元化的「文心」，

〔註13〕黃強：《八股文與明清文學論稿》，上海古籍出版社，2005年，第11～13頁。
〔註14〕《清朝通典》卷一八《選舉一》，浙江古籍出版社，1988年，第2131頁。
〔註15〕戴名世：《甲戌房書小題文序》，《戴名世集》卷四，第110頁。
〔註16〕法式善：《清秘述聞》卷七，《清秘述聞三種》，中華書局，1982年，第245頁。
〔註17〕商衍鎏：《清代科舉考試述錄》，百花文藝出版社，2004年，第238頁。

就明清時代而言，科舉八股文的教育性，即是其思想主導性和邏輯思辨性的統一，誠如王思任所云：「一代之言，皆一代之精神所出，其精神不傳，則言不傳。漢之策，晉之玄，唐之詩，宋之學，元之曲，明之小題，皆必傳之言也。」〔註18〕

再看時代優越性，這主要是針對八股文這一特殊「文體」而言的。從文體形式的維度看，「八股文是陸續積累古代各種文體中的技法，拼湊而成的一種文體」，〔註19〕說的就是八股文具有策、論、賦、詩等歷代文體的特點，甚至可以說，八股文體幾乎涉及並綜合了中國古代所有的文體形態，是「中國文學長久孕育出來的最高峰」。〔註20〕除每場考試的文題外，八股文的基本體式還包括破題、承題、起講、入題、四比八股、收結等六個部分。其中「破題」，即是用兩句單行文字將文題大意直接破開，引出後續作文的主旨。清人劉熙載曾有這樣的定義：「余謂題出於書者，可以斡旋；題出於我者，惟抱定而已。破題者，我所出之題也。」〔註21〕對《四書》中章節文句的解讀，或許不同的人有不同的理解，於是明清時期均以朱熹的《四書章句集注》為官方權威釋本，確立了儒家經義要旨的標準依據。考生在面對「標準尺度」下而產生的相同考題時，從不同的角度、不同的重心破題切入，文章也隨即產生不同的寫法。「承題」即是對破題之意加以承接延續，做出或引申、或遞進、或對比的解釋與說明。從「起講」以後，則是「代聖人語氣」為個人作文主旨的立言論述，具有層次分明、邏輯清晰的起承轉合。按劉熙載所言，「破題」即「我」（考生）對題意的理解，或者說立論，是考生對於所闡發文題確立的基本觀點，那麼接著的「承題」、「起講」等則必然是對論點的深層闡釋與論證。如此來看，八股文體在體制上是與劉勰筆下的「論」體暗自契合的，那麼它自然也獲取了論的「述經敘理」〔註22〕的文體功能。而「四比八股」作為整篇八股文作文的核心部分，則是用四對並行對仗的文句去闡發題義，其所要求的聲律、句法、章法又與漢、唐時期的駢文、詩賦等有著

〔註18〕王思任：《唐詩記事序》，《王季重十種・雜序》，上海雜誌公司，1936 年，第79 頁。

〔註19〕啟功：《說八股》，中華書局，1994 年，第 61 頁。

〔註20〕據前野直彬編纂《中國文學概論》中附橫田俊輝所撰《八股文》，臺灣成文出版社，1980 年，第 192 頁。

〔註21〕劉熙載：《藝概・經義概》，《劉熙載文集》，江蘇古籍出版社，2001 年，第 190 頁。

〔註22〕劉勰：《文心雕龍・論說》，人民文學出版社，1978 年，第 326 頁。

密切的聯繫。清人毛奇齡說：「唐制試士，改漢魏散詩而限以比語，有破題，有承題，有頷比、頸比、腹比、後比，而後結以收之。六韻之收尾即起結也，其中四韻即八比也。然則試文之八比視此矣。」〔註23〕毛氏從文體的結構形式上，將「破、承、比、收」的八股文與唐代五言六韻十二句的試律詩進行了考證比對，得出了二者皆屬命題試文，同用對仗排偶和均以限定比語的三處相同點，說明八股文在既滿足統治者「思想規範」的政治前提下，還兼備了藝術化的語言表現形式，具有一定的審美批評。又阮元說：「《兩都賦序》白麟神雀二比、言語公卿二比，即開明人八比之先路……是四書排偶之文，真乃上接唐宋四六為一脈，為文之正統也。」〔註24〕阮、毛二人同屬清代大儒，阮較毛氏晚出，但與毛氏不同的是，阮元是從文體繼承與發展的脈絡上，將八股文視為駢文的流變，最終以「文之正統」對其加以肯定，說明了在當時儒學家眼中，八股文又充當了「繼統」的角色。因此，僅毛、阮二家言論即可看出，當時的士子考生，如若不能同時具備政治、美學以及各種文體技能知識的素養，則斷無創作八股文的基本土壤，這也從側面印證了八股文無論是出於對清廷「文治」時期下統治需要的迎合，還是出於對當時士子思維訓練、文化養成的督導，都確有其極大的優越性和崇高性，誠如徐存菴所言：「科目之法，必欲書生而兼習天文、地理、律曆、兵刑，無所不通，雖大賢亦有所不能。」〔註25〕

以上從八股文的思想教育性和時代優越性兩個方面，還原了八股文在「科舉時代」所起的積極作用，從而使我們能夠更加清楚地認識到八股文在特定時段下的特定價值。尤為值得注意的是，八股文作為一種綜合了中國歷代文體特徵和寫作技巧的文體，正如任何文體的誕生都是經歷一個漫長的因襲演變過程一樣，從明初八股文的創制，到明代中期八股文的定型，再到晚明八股文的分化，以至於清代八股文整飭一統，八股文在其發展中並非是一個機械模子下的不變產品，其結構程式、思想內容、風格風氣等往往會隨時代變化而發生流變。就清代初年來看，自定鼎中原之後，即順治三年實行開科取士，沿用明代八股取士的方法，以及相配套八股文寫作程式，這可看作是晚

〔註23〕毛奇齡：《唐人試貼序》，《西河合集·序》卷二九，據梁章鉅《試律叢話》卷一，第 512 頁。

〔註24〕阮元：《書〈文選〉序後》，《揅經室集》三集卷二，《叢書集成初編》2204 冊，第 570 頁。

〔註25〕據梁章鉅《制義叢話》，上海書店出版社，2001 年，第 117 頁。

明八股文的餘脈。康熙以後，隨著清朝政府在中原武裝統治地位的全面確立，社會逐步趨於穩定，統治者開始將精力轉向全面的文化思想控制，在原先的科舉制度上做出了一系列重大的改革，如強化八股文的功令性，廢除八股文體制中的「大結」，嚴格八股文的磨勘制度，〔註26〕禁止士子考生與當科考官約定門生，連興科場案獄，禁止文人私結黨社〔註27〕，等等，這一系列改革措施極大限制了清代士子考生個人的思想發揮自由和獨立見解空間，在嚴密文網下孕育出來的清代八股文，也遠不似明代八股文那樣流派紛呈、名家眾多又極具現實性、批判性和創新性的面貌。因此，由士人議政轉入專注技法和研究，可以說是八股文由明代向清代轉變的最突出的表現。

不過，在明清兩代詬病科舉八股的言論也始終未曾停歇過，甚至成為明清兩代舉子或士人心目中揮之不去的陰影。世易時移，質文代變，人們曾試圖通過改良和變革，讓八股文適應多元化時代發展的需要，然而經過五百餘年的發展已是積重難返，在制度上和文體形式上一直未能有較大的改進。直到清末迫於岌岌可危的政治形勢，它才開始走上改弦更張之路，廢除八股取士乃至科舉制度成為晚清大變局中有識之士的共同呼聲。以龔自珍、魏源等為代表的今文經學家，率先指出八股文對於選拔人才的不利；與此同時，隨著國門的洞開，一些主張西學的新派思想家提出了自己的改良方案，這種思想在康、梁主導的戊戌變法之中得到一定總結並付諸實踐。百日維新運動雖然中輟，其改八股為策論的主張在隨後慈禧實施的清末新政中得到認可，1901年諭內閣：「一切考試，凡《四書》《五經》義，均不准用八股文程式」〔註28〕，1905年在袁世凱等大臣的奏請之下廢除了科舉制度：「自丙午科為始，所有鄉會試一律停止，各省歲科考試亦即停止」〔註29〕。值得一提的是，太平天國在定都南京之後，也實行了科舉考試制度，但採用的是內容不盡相同的八股文形式，當然最終也隨著其運動失敗而告終。如果說此一時期主要在於結合

〔註26〕按《欽定大清會典事例》卷三三二《禮部貢舉・試藝體裁》載「各卷解到之日，禮部會同禮科磨勘，如決裂本題，不遵傳注，引用異教，影合時事，攙入俚言諧語及小結大結不分明，甚至作全不可解之語，並後場空疏，五策原問十不憶五者，酌量所犯輕重察參。」

〔註27〕按《國朝右文掌錄》：「生員不許糾黨多人，立盟結社，把持官府，武斷鄉曲。」

〔註28〕王煒編校：《〈情實錄〉科舉史料彙編》，武漢大學出版社，2009年，第1117頁。

〔註29〕王煒編校：《〈情實錄〉科舉史料彙編》，武漢大學出版社，2009年，第1109頁。

人才選拔制度來進行八股文改革和批評，那麼在民國初期興起的新文化運動則突出在思想文化層面的革新。周作人在《中國新文學的源流》中說：「清代自洪楊亂後，反對八股文的勢力即在發動」，而康梁等維新人士「所做到的只是在政治方面的成功，只使得考試時不再用八股而用策論罷了。而在社會的思想方面，文學方面，都還沒有多大的改變，直到陳獨秀、胡適之等人正式地提出了文學革命的口號，而文學運動上又出現了一支生力軍。」〔註30〕他們在文學革命口號中提出了「國語的文學，文學的國語」的主張，並以新文學的視角對於八股文進行文學文化批評，以完成晚清志士未竟之事業。文學革命中的八股文批評既體現在對於八股文本身的批評，也涉及到關於傳統士人知識體系的批評，其中又以程朱理學和桐城派的批判首當其衝。以下將對此一議題稍作展開。

我們認為，清末廢除科舉八股乃一漸進的過程，既是科舉制度和八股文本身的弊端所使然，也與清末禦侮戰爭的屢屢受挫有直接關係。新的形勢需要新的人才，新的人才需要新的教育與人才選拔制度，其中傳統科考的八股文則自然受到改革者們的首要關注。首先是龔自珍、魏源等今文經學家，從考試內容上來提出改良八股文的建議。如龔自珍在《與人箋》中指出晚清八股取士之弊端：「今世科場之文，萬喙相因，詞可獵而取，貌可擬而肖，坊間刻本，如山如海。四書文祿士，五百年矣；士祿於四書文，數萬輩矣；既窮既極，閣下何不及今天子大有為之初，上書乞改功令，以收真才。」〔註31〕沿襲了五百餘年的八股文，到清末已難以與科舉制度選賢任能的初衷相契合，不但體現在模擬剽竊之文風上，也體現在士人的性情、才學和修養上，於是自然不能考核、選拔出「真才」。在《述思古子議》中，龔氏認為八股功令文體不能與士人才學相表裏，其原因在於應試舉子在幼年時代涉世未深，很難在經典闡述之中獲得經世致用的體會與見解，所以說「童子但宜諷經，安知說經？是為侮經」，於是出現了「剽掠脫誤，摹擬顛倒」的風氣，故而他建議傚仿漢代太學課考中的諷書射策制度。龔自珍主張，既然八股文是舉子文人仕進的敲門磚，那麼與其「強之使言」而「效他人之言」，還不如從更加基礎和務實的角度來考核人才，至於經世致用或著書立說之言則待其仕進之後再

〔註30〕周作人：《中國新文學的源流》，華東師範大學出版社，1995 年，第 40～41頁。

〔註31〕龔自珍：《與人箋》，《龔自珍全集》，上海人民出版社，1975 年，第 344 頁。

作深入闡發。〔註32〕其次，以馮桂芬、王韜、鄭觀應為代表的早期新派思想家，主張學習西方先進的科學技術和一定的政治社會制度，在科舉改革和學校教育中增設西學課目，以變革八股文的舊有內容。馮桂芬說：「曠覽前古取士之法，屢變而得人輩出，莫能軒輊。」「窮變變通，此其時矣。」在《改科舉議》一文中，他引錄清初顧炎武的話說：「科場之法，欲其難不欲其易。」指出提高科考的難度可以起到人才選拔的效果：「蓋難則能否可以自知，中材以下，有度德量力之心，不能不知難而退，而覬幸之人少矣；難則工拙可以眾著，中材以上有實至名歸之效，益願其因難見巧，而奮勉之人多矣。」而源於宋代經義的八股文，無論是創制之初還是到清末都顯得門檻過低，難以辨別應試士子水平的高下：「考八股始於王安石令呂惠卿、王雱所撰熙寧大義式，元祐間中書省即言工拙不相遠，難以考試，蓋言太易也。至今日之時文而易更極矣。」〔註33〕相應的措施就是改為較難的經解、古學和策問，並在相應的科舉考試程式上做些改變。這些早期新派學者認為以傳統經典為闡述內容的八股文，已經完全走向偏狹固化的地步，在八股文之外增設新的考試科目也成為時代發展的新需求，如其《校邠廬抗議》即有《採西學議》《制洋器議》等許多西學內涵。最後，晚清以來批評八股取士、變革科舉制度的呼聲在康有為、梁啟超等人主導的戊戌變法之中得到制度的落實，這就是在教育改革中廢除八股取士改試策論。康有為提議廢除八股文是從晚清八股文風的弊端和科舉取士本意背離的高度來論述的。從科舉取士的角度來說：「今夫國家設科之意有二：一以鼓天下之人，使之向學，以成其才也；一以試學者之才不才，擇而用之也。」而以當時八股取士的效果來說：「今日之文體，其弊亦有二：能使天下無人才，一也；即有人才而皇上無從知之、無從用之，二也。」〔註34〕康氏指出當日八股文的弊端主要體現在「斷剪經文，割截聖語」的八股文題和「代古立言，優孟傀儡」的文體要求，因為科考重首場的八股文只尊朱注導致「諸生荒棄群經，惟讀四書；謝絕學問，惟事八股」，加上字數、

〔註32〕龔自珍：《述思古子議》，《龔自珍全集》，上海人民出版社，1975 年，第 123 頁。

〔註33〕馮桂芬：《改科舉論》，《校邠廬抗議》，上海書店出版社，2002 年，第 37～39 頁。

〔註34〕康有為：《請正定四書文體以勵實學而取真才摺（代楊深秀作）》，《康有為全集》（第四集），姜義華、張榮華編校，中國人民大學出版社，2007 年，第 62～63 頁。

時間、格式限制等功令要求使其不能選拔真正有才學之人才。「人士之才否，國命之所寄託」，而清末八股文的文風弊端，致使廣大士人耗費大量的時間和精力從事無用之學，所以康氏說：「中國之割地敗兵也，非他為之，而八股致之也。」〔註35〕所以，人才選拔的首要任務就是改八股文為相對實用的策論。從整體上來講，這一時期的八股文批評均體現出今文經學家的批評旨趣，和清初大儒顧炎武一樣其八股文批評既指出八股文本身的弊端，又從八股取士的制度層面提出相應的改革措施，在世運衰落和時代變革之中表現出儒者的擔待意識和應變能力以及變革的勇氣。

對於新文化運動中的八股文批評，可從傳統文言表達中的八股文印記和新文學史視野下的八股文批評兩個方面來體認。其一，文學革命的一個核心話題是以白話文取代文言，並以此作為新文學的工具，清季士人在表達形式上雖然也不斷尋求適應時代變革的突破與創新，比如康梁的政論文、嚴復的邏輯文、林紓以古文翻譯外國小說等等，然而在新文化運動者看來，古文之沒落根本在於文學形式的落後，其中又有八股文的影響。錢玄同說：「梁任公實為創造新文學之一人。雖其政論諸作，因時變遷，不能得國人全體之贊同；即其文章，亦未能盡脫帖括蹊徑。」〔註36〕即指出梁啟超的文章風格未能擺脫八股文的印記。不僅如此，錢氏還將以傳統詩文為主的文學形式統稱為「變形之八股」，他說：「至於當世，所謂桐城鉅子，能作散文；選學名家，能作駢文；做詩填詞，必用陳套語，所造之句，不外如胡君所舉旅美某君所填之詞。此等文人自命典贍古雅，鄙夷戲曲小說，以為猥俗不登大雅之堂者，自僕觀之，公等所撰皆高等八股耳（此尚是客氣話，據實言之，直當云變形之八股），文學云乎哉。」〔註37〕認為傳統文言形式因為不能融入大眾文化從而走向文學的對立面。其二，胡適、周作人等人對於文學史的書寫，不同於黃人、林傳甲等撰寫的早期文學史，都帶有明顯的觀念先行的特點，多從其提倡的新文學角度入手梳理中國文學史，倡導適應時代變革的新文學，指斥八股文是為新文學的阻礙和反動。胡適從歷史進化論的文學史觀出發，以白話文學為中國文學的正宗，

〔註35〕康有為：《請廢八股試帖楷法試士改用策論摺》，《康有為全集》（第四集），姜義華、張榮華編校，北京：中國人民大學出版社，2007年，第79頁。

〔註36〕錢玄同：《反對用典及其他》，《錢玄同文集（第一卷）》，中國人民大學出版社，1999年，第10頁。

〔註37〕錢玄同：《反對用典及其他》，《錢玄同文集（第一卷）》，中國人民大學出版社，1999年，第10頁。

在介紹文學革命的背景文章《逼上梁山》中指出：「文學革命至元代而登峰造極。其時詞也，曲也，劇本也，小說也，皆第一流之文學，而皆以俚語為之。其時吾國真可謂有一種『活文學』出世。倘此革命潮流不遭明代八股之劫，不受諸文人復古之劫，則吾國之文學必已為俚語的文學，而吾國之語言早成為言文一致之語言，可無疑也。」〔註38〕認為元代詞、曲、小說等活文學成就極高，然而這種潮流卻被明代興起的八股文和復古思潮所阻礙。這種觀點也體現在之後的文學史編寫之中，如《白話文學史》中說：「元朝把科舉停了近八十年，白話的文學就蓬蓬勃勃的興起來了；科舉回來了，古文的勢力也回來了，直到現在，科舉廢了十幾年了，國語文學的運動方才起來。」〔註39〕黎錦熙《國語運動史綱》中也認為八股文是屬於相對於「大眾語」的「小眾語」，明清時期的八股文也是作為語言層面的「小眾語文學」逐漸走向衰落的：「明初『八股文』漸盛，這卻在『小眾』的文壇上放一異彩」，「可惜兩朝功令都拿它來取士，便濫到一個不通了。」「到清代的『桐城派』而拘束更緊……實皆受了『八股』的影響……到了清末，所有從前各種文體——古文（包八股文），駢文，賦，詩，詞，曲——盡成末流。」〔註40〕在黎氏看來，歷史上凡是好的文學作品都是因為受到大眾語深刻影響的文學，而作為「小眾語」的八股文等在晚清則逐漸走上末路。這種從新文學的角度來對於八股文的批判，在周作人《中國新文學的源流》之中也得到了比較集中的闡述，不同於胡適的進化論文學史觀，周作人認為中國文學史的變遷是「言志派」和「載道派」兩種潮流的不斷起伏，民國初年的新文學運動和晚明公安派一樣是「言志派」，而八股文和「以散文做八股」的桐城派古文則被視為清代文學反動的「載道派」。

八股文的消亡也與清末教育體制的變化有關，清代書院大多以科舉應試為主要目標，其中又以八股文為其教學重心。乾隆帝說：「國家設科取士，首重者在四書文。蓋以六經精微盡於四子書，設非讀書窮理，篤志潛心，而欲握管揮毫，發先聖之義蘊，不大相徑庭耶？」〔註41〕明確指出士人研讀四書義理與寫作八股文對於選拔人才的重要。進入晚清，八股取士的弊端不斷湧

〔註38〕胡適：《逼上梁山》，《中國新文學大系·建設理論集》，上海良友圖書公司，1935 年，第 26 頁。

〔註39〕胡適：《白話文學史》，安徽教育出版社，2006 年，第 9 頁。

〔註40〕黎錦熙：《國語運動史綱》，商務印書館，2011 年，第 57 頁。

〔註41〕故宮博物院編：《欽定科場條例　欽定武場條例》（第一冊），海南出版社，2000 年，第 199 頁。

現，加之清末民族危亡的日益加劇，改八股為策論乃至廢除科舉的呼聲在有識之士中越來越高，八股文批評也從維護八股取士的正統、糾正科考文風的弊端，逐漸轉向批判八股取士，乃至主張廢除科舉制度。與此同時，清末書院也在逐漸推行近代改制，具有現代意義的學堂和學校不斷湧現，不同於清代書院的八股文教育，現代學校中的八股文批評更多體現為教學和研究的性質。作為北京大學前身的京師大學堂，1904 年頒布的《奏定大學堂章程》中「研究文學之要義」就有：「辭賦文體、制舉文體、公牘文體、語錄文體、釋道藏文體、小說文體，皆與古文不同之處。」〔註42〕其中便涉及到科舉文體的研究，之後在課程設置中出現的「文學史」則把八股文作為重要研究的對象。這既與此一時期文學史書寫的熱潮有關，也與文學史家對於八股文的關注有關，晚清最早出現的幾本文學史講義（如林傳甲版《中國文學史》（1904）、黃人版《中國文學史》（約 1905）等）都關注到了八股文，在論述方式上是不同於之前以科舉應試為目的的八股文話或選本的。1918 年《北京大學日刊》所載「文學教授案」中指出：「教授文學史所注重者，在述明文章各體之起源及各家之流別，至其變遷。遞演因於時地才性政教風俗諸端者，尤當推跡周盡使原委明瞭。」〔註43〕民國大學中文學史講義中關於八股文體的論述也基本上遵循這種的體例，盧前《八股文小史》可謂是一部集前人之長而形成的一部相對完整的八股文學史，其中觀點既有因襲前人的地方，也有作者自己的新創之處，在論述上更涉及到八股文研究的多個方面，可以視作是民國八股文研究的一個小結。

在科舉制廢除之前，大多數八股文選本和相關文話的編撰，像在晚清影響最大的由陝西周至人路德編選的一系列時文選本《時藝課》《時藝辨》《時藝話》《時藝綜》《時藝核》《時藝開》《時藝竅》《時藝向》《時藝階》《時藝引》等，文話方面如劉熙載《經義概》、孫萬春《繪山書院文話》、鄭獻甫《制義雜話》等，其編撰者大多為書院山長或有長期主講書院的經歷，故所編纂都帶明確地指導應試舉子和總結八股文寫作經驗的目的性。這些時文選本或文話關於八股文的批評有一些共同特徵：一是，均認可並且維護清初以來所樹立「清真雅正」的衡文標準，以程朱理學為正統，體現出嚴守功令的特徵。路德說：「清

〔註42〕陳元暉主編：《中國近代教育史資料彙編·學制演變》，上海教育出版社，2007年，第 364 頁。
〔註43〕王學珍：《北京大學史料》（第二卷），北京大學出版社，2000 年，第 1709 頁。

真雅正，時藝之體，本如此，餘之論文亦豈能外此四字。」〔註44〕孫萬春說：
「作文自當以程朱之理為主。」〔註45〕雖然，也注重吸收漢學考據的長處，但
作為理學另一面的陸王心學，因為近禪卻被排斥在八股文的義蘊闡述之外。二
是，對於八股文的文法及程式理論都有相對系統的理論闡述，從而表現出很明
確的指導舉子八股文寫作、以應對科舉考試的目的性和操作性。如晚清張壽榮
根據散在路德文集中論述八股文的程式理論，分類輯錄彙編而成《仁在堂論文
各法》一書，使得「各題亦以次附存，若綱在綱，有條不紊矣」。「學者之閱是
編也，知一題有不可易之法，一法有不容混之題」〔註46〕。三是，強調八股文
教育中士人的人格培養。劉熙載《經義概》說：「觀其文，能得其人之性情志
尚於工拙疏密之外，庶幾知言知人之學也與！」〔註47〕明確揭示出八股文寫作
與士人性情相表裏的特徵。路德更是認為「文章之道與政通」〔註48〕，只有體
會聖賢義蘊的實處，才能從八股文章走向經世致用。由上可見，晚清書院的教
育家們從維護科舉正統的角度為改良風氣、糾正弊端所做的努力，然而從整個
時代發展的趨勢來看，其理論內涵隨著國門大開、西學東漸以及清末民族危機
的不斷加劇而趕不上時代的急劇變化。

　　比如，作為傳統書院山長的王先謙、吳汝綸等，意識到八股取士和科舉
制度的弊端，身體力行地在書院教育之中改革科舉的應試傳統，提倡時務和
西學，體現了傳統書院的近代轉型。王先謙言其《科舉論上》的寫作緣起說：
「光緒丁酉、戊戌間，時文之敝極矣。群議變科舉法，予亦韙之，做《科舉論
上》。」〔註49〕並提倡以策論取代八股成為科舉考試的重點。吳汝綸更是認為
無論是八股文還是策論，都難免停留於文字層面的論述，很難培養和選拔真
正的人才：「端節詔書，徑廢時文，五百年舊習，一旦廓清，為之一快。但捨
時文而用策論，知二五而不知十，策論不足取才，與時文等耳。」〔註50〕與
此同時，晚清文話因為八股取士制度的廢除也產生了一些相應的變化，出現

〔註44〕路德：《仁在堂時藝課序》，《檉華館文集》，清光緒七年解梁刻本。
〔註45〕孫萬春：《繪山書院文話》，《歷代文話》（第六冊），復旦大學出版社，2007年，
　　　　第5910頁。
〔註46〕張壽榮：《仁在堂論文各法·弁言》，光緒戊子夏五恔川花雨樓張氏鋟板。
〔註47〕劉熙載：《經義概》，袁津琥《藝概注稿》，中華書局，2009年版，第875頁。
〔註48〕路德：《求益齋時藝序》，《檉華館文集》，清光緒七年解梁刻本。
〔註49〕王先謙：《科舉論上》，《王先謙詩文集》，嶽麓書社，2008年，第7頁。
〔註50〕吳汝綸：《與周玉山廉訪》，《吳汝綸全集3》，黃山書社，2002年，第194～
　　　　195頁。

了一些針對策論而撰寫的科舉用書，如李芳樓《史論初階》、王葆心《經義策論要法》等。但隨著科舉制度的徹底廢除和清王朝的覆滅，八股文教育已失去了現實需求，隨之而來的現代學校是將八股文作為一種文學史現象來進行教學和研究的，八股文批評從傳統寫作指導轉化為現代性的學術研究。

科舉廢除之後的八股文批評體現在現代大學課程設置中的文學史講義之中，其中這一部分又可以分成兩個方面，即帶有時代情緒的八股文批判和具有學術性質的八股文研究。

其一，由於晚清科舉八股的積弊沉屙，加之新文化運動的推波助瀾，對於八股文的批判成為社會文化思潮的主流，這體現在晚清民國書寫的各類文學史中。它們通過批評八股文的反動性，重新梳理明清散文發展的脈絡，這也是時代風氣和文學思潮的趨勢使然。這一部分的文學史家對於八股文的批判，一般不在於八股文體本身，而在於與八股文相關的科舉制度、專制統治和文學興衰。從明代科舉取士的動機上來說，關乎人才選拔的科舉八股被認為是明代專制統治殘害打壓文人的延續。這一點黃人的觀點最為激烈，他認為：「明祖之以八股取士也，其立法之初意，豈不欲盡錮天下聰明奇傑者之腦機，俾呻吟反側於墨阱紙棺之內，長此終古，不汝能行使其言語思想自由之權，其手段誠狡且酷矣！」〔註51〕在他看來，科舉制度是明代統治壓制文人的專制手段，它不僅在刑罰上殺害有思想的文人學士，而且體現在人才選拔的制度層面，大大削減了士人的言語自由和文學空間。民國時期的很多文學史對於明清八股文的書寫，還與周作人等新文化運動人士有關係，他們的主要觀點集中體現在將八股文置於明清文學的對立面，八股文是為文學精神的一大反動，文學發展的內在訴求即源於文人對於八股文反動之反動。如果說周作人等的闡述從文學理論的角度說明新文學應該是什麼和八股文不是什麼的問題，那麼文學史家則論述了明清文學史上的八股文不良影響何在。宋佩韋說：「（明代）文學復古運動的起來，很明顯地是對於雍容平易的臺閣體和格律謹嚴的茶陵派的詩文的反動。但是還有一個根本原因在著就是：對於八股文的反動。」〔註52〕陳柱也說：「此復古運動，固臺閣體之反響，實亦八股文之反響也。」〔註53〕由他們撰寫的文學史對於八股文的批評，既有時代情

〔註51〕黃人著、楊旭輝點校：《中國文學史》，蘇州大學出版社，2015年，第15頁。
〔註52〕宋佩韋：《明文學史》，上海商務印書館，1934年，第4頁。
〔註53〕陳柱：《中國散文史》，北京東方出版社，1996年，第280頁。

緒和文學思潮上的合理性，又有學理與情感雙重意義上的偏激性，對於八股在歷史上應有的成就也一併抹殺，如宋佩韋《明文學史》論及明初八股文名家姚廣孝時說：「（廣孝）以『通儒書僧』的資格，居然也有機會一顯八股文的手段，想見明初仕途之廣，而明太祖籠絡讀書人的手段，亦可謂無微不至了。」〔註54〕其意不在姚的八股文風格，而在於批判明朝統治者的統治。再如，王鏊作為明代八股文法繼往開來的集大成者，被稱為「舉業正法眼藏」，而在張振鏞《中國文學史分論》中則將其八股文視為文學創作上需要清除的障礙：「（王鏊）惟於制舉之氣每不能脫化淨盡，蓋鏊固極工制舉文者也。」〔註55〕伴隨著近代中國社會的民族救亡和思想啟蒙，文學史家也以一種奮進的姿態從批評八股文的角度來尋求中國文學的現代化特徵。

其二，相對於上文言及的激烈批判，中國文學史的書寫從一開始同時也注重對於八股文給予歷史的肯定，即將八股文作為一種歷史上的文體來對待，肯定其合理價值。他們延續傳統八股文批評的方法，大量重視和借鑒傳統八股文批判在文獻資料、文體正變和批判方法等方面的成果。進入民國學者視野的主要有明代蘇苞九《甲癸集》、艾南英《明文定》、俞寧世《可儀堂一百二十名家制藝》、方苞《欽定四書文》、梁章鉅《制義叢話》等。其中俞寧世和方苞的兩種時文選本影響尤為重大，特別是對於明代八股文的分期和梳理基本上成為後來學者進一步論述的基礎，錢基博即讚賞：「俞長城所選《百二十名家》稿之備……用功甚巨，用心甚深。」〔註56〕盧前說：「清代《欽定四書文》一書，收前代之文凡四百八十首，亦足以見相承相變之源流，按其可興可觀之實際矣。」〔註57〕總體來說，辨析明代八股文體的源流正變，吳梅和錢基博均以正嘉為明代八股文正宗，同時也保持對於中晚明八股文的持平之論，吳梅說：「蓋嘗總而論之，時文之道，惟視理氣為盛衰，而不以時代為升降。唐人之詩，初盛中晚，屢變而異然，一二有志之士，卓立其間，不必謂初盛之盡優於中晚而強中晚之必為初盛也，時文之道亦然。」〔註58〕而黃人和劉咸

〔註54〕宋佩韋：《明文學史》，上海商務印書館，1934 年，第 226 頁。

〔註55〕張振鏞：《中國文學史分論》（第二冊），上海商務印書館，1934 年，第 208 頁。

〔註56〕錢基博：《明代文學》，長沙嶽麓書社，2011 年，第 116～117 頁。

〔註57〕盧前：《明清戲曲史（外一種：八股文小史）》，嶽麓書社，2011 年，第 132 頁。

〔註58〕吳梅：《中國文學史》，載林傳甲、朱希祖、吳梅著：《早期北大中國文學史講義三種》，北京大學出版社，2005 年，第 595 頁。

炘是以一種贊許的態度來推崇中晚明之變體，劉咸炘談八股文「知言論世」
的價值云：「蓋中晚為明文之極盛，知言論世之資，中晚為最富，而論者多輕
忽之也。」如同唐詩以盛唐為正、以中唐為變，劉氏認為唐詩變體的意境更
為深廣，以之相比對於八股文，中晚明八股文變體就顯得更有活力，「論詩不
及中、晚，何足以窮詩之變，而專宗唐調，勢必至於模擬膚廓無生氣。」〔註
59〕盧前則含有綜合八股文體的正變而以正體為主的意味。作為民國八股文研
究的總結性著述，《八股文小史》對於明清歷史上的八股文創作進行了相對完
整性的論述。對於明代八股文部分，盧氏將其分為「正嘉以前」和「隆萬以
後」兩個部分：「標清真雅正為宗，而排隆萬，為復古守正之說者，所謂主正
嘉以前之八股也」和「主隆萬以後之八股文」〔註60〕，從總結八股文體的正
變來劃分，並且認為「八股文演進至成弘而體備，至正嘉而登峰造極，不可
謂非最盛之時期」〔註61〕。更值得關注的是，之前文學史很少涉及清代八股
文演變，《八股文小史》則是第一部較為完整論述清代八股文的講義。首先他
根據文風盛衰將清代八股文的演變分為兩個前後部分；其次對於清代八股文
不同於明代的特點進行分析闡述；最後對於八股文走向衰落的原因也做了總
結說明。需要指出的是，上述兩個方面並不是決然的對立，甚至可以說是相
互補充和佐證。整體來看，如果說第一部分所述體現為晚清民國學人強烈的
民族情緒和時代氛圍，那麼這一部分則是以回歸傳統來進行反思和修正，在
文學史書寫中也帶有學術總結的意味。

　　八股文在明清兩代活躍了近五百年之久，然而到了20世紀以後，社會形
勢的劇變沒有為八股文提供適應其生長的環境，它淡出乃至退場是不可避免
的。但「弊端」、「腐朽」、「退出」、「消亡」等一系列扣在八股文頭上的歷史帽
子並非真的就是八股文之過，它的罪過亦如它的功用一樣，都切實、客觀地
存在著。從文化史的角度看，八股文有其價值所在，我們需要做的是冷靜、
公允地去還原和審視，以期求得它的本來面目。從批評史的角度看，八股文
作為一種批評對象，由明清時期的愛之恨之，到近現代的冷峻觀察，也是一
種歷史認識的重大進步。

〔註59〕劉咸炘：《四書文論》，載劉咸炘：《推十書：增補全本（戊輯一）》，上海：上
　　　　海科學技術文獻出版社，2009年，第62～64頁。
〔註60〕盧前：《明清戲曲史（外一種：八股文小史）》，嶽麓書社，2011年，第102頁。
〔註61〕盧前：《明清戲曲史（外一種：八股文小史）》，嶽麓書社，2011年，第116頁。

參考文獻

（按作者姓名音序排列）

一、古籍

1. （宋）司馬光：《論舉選狀》，《文淵閣四庫全書》，第 1094 冊。

2. （宋）魏天應：《論學繩尺》，《文淵閣四庫全書》，第 1358 冊。

3. （宋）朱熹：《四書章句集注》，《文淵閣四庫全書》，第 197 冊。

4. （明）艾南英：《艾千子集》，道光十六年（1837）艾舟重校本。

5. （明）艾南英：《艾千子先生全稿》，臺北：偉文圖書出版社，1977。

6. （明）陳際泰：《已吾集》，《四庫禁燬書叢刊》本。

7. （明）陳際泰：《太乙山房集》，《四庫禁燬書叢刊補編》本。

8. （明）陳子龍：《安雅堂稿》，遼寧：瀋陽出版社，2003。

9. （明）陳子龍，《明經世文編》，北京：中華書局，1987。

10. （明）歸有光：《震川先生集》，上海：商務印書館，1935。

11. （明）黃淳耀：《陶庵全集》，《四庫全書》本。

12. （明）黃汝亨：《寓林集》，《四庫禁燬書叢刊》本。

13. （明）袁宏道：《袁中郎全集》，《四庫存目叢書》本。

14. （明）金聲：《金正希先生文集輯略》，《四庫禁燬書叢刊》本。

15. （明）金聖歎：《金聖歎全集》，南京：江蘇古籍出版社，1985。

16. （明）王守仁：《王陽明全集》，上海：上海古籍出版社，1992。

17. （清）陳夢雷等纂：《古今圖書集成》，成都：巴蜀書社，1985。

18. （清）陳名夏：《石雲居文集》，《四庫全書存目叢書》補編本。

19. （清）陳名夏：《國家大家制義》，明末陳氏石雲居刻本。

20. （清）儲在文：《經畬堂自訂全稿》，雍正刻本。

21. （清）顧炎武著、黃汝成集釋：《日知錄集釋》，上海：上海古籍出版社，2006。

22. （清）黃宗羲：《明儒學案》，北京：中華書局，2008。

23. （清）黃宗羲：《明文海》，上海：上海古籍出版社，1994。

24. （清）韓菼：《有懷堂文稿》，康熙四十二年家刻本。

25. （清）彭紹升：《論文五則》，《二林居集》卷三，嘉慶四年味初堂刊本。

26. （清）錢謙益：《家塾論舉業雜說》，《牧齋有學集》卷四十五，上海：上海古籍出版社，1996。

27. （清）金之俊：《金文通公集》，康熙二十五年懷天堂刻本。

28. （清）錢大昕：《十駕齋養新錄》，南京：江蘇古籍出版社，2000。

29. （清）錢謙益：《錢牧齋全集》，上海：上海古籍出版社，1993。

30. （清）孫靜庵著，趙一生標點：《明遺民錄》，杭州：浙江古籍出版社，1985。

31. （清）徐鼒：《小腆紀年》，北京：中華書局，1958。

32. （清）徐鼒：《小腆紀年附考》，北京：中華書局，1957。

33. （清）俞長城：《可儀堂文集》，北京：中華書局，1985。

34. （清）唐彪：《讀書作文譜》，臺北：偉文圖書出版社有限公司，1976。

35. （清）俞長城輯：《可儀堂一百二十名家制義》，康熙三十八年（1699）初刻本。

36. （清）呂留良：《呂晚村先生論文彙抄》，清康熙五十三年呂氏家塾刻本。

37. （清）呂留良著，俞國林編：《呂留良全集》（全十冊），北京：中華書局，2015。

38. （清）呂留良編：《小題觀略》《大題觀略》，天蓋樓刻本。

39. （清）戴名世著，王樹民編校：《戴名世集》，北京：中華書局，1986。

40. （清）李紱：《穆堂初稿》《穆堂別稿》，乾隆間奉國堂藏版。

41. （清）王步青編：《塾課八集》，乾隆間文富堂刊本。

42. （清）王步青：《己山先生文集》，清代詩文集彙編第 228 冊。

43. （清）方苞：《抗希堂稿》，光緒辛未春宛委山莊刊本。

44. （清）方苞：《方苞集》，上海：上海古籍出版社，1983 年校點本。

45. （清）方苞撰，王同舟、李瀾校注：《欽定四書文校注》，武漢：武漢大學出版社，2009。

46. （清）何焯：《義門先生集》卷十，道光間刊本。

47. （清）杭世駿：《道古堂集》，乾隆四十一年刊本。

48. （清）劉大櫆著，舒蕪點校：《論文偶記》，北京：人民文學出版社，1998。

49. （清）劉大櫆著，吳孟復標點：《劉大櫆集》，上海：上海古籍出版社，1990。

50. （清）劉大櫆：《時文論》，載《劉海峰稿》，光緒乙亥重刊本。

51. （清）姚鼐：《惜抱軒全集》，北京：中國書店，1988 年影印本。

52. （清）翁方綱：《復初齋集》，光緒間重校本。

53. （清）法式善：《槐廳載筆》，道光間刊本。

54. （清）汪之昌：《青學齋集》，新陽汪氏青學齋刊刻，民國二十年（1931）。

55. （清）阮元：《揅經室集》，清光緒間刊本。

56. （清）阮元：《學海堂集》／吳蘭修：《學海堂二集》／張維屏：《學海堂三集》／金錫齡：《學海堂四集》，啟秀山房訂刻本。

57. （清）章學誠：《章學誠遺書》，北京：文物出版社，1985。

58. （清）焦循：《雕菰集》，道光四年阮福校刻本。

59. （清）吳懋政：《八銘塾鈔》初、二集，光緒間鎮江殷文成堂書坊刊本。

60. （清）管世銘：《韞山堂文集》，讀雪山房藏版，嘉慶六年春鐫。

61. （清）李兆洛：《養一齋文集》，道光二十三年活字本。

62. （清）袁守定：《時文蠡測》，《四庫未收書輯刊》第 6 輯第 12 冊。

63. （清）高嵣：《論文集鈔》，乾隆五十一年雙桐書屋刊本。

64. （清）李慈銘：《越縵堂讀書記》，北京：中華書局，1963。

65. （清）劉熙載著，袁津琥校注：《藝概注稿》，北京：中華書局，2009。

66. （清）梁章鉅著，陳居淵校點：《制義叢話》，上海：上海書店出版社，2001。

67. （清）路德：《檉華館全集》，光緒七年刊本。

68. （清）李調元：《制義科瑣記》，《函海》本。

69. （清）賀長齡、魏源等編：《清經世文編》，北京：中華書局，1992 年影印本。

70. （清）朱琦：《小萬卷齋文集》，光緒十一年嘉樹山房重刊本。

71. （清）王先謙：《虛受堂文集》，光緒重刊本。

72. （清）馮桂芬：《顯志堂稿》，光緒二年馮氏校邠盧自刊本。

73. （清）朱福詵：《論學述聞》，光緒庚子石印本。

74. （清）章梫纂，褚家偉等校注：《康熙政要》，北京：中共中央黨校出版社，1994。

75. （清）李桓輯：《國朝耆獻類徵初編》，揚州：廣陵古籍刻印社，1990 年影印本。

76. （清）李元度：《國朝先正事略》，長沙：嶽麓書社，1991。

77. 《雍正朱批諭旨》，臺北：文海出版社，1965 年影印本。

78. 《宮中檔乾隆朝奏摺》，臺北：故宮博物院，1982。

79. 《選舉考‧舉士》：《欽定續文獻通考》卷三十四，《文淵閣四庫全書》，626 冊。

80. 《清實錄》，北京：中華書局，1986。

81. 《清會典事例》，北京：中華書局影印本，1991。

82. 《清朝文獻通考》，萬有文庫本，上海：商務印書館，1936。

83. 《大清十朝聖訓》，臺北：文海出版社，1964。

84. 北平故宮博物院文獻館編：《清代文字獄檔》，上海：上海書店，1986 年影印本。

85. 四川大學圖書館編：《中國野史集成》，成都：巴蜀書社，1993。

86. 沈雲龍主編：《近代中國史料叢刊》，臺北：文海出版社，1967。

87. 沈雲龍主編：《近代中國史料叢刊續編》，臺北：文海出版社，1973。

88. 沈雲龍主編：《近代中國史料叢刊三編》，臺北：文海出版社，1973。

89. 龔篤清：《八股文彙編》，長沙：嶽麓書社，2014。

90. 顧廷龍主編：《清代殊卷集成》，臺北：成文出版社，1992。

91. 李舜臣、歐陽江琳編著：《歷代科舉史料彙編》，武漢：武漢大學出版社，2009。

92. 劉錦藻編：《清朝續文獻通考》，杭州：浙江古籍出版社，2000。

93. 王水照編：《歷代文話》，上海：復旦大學出版社，2007。

94. 王煒編校：《〈清實錄〉科舉史料彙編》，武漢：武漢大學出版社，2009。

95. 余祖坤編：《歷代文話續編》，南京：鳳凰出版社，2013。

96. 張思齊：《八股文總論八種》，武漢：武漢大學出版社，2009。

二、研究專著

1. 艾爾曼：《經學、科舉、文化史：艾爾曼自選集》，北京：中華書局，2010。

2. 艾爾曼：《晚期中華帝國科舉文化史》，伯克利：加州大學出版社，2000。

3. 艾爾曼：《晚清中華帝國的科舉與英才制度》，劍橋：哈佛大學出版社，2013。

4. 蔡德龍：《清代文話研究》，北京：中國社會科學出版社，2017。

5. 曹南屏：《閱讀變遷與知識轉型：晚清科舉考試用書研究》，北京：社會科學文獻出版社，2018。

6. 陳文新：《明代科舉與文學編年》，武漢：武漢大學出版社，2009。

7. 陳文新、王同舟：《明代八股文編年史》，臺北：花木蘭文化出版社，2012。

8. 陳曉芬：《中國古典散文理論史》，上海：華東師範大學出版社，2011。

9. 陳柱：《中國散文史》，南京：江蘇文藝出版社，2008。

10. 鄧嗣禹：《中國考試制度史》，臺北：臺灣學生書局，1982。

11. 鄧雲鄉：《清代八股文》，石家莊：河北教育出版社，2004。

12. 方孝岳：《中國文學批評　中國散文概論》，北京：三聯書店，2007。

13. 馮爾康：《清代人物傳記史料研究》，北京：商務印書館，2000。

14. 馮爾康、常建華：《清人社會生活》，瀋陽：瀋陽出版社，2002。

15. 高明揚：《文體學視野下的科舉八股文研究》，昆明：雲南人民出版社，2012。

16. 龔篤清：《八股文鑒賞》，長沙：嶽麓書社，2006。

17. 龔篤清：《明代八股文史探》，長沙：湖南人民出版社，2006。

18. 龔篤清：《明代科舉圖鑒》，長沙：嶽麓書社，2007。

19. 龔篤清：《中國八股文史》（明代卷、清代卷），長沙：嶽麓書社，2017。

20. 郭預衡：《中國散文史》（上、中、下），上海：上海古籍出版社，1999。

21. 郭預衡：《中國散文史長編》，太原：山西教育出版社，2008。

22. 顧誠：《南明史》，北京：中國青年出版社，1997。

23. 谷應泰編：《明史紀事本末》，北京：中華書局，1985。

24. 何懷宏：《選舉社會及其終結》，北京：三聯書店，1998。

25. 侯美珍：《明代鄉會試〈詩經〉義出題研究》，臺北：學生書局，2014。

26. 黃強：《八股文與明清文學論稿》，上海，上海古籍出版社，2005。

27. 黃明理：《儒者歸有光析論》，臺北：里仁書局，2009。

28. 姜書閣：《駢文史論》，北京：人民文學出版社，1986。

29. 姜書閣：《桐城文派評述》，上海：商務印書館，1930。

30. 蔣寅：《中國文學通論》（清代卷），瀋陽：遼寧人民出版社，2005。

31. 金克木：《八股新論》，生活・讀書・新知三聯書店，2017。

32. 孔慶茂：《八股文史》，南京：鳳凰出版社，2008。

33. 柯愈春：《清代詩文集總目提要》，北京：北京古籍出版社，2001。

34. 鄺健行：《律賦與八股文：科舉考試文體論稿》，臺北：臺灣書店，1999。

35. 李兵、袁建輝：《清代科舉圖鑒》，長沙：嶽麓書社，2015。

36. 李崇元：《清代古文述傳》，上海：商務印書館，1940。

37. 李國榮：《清朝十大科場案》，北京：人民出版社，2007。

38. 李靈年、楊忠主編:《清人別集總目》,合肥:安徽教育出版社,2000。

39. 李世愉:《中國歷代科舉生活掠影》,瀋陽:瀋陽出版社,2005。

40. 李世愉:《清代科舉制度考辯》,北京:中央廣播電視大學出版社,1999。

41. 李潤強:《清代進士群體與學術文化》,北京:中國社會科學出版社,2007。

42. 李樹:《中國科舉史話》,濟南:齊魯書社,2004。

43. 梁啟超:《清代學術概論》,南京:江蘇文藝出版社,2007。

44. 林白、朱梅蘇:《中國科舉史話》,南昌:江西人民出版社,2000。

45. 林仁川:《明末清初中西文化衝突》,上海:華東師大出版社,1998。

46. 劉海峰、李兵:《中國科舉史》,上海:東方出版中心,2004。

47. 劉聲木:《桐城文學淵源考》,合肥:黃山書社,1989。

48. 劉麟生:《中國駢文史》,北京:東方出版社,1996。

49. 劉兆璸:《清代科舉》,臺北:東大圖書公司印行,1977。

50. 魯小俊:《清代書院課藝考述》,臺北:花木蘭文化出版社,2014。

51. 羅時進:《明清詩文研究新視野》,臺北:文史哲出版社,2004。

52. 馬積高:《清代學術思想的變遷與文學》,長沙:湖南出版社,1996。

53. 馬茂元等:《桐城派研究論文選》,合肥:黃山書社 1986。

54. 潘美月:《黃宗羲〈明儒學案〉之研究》,臺北:花木蘭文化出版社,2007。

55. 潘運告:《從王陽明到曹雪芹:陽明心學與明清文藝思潮》,長沙:湖南教育出版社,2008。

56. 盧前:《八股文小史》,上海:商務印書館,1937。

57. 陸德海:《明清文法理論研究》,上海:上海古籍出版社,2007。

58. 啟功、張中行、金克木:《說八股》,北京:中華書局,1994。

59. 錢穆:《中國近三百年學術史》,北京:商務印書館,1997。

60. 錢鍾書:《談藝錄》(增訂本),北京:中華書局,1984。

61. 瞿國璋主編:《中國科舉辭典》,南昌:江西教育出版社,2006。

62. 上海嘉定博物館、上海中國科舉博物館編:《科舉文化與科舉學》,福州:海風出版社,2007。

63. 商衍鎏：《清代科舉考試述錄》，北京：三聯書店，1958。

64. 青木正兒：《清代文學評論史》，北京：中國社會科學出版社，1986。

65. 清史編委會：《清代人物傳稿上編》，北京，中華書局，1984、1986、1988、1991。

67. 清史編委會：《清代人物傳稿下編》，瀋陽：遼寧人民出版社，1984、1985、1988、1989、1990。

68. 沈俊平：《舉業津梁》，臺北：臺灣學生書局，2009。

68. 孫琴安：《中國評點文學史》，上海：上海社會科學院出版社，1999。

69. 王煒：《明代八股文選家考論》，武漢：武漢大學出版社，2015。

70. 王運熙、顧易生主編：《清代文論選》，北京：人民文學出版社，1999。

71. 涂光社：《因動成勢》，南昌：百花洲文藝出版社，2009。

72. 涂光社：《原創在氣》，南昌：百花洲文藝出版社，2009。

73. 涂木水、高琦：《臨川文學史》，南昌：江西高校出版社，1998。

74. 王凱符等：《古代文章學概論》，武漢大學出版社，1983。

75. 王凱符：《八股文概說》，北京，中華書局，2002。

76. 王凱旋，李洪權編著：《明清生活掠影》，瀋陽：瀋陽出版社，2001。

77. 王日根：《明清民間社會的秩序》，長沙：嶽麓書社，2003。

78. 王日根：《中國科舉考試與社會影響》，長沙：嶽麓書社，2007。

79. 王煒：《明代八股文選家考論》，武漢：武漢大學出版社，2015。

80. 汪小洋、孔慶茂：《科舉文體研究》，天津：天津古籍出版社，2005。

81. 汪湧豪：《範疇論》，上海：復旦大學出版社，1999。

82. 汪湧豪：《中國文學批評範疇十五講》，上海：華東師範大學出版社，2010。

83. 鄔國平、王鎮遠：《清代文學批評史》，上海：上海古籍出版社，1995。

84. 吳承學：《中國古代文體形態研究》（增訂本），廣州：中山大學出版社，2002。

85. 吳孟復：《桐城文派述論》，合肥：安徽教育出版社，1992。

86. 吳偉凡：《明清制藝今說：八股文的現代闡釋》，北京：學苑出版社，2009。

87. 謝飄云：《中國近代散文史》，北京：中國文聯出版公司，1997。

88. 謝國楨：《明末清初的學風》，北京：人民出版社，1982。

89. 謝國楨：《明清黨社運動考》，北京：中華書局，1982。

90. 謝正光：《明遺民傳記索引》，上海：上海古籍出版社，1992。

91. 楊國榮：《心學之思：王陽明哲學的闡釋》，北京：中國人民大學出版社，2009。

92. 楊智磊、王興亞：《中國考試管理制度史》，鄭州：中州古籍出版社，2007。

93. 姚蓉：《明末雲間三子研究》，廣州：廣東高等教育出版社，2004。

94. 于景祥：《中國駢文通史》，長春：吉林人民出版社，2002。

95. 尤信雄：《桐城文派學述》，臺北：文津出版社，1975。

96. 張皓：《中國美學範疇與傳統文化》，武漢：湖北教育出版社，1996。

97. 張傑：《清代科舉家族》，北京：社會科學文獻出版社，2003。

98. 張仁青：《中國駢文發展史》，臺北：臺灣中華書局，1970。

99. 張希清：《中國科舉考試制度》，北京：新華出版社，1993。

100. 趙永紀主編：《清代學術辭典》，北京：學苑出版社，2005。

101. 趙園：《明清之際士大夫研究》，北京：北京大學出版社，1999。

102. 周道詳主編：《江南貢院史話》，南京：南京出版社，2008。

103. 周新曙：《明清八股文鑒賞》，武漢：湖北人民出版社，2008。

104. 周作人：《論八股文》，《中國新文學的源流》附，北平：人文書店，1932。

105. 儲斌傑：《中國古代文體概論》，北京：北京大學出版社，1997。

106. 朱麗霞：《明清之交文人遊幕與文學生態》，上海：上海古籍出版社，2008。

107. 祝尚書：《宋代科舉與文學》，北京：中華書局，2008。

108. 祝尚書：《宋代科舉與文學考論》，鄭州：大象出版社，2006。

109. 祝尚書：《宋元文章學》，北京：中華書局，2013。

110. 朱焱煒：《明清蘇州狀元與文學》，北京：中國言實出版社，2008。

111. 鄒雲湖：《中國選本批評》，上海：上海三聯書店，2002。

112. 左東嶺：《王學與中晚明士人心態》，北京：人民文學出版社，2000。

113. 曾伯華：《八股文研究》，臺北：文政出版社，1970。

114. （美）黃仁宇：《萬曆十五年》，北京：三聯書店，1997。

三、期刊論文

1. 陳才訓《清代小說與八股文關係三論》，《文藝研究》，2011.3。

2. 陳才訓《由制義叢話看明清八股文生態》，《北京社會科學》，2016.3。

3. 陳長文《明代科舉中的「告殿」現象》，《圖書館雜誌》，2008.4。

4. 陳長文《明代科舉中的官年現象》，《史學月刊》，2006.11。

5. 陳光《八股文體式源流考辨》，《首都師範大學學報（社會科學版)》，2002.5。

6. 陳光《八股文與金聖歎的「作題」論》，《重慶社會科學》，2002.3。

7. 陳廣宏《萬曆文壇「楚風」之崛起及其背景》，《中國文學研究》，2002.3。

8. 陳文新、王煒《從國家考試的立場看八股文——論艾南英對八股文的建設性批評》，《學術交流》，2009.2。

9. 陳志《劉熙載〈藝概・經義概〉芻議》，《復旦學報（社會科學版)》，2009.3。

10. 蔡德龍《清代文話總目匯考》，《國學研究》第 33 卷，北京大學出版社 2014 年版。

11. 陳水雲、黎曉蓮《陳名夏的八股文批評述略》，《武漢大學學報》，2010.1。

12. 陳水雲《王步青八股文批評述略》，《中國文學研究》，2012.1。

13. 陳水雲《清初宜興派的八股文批評》，香港中文大學《中國文化研究所學報》第 59 期，2014.6。

14. 陳水雲、江丹《管世銘八股文批評述論》，《武漢大學學報》，2015.5。

15. 陳水雲《戴名世以古文論為時文論的批評特徵》，《河南師範大學學報（社會科學版)》，2016.1。

16. 陳水雲、孫達時《論李光地八股文批評中的理學立場》，《河南師範大學學報（社會科學版)》，2017.2。

17. 陳水雲、江丹《阮元及學海堂學人群體的八股文批評》，孫之梅、孫學堂主編《文學史研究的問題與方法》，山東大學出版社，2019。

18. 陳水雲、江丹《乾隆時期八股文法論四種述略》，陳文新、江俊偉主編《科舉文化與明清知識體系》，武漢大學出版社，2019。

19. 陳維昭《鄭獻甫的八股文話及評點》，《暨南學報》，2015.6。

20. 程嫩生、范婧媛《清真雅正與清代書院八股文教育》，《湖南大學學報》，2015.3。

21. 馮建民《科舉考試對社會制度的統攝作用論析》，《考試研究》，2011.4。

22. 付瓊《唐宋八大家選本與明清文學教育的適配》，《天府新論》，2008.5

23. 龔延明、高明揚《清代科舉八股文的衡文標準》，《中國社會科學》，2005.4。

24. 高明揚、蔣金星《清代文化政策對八股文衡文標準的影響》，《武漢大學學報》，2005.7。

25. 高明揚《八股文語言體式論》，《汕頭大學學報（人文社會科學版）》，2007.1。

26. 高明揚《科舉八股文考試功能述論》，《甘肅社會科學》，2006。

27. 高明揚《科舉八股文源流考述——從經文大義到八股的演變》，《山西師大學報（社會科學版）》，2008.3。

28. 高明揚《論八股文的韻律特徵》，《西南石油大學學報（社會科學版）》，2010.1。

29. 高明揚《論科舉八股文的寫作要素——兼談與古文要素的差異》，《山西師大學報（社科版）》，2010.5。

30. 高明揚《明清八股文二題》，《寧夏大學學報（人文社會科學版）》，2007.3。

31. 高明揚、鄒敏《八股文的修辭學解讀》，《中國地質大學學報（社會科學版）》，2006.1。

32. 高明揚、鄒敏《二十世紀以來八股文研究述評——從激情的批判到理性的思考》，《山西師範大學學報（社會科學版）》，2006.9。

33. 高尚卿《八股文今辨》，《廣播電視大學學報（哲學社會科學版）》，2006.1。

34. 龔篤清《試述明代前期八股文對文學的影響》，《中國文學研究》，2005.1。

35. 顧歆藝《論科舉、四書、八股文的相互制動作用》，《北京大學中國古文獻研究中心集刊》第三輯，北京大學出版社，2002年。

36. 顧宇《論張竹坡批點〈金瓶梅〉之「時文手眼」》,《連雲港職業技術學院學報》,2005.9。

37. 顧宇、錢成《論張批〈金瓶梅〉對八股文法的借鑒與運用》,《懷化學院學報》,2009.9。

38. 關峰《偉大的捕風——周作人八股文思想略論》,《淮北煤炭師範學院學報(哲學社會科學版)》,2008.6。

39. 郭英德《明清文學教育與戲曲文學的生成》,《學術研究》,2008.3。

40. 胡海義、吳陽《明清科舉考試的特點》,《山西大同大學學報(社會科學版)》,2011.6。

41. 胡兆紅《戴名世八股文寫作的心路歷程》,《安慶師範學院學報(社會科學版)》,2008.4。

42. 黃強《八股文的文學因素》,《南京工業大學學報(社會科學版)》,2003。

43. 黃強《八股文是朱元璋和劉基所定的嗎?》,《江淮論壇》,2005.6。

44. 黃強《「稗官野乘悉為制義新編」——論明清小說對八股文的影響》,《明清小說研究》,2002.4。

45. 黃強《論八股文的不同品味——兼談古代文化研究中的實事求是態度》,《南京林業大學學報(人文社會科學版)》,2005.3。

46. 黃強《明清「以時文為古文」的理論指向》,《晉陽學刊》,2005.4。

47. 黃強《起承轉合結構說的源流》,《伊犁示範學院學報》,2006.3。

48. 黃強《時文與楷法》,《南京工業大學學報(社會科學版)》,2005.2。

49. 黃強《現存宋代經義考辨》,《揚州大學學報(人文社會科學版)》,2005.3。

50. 黃強、章曉歷《推舉「唐宋八大家」的重要動力》,《揚州大學學報(人文社會科學版)》,2004.1。

51. 黃強《朱熹:「代聖賢立言」的啟蒙者》,《東南大學學報(哲學社會科學版)》,2007.5。

52. 黃強《折戟沉沙鐵未銷,自將磨洗認前朝——焦循文學視野中的明代八股文》,《中山大學學報》,2012.4。

53. 侯美珍《談八股文的研究與文獻》,《中國學術年刊》第30期,2008。

54. 蔣寅《科舉陰影中的明清文學生態》,《文學遺產》,2004.1。

55. 金曉民《明清小說評點與科舉文化》,《明清小說研究》,2003.2。

56. 孔慶茂、汪小洋《科舉考試中的經義與論》,《上饒師範學院學報》,2003.8。

57. 孔慶茂、汪小洋《論八股文的代言》,《江蘇大學學報(社會科學版)》,2003.7。

58. 李伯重《八股之外:明清江南的教育及其對經濟的影響》,《清史研究》,2004.2。

59. 李光摩《八股文與古文譜系的嬗變》,《學術研究》,2008.4。

60. 李光摩《八股文與現代文章學》,《華南師範大學學報(社會科學版)》,2008.10。

61. 李光摩《論截搭題》,《學術研究》,2006.4。

62. 李光摩《小題八股文簡論》,《中山大學學報(社會科學版)》,2006.4。

63. 李明軍《戴名世的時文觀和〈南山集〉的歷史命運》,《臨沂師範學院學報》,2004.12。

64. 李小鷹《科舉考試中八股文的測量功能概述》,《西南大學學報(社會科學版)》2011.7。

65. 李子君《科舉與音韻——明代音韻學繁榮的原因》,《長春大學學報》,2008.11。

66. 劉海峰《重評科舉制度——廢科舉百年反思》,《廈門大學學報(哲學社會科學版)》,2005.2。

67. 劉海峰《八股文百年祭》,《廈門大學學報(哲學社會科學版)》,2001.4。

68. 劉海峰《「科舉,非惡制也」——兼談教育史研究中的知今通古問題》,《教育史研究》,2003.3。

69. 劉海峰《終結盲目批判科舉的時代》,《東南學術》,2005.4。

70. 劉虹《從「經義式」到八股文形成的當代詮釋》,《河北師範大學學報(教育科學版)》,2006.7。

71. 劉明坤、王玉超《八股結構對明清小說布局的影響》,《河南社會科學》,

2011.5。

72. 劉尊舉《明代選舉制度與八股文的文化職能》,《北方論叢》,2009.6。

73. 魯小俊《書院考課與八股文——以清代書院課藝總集為中心》,《文學遺產》,2017.6。

74. 羅時進《八股文的消亡：時代必然取向與文體自我否定》,《淮海工學院學報》,2005.6。

75. 羅時進《八股文異名述論》,《中國文學研究》,2004.1。

76. 羅時進、劉鵬《唐宋時文考論》,《文藝理論研究》,2004.4。

77. 羅時進《論八股文長期沿用的文化機制》,《江蘇社會科學》,2004.2。

78. 馬玉濤《劉大櫆的八股文觀》,《文藝理論研究》,2010.2。

79. 梅家玲《論八股文的淵源》,《文學評論》（臺北）第九集。

80. 孟憲實《科舉制實怎樣完結的》,《文史知識》,2001.3。

81. 蒲彥光《談八股文如何詮釋經典》,《臺北大學中文學報》,2008.6。

82. 邱江寧《八股文「技法」與明清戲曲、小說藝術》,《文藝評論》,2009。

83. 邱江寧《八股文與中國傳統文學的演進——以明清戲曲創作為例》,《社會科學輯刊》,2007.4。

84. 山齊《八股文的功過是非》,《濟南教育學院學報》,2002.6。

85. 田子爽《王夫之的八股文觀》,《船山學刊》,2008.2。

86. 王斌禮《論八股文的文章組織學意義》,《西藏民族學院學報（哲學社會科學版）》,2009.11。

87. 王明強《科考時文「以古文為法」與古文之復興》,《江蘇社會科學》,2011.2。

88. 王培宇《科舉制度史上的作弊防範及其當代啟示》,《教育考試》,2010.1。

89. 王戎笙《清代前期科舉取士的興廢之爭》,朱誠如、王天有主編《明清論叢》第一輯,紫禁城出版社,1999年。

90. 王水照、慈波《宋代：中國文章學的成立》,《復旦學報（社會科學版）》,2009.2。

91. 王田田《論八股文與明清戲曲小說之關係》,《楚雄師範學院學報》,

2006.11。

92. 王同舟《簡論明清八股文批評體系》,《光明日報》2019.8.26。

93. 王夏剛、黃婧《清代學政與科舉制度研究論綱》,《大連大學學報》,2008.4。

94. 王學軍《〈讀杜心解〉與清代八股文》,《杜甫研究學刊》,2008.2。

95. 王穎《清代特殊的文學現象:戲曲與八股的契合——以〈西廂記〉制藝為例》,《南京師大學報(社會科學版)》,2008.3。

96. 王穎《「〈西廂〉制藝」考》,《揚州大學學報(人文社科版)》,2002.5。

97. 王玉超、劉明坤《八股文的嬗變與明清小說理學色彩的對應變化》,《廣西社會科學》,2011.5。

98. 吳承學《「八腳詞」與宋代文章學》,《中山大學學報(社會科學版)》,2005.4。

99. 石明慶《章學誠的時文觀》,《文學與文化》,2013.3。

100. 師雅惠《以古文為時文:桐城派早期作家的時文改良》,《安徽大學學報》,2014.6。

101. 嚴明、張榮剛《王鏊對明代八股文定型的影響》,《蘇州大學學報》2014.2。

102. 言麗花《試析劉大櫆的時文觀》,《溫州大學學報》,2009.11。

103. 仰海龍《從〈薑齋詩話〉看王夫之的八股文觀》,《中國古代文學研究》,2007.8。

104. 楊銀權《清代三次廢除八股文的科舉制改革及其對知識分子的影響》,《華北水利水電學院學報(社科版)》,2005.2。

105. 姚登權《我國科舉考試與閱卷制度》,《湖南師範大學教育科學學報》,2008.3。

106. 葉楚炎《「時文眼」中的金聖歎小說評點》,《青海師範大學學報》,2007.6。

107. 葉國良《八股文的淵源和及其相關問題》,《臺大中文學報》第六期,1994年。

108. 于文海《試論八股文名稱的差異》,《遼寧教育行政學院學報》,2004.7。

109. 張思齊《比較視域中的〈明文海〉研究與明代時文格局》,《江西社會科學》,2009.11。

110. 張思齊《從〈夕堂永日緒論〉看王夫之的八股文觀》,《大連大學學報》,2010.1。

111. 張思齊《李贄〈說書〉與明代八股文》,《西華大學學報(哲學社會科學版)》,2009.8。

112. 張濤《科舉與實學:明末文社興起的行上依據》,《河北師範大學學報》,2007.1。

113. 張濤《論明末科舉文風的文學效應》,《南京師範大學報(社會科學版)》,2007.9。

114. 張小剛《金聖歎的文學批評與科舉》,《清史研究》,2002.2。

115. 張永葳《八股文對擬話本文體的塑造》,《福建師範大學學報(哲學社會科學版)》,2010.1。

116. 張富林《章學誠的八股文觀》,《文藝評論》,2013.2。

117. 張富林《文備眾體:論八股文之「雜」——兼論八股文文體特徵》,《山西師大學報》,2013.4。

118. 張富林《章學誠八股文理論的矛盾性闡釋》,《牡丹江師範學院學報》,2015.2。

119. 趙伯陶《明清八股文取士與文學及士人心態》,《深圳大學學報》(人文社會科學版),2009.1。

120. 趙俊波《論劉咸炘的八股文研究》,《四川師範大學學報》(人文社會科學版)2019.5。

121. 鄭雄《明代八股文發展分期的差異與折衷》,《文學遺產》2019.4。

122. 鍾喜南《八股論文與金聖歎文學評點》,《中國文學研究》,2005.4。

123. 朱鐵梅、馬琳萍《明清八股文三考》,《河北師範大學學報》,2007.9。

124. 朱義祿《黃宗羲對科舉制度的批判——兼論黃宗羲的學術民主思想》,《杭州師範學院學報(社會科學版)》,2006.2。

125. 祝尚書《論宋代時文的「以古文為法」》,《四川大學學報》,2007.4。

126. 祝尚書《王安石「道德性命」之學及其對科舉的影響》,《江西師範大學學報(哲學社會科學版)》,2008.2。

127. 祝總斌《正確理解顧炎武八股文取士「敗壞人才」說》，《文史知識》，
2001.2。

四、學位論文

1. 邊玉朋：《再論八股文》，遼寧師範大學碩士學位論文，2002。

2. 蔡榮昌：《制義叢話研究》，中國文化大學博士學位論文，1987。

3. 曹琦：《明代中葉八股文研究》，東吳大學碩士學位論文，2007。

4. 曹雪：《方苞〈欽定四書文〉研究》，江西師範大學碩士學位論文，2017。

5. 鄧正輝：《八股文技巧和〈聊齋誌異〉的創作》，山東大學碩士學位論文，
2006。

6. 高明揚：《科舉八股文專題研究》，浙江大學博士學位論文，2005。

7. 高原：《文學家、思想家金聲研究》，安徽大學碩士學位論文，2006。

8. 甘秉慧：《劉熙載〈藝概·經義概〉研究》，彰化師範大學碩士學位論文，
2001。

9. 黃明光：《明代科舉制度研究》，浙江大學博士學位論文，2005。

10. 胡慧錦：《明代啟禎年間八股文批評理論探微》，遼寧大學碩士學位論文，
2015。

11. 江丹：《乾嘉時期八股文批評研究》，武漢大學博士學位論文，2017。

12. 江豔：《舉業金針：清代八股文讀本研究》，華東師範大學碩士學位論文，
2014。

13. 田子爽：《遊戲八股文研究》，揚州大學博士學位論文，2012。

14. 蔣金星：《〈清代硃卷集成〉的文獻價值和學術價值研究》，浙江大學博士
學位論文，2004。

15. 孔慶茂：《八股文流派研究》，南京師範大學博士學位論文，1998。

16. 雷靈丹：《呂留良文章理論研究》，寧波大學碩士學位論文，2014。

17. 黎曉蓮：《萬曆年間八股文批評研究》，武漢大學博士學位論文，2011。

18. 李光摩：《明代八股文形態研究》，中山大學博士學位論文，2004。

19. 李強：《論金聖歎的文章觀及其對文學評點的影響》，首都師範大學碩士

學位論文，2006。

20. 林進財：《艾南英時文理論之研究》，臺灣中山大學碩士學位論文，1995。

21. 劉燕：《八股文價值研究》，西北師範大學碩士學位論文，2006。

22. 潘峰：《明代八股文論評試探》，復旦大學博士學位論文，2003。

23. 蒲彥光：《明清經義文體探析》，佛光大學博士學位論文，2008。

24. 宋志強：《俞長城制義批評研究》，江西師範大學碩士學位論文，2015。

25. 石堅：《周作人：「士大夫」的發現》，華東師範大學博士論文，2008。

26. 王仁傑：《明代八股文的研究》，香港大學博士學位論文，1978。

27. 汪最中：《管世銘家族的文學創作及其唐詩學研究》，蘇州大學碩士學位論文，2007。

28. 夏惠績：《〈才子古文金批〉的散文理論研究》，內蒙古師範大學碩士學位論文，2006。

29. 肖營：《劉熙載〈藝概·經義概〉探微》，內蒙古師範大學碩士學位論文，2007。

30. 徐珊珊：《〈遊藝塾文規正續編〉研究》，揚州大學碩士學位論文，2008。

31. 楊波：《八股文專題研究》，南京大學博士學位論文，2004。

32. 張富林：《章學誠文學研究》，揚州大學博士學位論文，2014。

33. 趙永強：《八股文與明清古文和詩歌》，揚州大學碩士學位論文，2005。

34. 鄭邦鎮：《明代前期八股文形構研究》，臺灣大學博士學位論文，1987。

35. 朱焱煒：《明清蘇州狀元文學研究》，復旦大學博士學位論文，2004。

36. 鄭永慧：《張溥八股文編選活動考論》，華中師範大學碩士學位論文，2013。

附錄：清代八股文話 10 種

何焯：《義門書塾論文》

　　學至於科舉，古人以為末矣。然今日之科舉所言，固聖賢之學也。南豐曾氏謂，二典所記，並與其深微之意而傳之，則執簡操筆，亦皆聖人之徒。八股能代聖賢以傳其深微，斯人豈復碌碌者哉？患不求諸實耳。窮理之方，立言之本，將必由之論風氣者。銳欲起衰，行之乎仁義之途，遊之乎《詩》《書》之源，韓子起八代衰，終身以是焉。懸明季亂雜之文以誘之，是濟之衰也。漢《藝文志》論儒家，固云：「遊文於六藝之中，留意於仁義之際。」出乎此，則非儒矣，文何自起。

　　為文而求自得於心者，惟恐理之有不明。為文而務以誑聾瞽者，惟恐貌之有不新。惟恐理之有不明，則其學曰深曰粹，而其辭亦篤實輝光矣！惟恐貌之有不新，則其志曰僻曰幻，而其辭亦淫屬清側矣！

　　宋元名儒文集，皆以講義經義編類，其後復有經疑八股。因經義而小變之，專尚實學，典而清，簡而明，如口講者至也。先正陸文量記其在學校時，以事見巡撫崔莊敏公，猶命題作講義。今日乃以文似講章為詬病，所言皆無稽，不根求一二講題語，何可得耶？

　　八股所與講義區別者在順口氣，而今人顧乃莫之重也。口氣非描頭畫角所能肖，舉其隅亦曰：「觀聖賢之氣象而已。」明季以來，心益粗，筆益放，其弗倍題解者已尟。若《論》《孟》文字，口氣概乎無辨也。盍取精義、網領、二程子語致思焉。

　　先儒謂諸子四書注，言若至近而涵至永之味，事皆至實而該至妙之理。

唐、薛以上，守之謹，故信之深，好之篤。其文初無可驚可愕而卒莫可易，嘗試操筆擬作，平心定氣，按題切脈字句，逐一比量，知其是非真偽所在。吾知不是之學而有不安於心也。

　　經與史之精粗猶判若玉石，況間以清譚是非也？王厚齋云：「《世說》其言清以浮，有天下分裂之象。《中說》其言閎以實，有天下將治之象。」萬曆之末，始好用《世說》，可無懲乎？且晉人方當笑之。王韓之解《易》，范武子之解《春秋穀梁傳》，曷嘗屑為此語？朱子論讀書當虛心涵泳，舉《莊子》「吾與之虛而委蛇」語為法，謂既虛其心又當隨書之曲折以涵泳之，不可先自立說，移聖賢以合己意。八股既體貼口氣，則此法所宜守也。虛者實之，實者虛之，變詐之兵謀。人棄我取，人取我棄，此廢居之心計。儒生說經，必遵大路，焉用彼哉？文有體有度，吾友本以艮其限，列其夤，譏理脈之判隔，聽者不察，遂務更互上下字句，體乃亂矣！請申以艮之六五云：「艮其輔，言有序」，走昔童孩亦妄倡輕新靈之論，程子謂：「心定者，其言重以舒。不定者，其言輕以疾。」文既輕僄度乖而生心之害作，他何言哉？請首更以《曲禮》之訓曰：「安定辭。」

　　己卯皋月，既開程式墨卷，漫出此數條，正於大雅君子，非敢信今之遂是也。吾以求益焉，蘄幸教諸。何焯又識。

　　　　　　　　　（載《義門先生集》卷十，道光三十年姑蘇刻本）

劉大櫆：《海峰時文論》

　　八比時文，是代聖賢說話，追古人神理於千載之上，須是逼真。聖賢意所本有，我不得減之使無；聖賢意所本無，我不得增之使有。然又非訓詁之謂，取左、馬、韓、歐的神氣、音節，曲折與題相赴，乃為其至者。

　　作時文，要不是自我作論，又不是傳注訓詁，始得。

　　要文字做得好，才不是傳注訓詁；要合聖賢當日神理，才不是自我作論。故「曲折如題」而「起滅由我」八字是要言。

　　作時文，使不得才情，使不得議論，使不得學問，並使不得意思。只看當日神理如何，看得定時，卻用韓、歐之文如題赴之。

　　須先洗滌心地，加以好學深思，令自家肺腸與古聖賢肺腸相合，然後吐出語言自然相似。

如程伯子說詩，只增加一兩字，便覺神理活現。

作時文只要求其至是處，或伸或縮，要之不離本題真汁漿，不得別生支節。

真汁漿只得這些子，若別生支節，有何窮盡。

作時文不要求新，只說本題應有意思，便是千古常新。若別生議論，縱經經緯史，要於題沒干涉。

時文體裁，原無一定，要在肖題而已。整散佈置，隨題結撰可也。

如今人作文字，便不見聖賢神理，待摹神理時，又不見今人。作文字的人，須是取自家行文神理去合古聖賢神理。有古人有我，即我即古人，大非易事。

古文只要自己精神勝，時文要己之精神與聖賢精神相湊合。

時文摹繪聖賢神理，而神尤重於理，作者以兼至為上。神重於理則寫神為主，而理自無不至；理重於神則說理為主，而神自無不合。寫神者宜少說理，恐礙神也；說理者忌空寫神，貴明理也。

明代以八比時文取士，作者甚眾，日久論定，莫盛於正嘉。其時精於經、熟於理、馳驟於古今文字之變，震川先生一人而已。荊川之神機天發，鹿門之古調鏗鏘，卓然自立，差可肩隨。他如胡二溪之奇變、諸理齋之屈盤，亦自名家。

談古文者多蔑視時文，不知此亦可為古文中之一體。要在用功深，不與世俗轉移。

前人辨駁以古文為時文之說甚確。

前人於明文只取歸、唐二家，謂自餘諸公不過時文而已，此日久論定之言，不可移易。

唐、歸、茅三家皆有得於《史記》之妙。荊川所得多在敘置曲盡處；鹿門所得多在歇腳處，逸響鏗然；震川所得多在起頭處，所謂來得勇猛者也。

（載《劉海峰稿》光緒乙亥冬月重刊本）

管世銘：《論文雜言》七則

科舉之文為能詩古文詞者所不道，然既已為之，則亦不可不精。嘗取國朝之文論之，以制義而直接八家之統者，方百川是也；以制義而盡擷注疏、語錄之精者，李安溪是也；熊次侯龍行虎步，振開國之元聲；韓幕廬吸露餐

霞，息塵寰之雜響。故論品，方、李為高；論功，熊、韓為大。

　　經制題不可杜撰一語，當以六經為注腳，儲中子、張曉樓是也；理境題不可抄襲一語，必以白戰奏奇功，方百川、方望溪是也。

　　王牆東文著著緊，儲在陸文步步寬，皆人所最不能及者。

　　名稿之最利舉業者，其方望溪、儲中子乎？方善用虛，儲善用實，兼斯二者，猶掇蜩矣！

　　嘗記與周宿航論時文，雖小道，然果精其術，亦自足以刻畫天地之情狀，囊括古今之變態，其用與古詩文詞等。曾選定熊鍾陵、劉黃岡、張京江、李安溪、韓幕廬、儲在陸、方百川、方望溪、王牆東、方樸山、儲中子、張曉樓十二家專稿，為《國朝十二家文》。衣食奔走，無力付梓，以為他日之券可也。

　　松崖叔氏論時文對策有云，作文之道，先積理，斯陰陽、向背、聖狂、敬肆、是非、可否之原，無不悉矣。亦多讀書，斯天地、方物、禮樂、兵農、治亂、得失之原，無不悉矣。

　　嘗與同里諸子論文，余目周子宿航為仙，趙子法伍為鬼，沈子佩蘭為怪。或戲曰，韞山當自作何品題？周宿航曰：管大英風浩氣，固當以神明目之，一時里中遂有神仙鬼怪之目。莊子虛庵詰余曰：何以處我？余笑應之曰：君當是聲聞辟支耳。

（載《韞山堂文集》卷八，清光緒十七年（1891）重刻本）

吳蘭陔：《論文雜說》

　　是編為及門課讀本，隨其質之利鈍、學之淺深以授之。初集惟取機圓，局緊半出，發蒙存真，益以舊時房行考卷，俱係家弦戶誦之文。二集匯諸名家稿，博觀而約取之，或取沉深，或取開拓，或取沖遠，較初集更上一層矣。文如初集，可以立文，至二集可以權。

　　文有形貌彪炳，而神理虛枵，按之實無所有者，此等文讀之最為害事。又或有思路頗能刻入，而機調艱澀，不能圓轉自如，亦非應試利器。是編務在神理切實，而機調仍復朗暢。學者由是而之焉，上可造於名家，次亦便於科目，所謂中道而立能者從之。

　　文章聲價日久論定，惟其人以往，而其文卓然可傳，斯足貴焉。若生前互相刊刻，似涉標榜之嫌。己山先生選《國朝所見集》，不拘科目而別存亡，蓋仿

先輩《在》《聞》《定》《待》之例也，是編亦照此例，凡現在諸公概不收入。

是集旁批大半，採取諸家選本，間亦竊附己意，補所未備。因念文章為天下公器，若一一注明誰某，反嫌瑣碎，固非如郭象之盜向秀也。

國初名家林立，然純粹以精者，亦只數篇。其全稿瑕瑜互見，讀者當別其得失，勿僅震於其名。大約溫柔敦厚當以張京江為最，至如熊次侯渾古勝而或失之疏，劉稚川才氣勝而或失之霸，戚價人矜煉勝而病在澀，王言遠幽峭勝而病在寒，可入讀本者寥寥無幾。此外，若袁亦文、于雲石、張譽弁、繆慧遠，蒼茫有餘而溫醇不足，揆諸理法，輒多繆戾之處。又若馬章民、尹莘階，風骨卑弱，直等諸自檜以下可矣！

王伊人、周宿來之學陳夏帥蘭皋，周力堂之學章、羅，各得其鄉先輩真正衣鉢，但恐不善臨摹，適滋流弊，反覆思之，願從割愛。

蔡氏芳三選本朝三十家，採擷略備，然吾浙徐笠山、陳勾山、西江李牧堂、周力堂、馮夔颿諸公，曾未之及，無乃侈江左而薄他省乎？竊謂博採兼收則名家何止三十？若從名家中決所宗仰，則老成典型未易數觀也。如方望溪之文曰厚，方樸山之文曰銳，張曉樓之文曰堅。此三家者，如華嶽三峰，一覽眾山小矣。

《曉樓稿》初二三集，文境與年俱進。初集窮力追深，學章、羅而得其精粹；二集沉浸醲鬱，醇而益肆；三集尤蒼堅典確，於朱子自謂某注，字字從戥子上等過來也。慶元鄧令君亦南城人，言曉樓家藏本刻稿有三千餘篇，蓋其天分卓越，而致力於此事者至深且久，宜其冠絕文壇也。

讀本貴精貴熟不貴多，明文、今文精選數十篇，多則百篇，朝夕熟誦，每一篇引申觸類，便可悟出無數法門，此左右逢源之候也。若愛博不專，旋得旋失，雖讀至千萬篇，何曾得一篇受用來。

東坡示友人某詩，「舊書不厭百回讀，熟讀深思子自知」，指示學者最為親切。且即以時文而論，果能熟讀深思，得其用意之所在，讀者之精神與作者之精神祈合無間，執筆時自汩汩乎來矣。

客有自天童歸者，言舍利狀或金色，或紅色，或青黃白黑，及方圓大小，言人人殊，更有禮拜終日而無覩者。夫文章一道，亦若是焉已矣。同讀此文，上者悟其神理，中者玩其機局，下者摹其聲調，最下者僅獵其詞采。亦有終年佔畢，一無所得者。根器既殊，見解自別。讀文需高著眼孔，勿似矮人觀場。

讀文要拆開讀，逐股逐段、逐句逐字，都要體貼作者如何用心，如何運

筆，不可囫圇滑過。讀文要合一讀，如堪輿相地，某處來龍，某處過峽，某處結穴，有順龍順局，有逆龍逆局，有順龍逆局，有逆龍順局。

讀文要識得作者精神聚會處。如胡作父母在節菽水夢寐二比，衣冠雨雪一聯，此精神聚會處也。入手江皋河瀕二比，只是頓挫法；後路簡書學問二比，只是敷衍法。總之，文章有虛方有實，有淺方有深，其虛處淺處，亦煞費慘淡苦心得來。

讀文要識得作者落想之先後。凡篇法、股法落想之時，先有第一層而後有第二層、第三層者，其常也。亦或先有中間一層，再裝頭腳者，更或先有結末一層，倒追上去裝頭裝腹者。須逐處代為作者設想，尋覓他針線所在，元遺山云「鴛鴦繡出從君看，不把金針度與人」，僕為作一轉語，「金針線腳分明在，自繡鴛鴦也不難」。

刻本時文未必盡佳，儘有柱義浮泛，絕無骨子者；或略有注義而措詞籠統，彼此可以互換者，皆非佳構。凡名家之文，無論長股短聯，定然有兩個意思。王己山先生論文云：「塾師教弟子，合掌之病不除，而欲求其通，是猶航絕流斷港而欲至於海也。」其言可謂深切著明矣。

（載《八銘塾鈔初集》卷首，乾隆癸丑刻本）

蔣勵常：《論舉業時文》

昔鄭子太叔問政於子產，子產曰：「政如農功，日夜思之，思其始而成其終；朝夕而行之，行無越思，如農之有畔，其過鮮矣。」愚謂子產此言不獨為政，凡事皆當如是。讀書應試其尤甚者也。讀書宜先立志。為聖為賢，尚已即以舉業科目言之。元奎鼎甲，皆學人分內事。初學即以元奎鼎甲自期，非誇也，必如是乃可謂之有志。志既立定，方可安排用工夫。得失利鈍自有定數，非人力能強。然工夫做到十分成熟，即首選高魁，數不可知而理自可必也。但此十分成熟工夫不易做到。姿稟高者數年，低者非十年、十數年不能收效。既各量其質之高低以為年之遠近，又將某年應作何工夫，某事某月應作何工夫，逐次細細算定，然後按照次序做去。如行之有程，不敢少怠，亦不必過銳，務令無一日間曠，至期而不成熟者，吾不信也。又嘗謂：學人用功，只一見小之心害之。見小則欲速，欲速則東塗西抹，工夫做不成路數，不獨數年、十數年間一無所就，甚至老而無成，始自悔其從前之誤，不已晚乎？

「思其始而成其終」，成即思之成也。

用功大略：「四書」宜透宜融；「六經」宜熟宜看注疏；史、漢宜選讀；歷朝古文膾炙人口者宜讀；子書雜記約四五萬言；《通鑑綱目》宜看，不必事事記得，但能得其大義；詩賦涉獵多寡量力；策讀三四十篇；時文按天分讀，多至百五六十篇而止，看則多多益善；應制詩賦讀不過百首，亦不妨多看。此為中人習舉業者言之，其有異稟過人者，當益求其遠大，不在此例也。

時文至前明啟、禎時極盛矣。然氣勢峻迫，多噍殺之音，亡國之音也。國初文局度寬博，多和緩之音，治世之音也。學者不騖高奇，求為清真雅正之歸，則亦不必近捨康成而遠學北海也。

時文與古文何以異？但限於題，縛於律耳。而能古文者，亦可以古文為時文。餘生平應試文，唯祁竹軒學使考教職見之，詫曰「古文手也」。蓋賞音亦不易矣。

作時文無別法，唯以肖題為主，猶之畫師寫真，總以肖乎其人為主。畫師寫真，必先將其人之面目、精神切記在心，然後照依畫去，稍有忘忽，仍請其人端坐審視，然後復畫，故無不肖之像。作文亦然，亦須先將題之面目、精神細細分別認定記清，了無所疑，然後按照布局命意，選調練詞，每兩比或一段成，仍照題之精神面目默誦一遍或數遍，看其合否？如有不合，塗抹另改，如此自無不肖之文矣。

題之面目有在，題位有在，題之實字者精神有在，題理有在，題之虛字者，必書理融透，方得了然。

凡作文，須知割愛法。

小題路窄，前路須用騰挪法，漸次拍入題為善。

作截下題，凡收煞處有三種法子：一從本題縮住，如在堂上走路，至近階時急縮住腳是也；一從前路縮住，如在堂上走路，至近階時急縮住腳是也；一從旁路縮住，如在堂上走路，至近階時忽從兩邊縮住腳是也。

（載《嶽麓先生十室遺語》卷九）

李道南：《志存集》論文三種

論文

制義者，體聖賢之意以修詞也。《畢命》云：「詞尚體要。」學者資稟所

近，不能強同，清奇濃淡，原非一格可拘。然無論高卑，要須各成家數。射之彀率，大匠之繩墨，合之則皆是，區之則皆非，巧拙無二道也。故命中者中式，式者，繩墨也，彀率也，體要之謂也。體要之精微處，非言可盡。撮其大端，略舉數條於左：

首曰明理。聖賢語言，皆以說理。理萬殊而一本，如言心、言命、言情、言道德、言仁義、言知行、言言行之類，往往語似而意殊，亦或語殊而旨合。須識得同中之異、異中之同，至於長篇大章，其中輕重、賓主、反正、脈絡，既須段落分明，又須前後貫串。行文之詳略虛實，不漏不蔓，安頓適宜，自非了然於心，豈能了然於口！不支離則模糊，不背馳則浮泛。胸無條理，筆無把握，何以文為？如《性理經義》《北溪字義》等書，不可不參觀熟玩，實看書明理之指南也。

二曰遵法。方員，非規矩不成；五音，非六律不正。先正之法，文之規矩、六律也。實題有精義，虛題有語氣，入手有來脈，中間有筋節，向後有去路，總在先虛後實，由淺入深，皆有一定層次。至言中縱橫經緯，賓主順逆，開合反正，旁攔側擊，擒縱疾徐，勾勒頓宕，疏密濃淡，非可縷述。但求之先輩舊章，悉可按而稽也。若夫長章數節及零雜散漫之題，尤在審定其主腦，細明其節目，確然於輕重緩急之宜，或宜略，或宜詳，或宜分，或宜並，前呼後應，左顧右盼，於按部就班之中而變化錯綜。節制有法，則既不患其漫漶零亂，又不至於疏脫偏枯，千頭萬緒，一線穿成。闞之淮陰將兵，多多益善，不外紀律之嚴明耳。近時文體全無紀律，作者輒亂旗靡，讀者迷心炫目。一題到手，毫無主張。有識之士，急宜擯棄勿觀，恪守先正準則，由此熟極巧生，神於其技不難也。

三曰煉意。文章最忌雷同。習見浮說，急宜洗除。如剝蕉，如陟嶺，進一層又見一層。從高處立，乃見下者之卑；入深處觀，乃知淺者之陋。朱子謂學者云：「不可隨文解義，須看得有精神，自是活動有意思，跳躑叫喚，不知手之舞、足之蹈。」然非詭誕隱怪之謂也。韓子「陳言之務去」，去陳言者，豈離卻聖經賢傳而別求不經之語、臆造之說哉！蓋言各有當，不切者即為陳言。大抵習見浮說，千手雷同，而按之題理題旨，貌似而實非，皆陳言也。惟認理真，看題細，立一識，發一論，識踞題巔而洞燭窔奧，則語不求新，而說來自親切有味。化臭腐為神奇，只在一切字耳。不求立意之精，雖詞采燦然，膚庸無當，安能獨出一頭地耶？

四曰擇言。文以載道，言必有物。代聖賢敷陳事理，非原本經籍則不類。故子、史之語，前輩亦擇其雅馴與聖賢之語相入者，間一採擇，否則即為失倫矣。近年文字不顧義理，硬裝強折，鄙背險怪，幾於牛鬼蛇神。其幸得者苟以欺瞽瞶，而不學少年爭相傚之，如油入面，膠固心且不自知。其日墮於惡趣，良可歎也。《詩》《書》具在，含英咀華，採擷無窮。鎔經鑄詞，而無稽之言必掃，則句斟字酌，歸於雅馴，自然聲光炳蔚，有目共賞。其與拾人唾餘、鄙倍不經者，不有蘭芷、蕭艾之判哉？

五曰煉氣。氣者，行文之妙用也。詞猶舟也，氣猶水也，雖以錦纜牙牆，無水以運乎其間，徒見壅塞紛沓，焉所用之！放乎長江巨川，則千帆萬艘，往來四達矣。故「韓潮」、「蘇海」，亦言乎其大氣之吐納磅礡，無鉅細多寡而胥涵也。有氣，則重處靈，實處虛，整處圓，散處貫，自古無無氣之文章也。統而言之，理則文之骨也，法則文之筋也，意則其血而詞則皮膚也。四體備而膚革充盈，苟非氣，其何以生耶？文章佳境，如層波逐水，噓氣成雲，千態萬狀，何可窮極，而大端不外乎是。誠於數者究之，亦庶幾思過半矣，願與有志者共勉之。

論文數則，此昔日聞于邵北崖師者，今追憶之，但能紀其大略。深歎前輩學問，無事不精，即舉業一道，亦敬慎若此。近人視制義為剟啄之具，鮮不以吾師之論為迂闊者。藏之數十年，不敢示人。幸吾友哲明，文筆清潔，復有志登作者之堂，錄以授之，庶幾得人矣乎！

國朝諸家文評

李厚庵光地，義理醇碻，氣格嚴重，力求復成、宏先正，嘉、隆以後薄焉不為。

魏柏卿裔介，似晁、董之文，篇內有薑桂之性，張譽並願，餘味曲包，但過求生僻，乃不免晦澀之病。

熊鍾陵伯龍，如河北俠少，英爽異常。何義門稱其「浩氣流行，當時莫能兩大」。

劉克猷子壯，有垂紳搢笏之度，惜理境未澄。

王言遠庭，骨氣勝人，惜板板衣冠。

張爾成永祺，如霜皮黛色，骨幹堅老。

張玉立標，瘦硬有神。

戚價人藩，刻意鍛鍊，惜風骨不高。

尹明廷，冠冕史逸裘，學雲間包宜墅，以韻致勝。

李石臺華美、陸湘靈燦，振奇側出。

張京江玉書，如時之春，如玉之溫。

馬章民世俊，詞華氣蒙。

俞琰，氣體煉而淨，無閒字冗句。

楊名時，理學之文。張昮，清健有骨。張瑗，醇乎其醇。李廷樞，清真。汪俢，平正。自楊至汪為辛未五家。

陸稼書隴其，初讀似筍蔬盤饌，甚易經營，細玩卻為珍饈之所不及，理勝故也。

徐健庵乾學，有楷模流俗之概，惜揀汰未精。

錢紹文世熹，氣爽筆健，惜理境未澄。

韓元少菼，當時推為能振衰式靡，今觀小題文，極鮮新而過於縟；大題文，極浩落而病於疏。噫！文豈易言哉。

汪薇，清音獨遠。

金會伯德嘉，從八家文脫胎，元墨尤渾雅。

高東生，如高松盤雲，清流入澗。

金居敬，雲中逸鵠。

俞長城，力求簡實。

劉柳之謙，理解清真，筆端靈妙。雖規扶先正，卻不為虎賁中郎之似。

何義門焯，大雅，晚年尤細。

陶元惇，蒼老。

孫子未，松風吹帶，山月彈琴。

焦廣期，字字欲活，小題為最。

方舟獨弦，哀歌風調，自古人得來。弟苞，文氣亦古。

儲同人欣，純以清古之氣行文。

吳穎長師銳，以古文為時文，門戶自八家出。

程在中師文，大雅不群，門戶自六朝出。

邵北崖師泰，筆筆正鋒，得安溪家法。

魏嘉琬，品外獨絕。

沈近思，理確詞醇。

陸師，便娟。

劉嚴，理實氣充。

汪越，有雅味。

方文舟，嘉魚替人。

王雲衢，理直筆銳。

王貽燕，識解極超，筆未能遠。

王虛舟，所見甚卓，惜過於作意。

王漢階，彩色敷腴，惜骨少耳。

儲大文，筆無點塵，會墨尤佳。

儲在文，工夫極深，惜筆未入妙，運古亦未能化。

李震生，想入雲端，聲流弦外。

張百川江，追蹤震川而未至，稿中典故文極佳。

陳祖範、徐笠山、周白民，亦近時好手，絕無俗韻。

論作時文

作文之要，在於審題。審題之要，在於明理。至《論語》載「出辭氣，斯遠鄙倍」，則窮理與養氣，不可缺一者也。

氣蒙則辭不能豁，氣弱則詞不能振，氣囂則詞不能沉，氣俗則詞不能輕。

古文、時文，非不能通。然古文有古文體裁，時文有時文格律。古文用單行，時文用排偶；古文馳騁上下，可以隨我所見；時文低昂輕重，必準諸聖言。錙銖有違，天地隔矣。今操觚之士，其庸近卑陋者，各以俗套相師而不知返；或有高者傑出乎其間，則又以為時文宜宗古體，盡破崖岸，大放厥詞，而時文之格律蕩無有矣。此譬如作近體詩者，不屬對，不拘韻，乃向人誇詡曰「吾能以古詩為律詩也」，有不共歎其妄者乎？況古在神骨，在氣脈，不在整散。安見散者為古，而整者遂非古？又安見整者非古，而散者遂非古也？至長題不得已而出於散行，然觀隆、萬以前，如錢兼山《有為神農之言者許行》全章題文，歸震川《宋經將之楚》全章題文，何嘗不用對做也？吾願遵王制者共思範我馳驅，勿妄為騁左右。

學先輩文字者，貴得其神理與其法脈，不必拘拘神似之是求。觀廬陵之學史遷，南豐之學西漢，其面目未嘗與史遷、西漢相肖也，而神韻骨脈儼乎真史遷、真西漢，則惟不泥其跡而能化焉者。今之輕蕩為文，置高、曾規矩於

勿問者，固不必論；其有一二規模先正之士，以為時文必依次挨講，短比承接，乃為不失先民矩步。詎知文章隨時遷改，幾見由西漢而六朝，而宋，而元、明，文體有相師不變者乎？故善學先輩者，惟觀玩其神理，詳審其法脈，師其提掇關鎖照應，股雖長而一意到底，幅雖廣而一脈相生。如此，則不獨考之先正無或違，即質之《史》《漢》、八家之文，亦豈有悖哉？黃山谷謂子弟，凡百可醫，惟俗不可醫。夫文章追逐時好，固俗；襲取前人面目，亦不免俗。化俗之道，其以前言求之而已。

水之發遠源者，其流必清。木之文理順者，其枝必秀。文之為道亦然。今世時文充棟，就其中可為誦法者未易多得。教子弟者不嚴為審擇，而令其涵濡浸灌乎此，又不早為之培其本，而令其徒仰賴乎時文，此譬如畎澮之水，焉能不混濁泥；拳曲之木，焉能自吐芳秀？讕劣紕繆，固其所必至矣。今欲勸操觚之士以《六經》《四書》為根柢，以宋五子為準繩，以《左》《國》《史》《漢》等書為含咀，以韓、柳、歐、曾之文為濬導。至於時文，先精選明人大小題文百首讀之，再精選國朝之有本有源、不墮時趨、不落魔境者百首讀之，如此則蘊蓄既厚，抉擇復精。其播之於文，必粹然、斐然，無畔道離經之憂，亦無剿襲雷同之患。

習舉業者必讀明文，以其為高曾規矩也。然明文之支派亦自各別，王守溪、唐荊川、瞿昆湖、薛方山諸先生，皆以時文為時文者也，其所主在理，而法未嘗不密，詞未嘗不精；降而為陶、董，雖過圓、過熟，猶未離乎典則；更降而為湯霍林、韓求仲，則拈弄虛機，而庸俗之腔調盛行矣。錢鶴灘、歸熙甫、張小越、胡之泉諸先生，皆以古文為時文者也。其所主在氣，而理未嘗不醇，體未嘗不重；降而為金、陳，雖稍粗稍率，尚未至於橫決；更降而為陳臥子、夏彝仲，則摹擬聲調，而時文之法紀蕩然矣。大抵《四書》文字，捨理與法，而漫矜才氣，便是莽、操一流；設斂才與氣，而徒求之模棱圓融，乃是馮道一輩。任斯文之責者，勿令時文入此兩途，庶文風日上矣。

明文如嵇川南、諸理齋、周菜峰等作，飄灑橫逸，若無意為文而意自到。此未可為法，然譬之老、莊、關、列，當亦教外別傳。

天、崇時文，尚知守先正理法者，楊維斗、錢吉士二公而已。但楊學嘉、隆而過於放，錢學化、治而過於板。

西江諸公極意振刷，然所造亦未入室，緣未能於平處著腳、大處著眼耳。

此予所聞于邵、吳、程三師暨徐曉亭前輩者，參以己意，紀之大略，不

敢忘其所自也。近來習舉業者，視此道為戲，未敢述所傳以示人。惟哲明老友與世異趣，獨有志於古，書此付之。廷儒見先生論文冊，書法遒逸，後有阮相國跋語曰「哲明，姓胡名煐，為先生高弟子，年最長」云。

鄭獻甫：《制藝雜話》

《經義模範》，楊氏所傳，論宋人經義也。《作義要訣》，倪氏所輯，論元人經義也。今元人經義不存，惟宋人經義尚在。顧荊公十篇，不過初體；文山三首，或疑贋作。其體皆備，其法益詳，必以明三百年為準乎。今學者讀高頭講章，習新科利器，謬以襲謬，歧之又歧，試問以體制所自、程式奚如，大都不得其解。因相與不求其解，而文於是乎極弊。年來主講書院，不免多講經義，學者皆若罕聞，乃錄其閒談，都為雜話，共得數十則如左。或見而哂曰：古人有詩話，古人亦有文話，經義之體，詞人不道，何亦瑣瑣及此？曰：八比文，義理本於注疏，體勢仿於律賦，矩度同於古文，體本不卑，作者自卑耳。嘗見荊川之會墨，一峰之破題。顧亭林《日知錄》言之東鄉之誤評、鍾陵之佳語，閻百詩《釋地續》言之二君皆博極群書，詞擷裙雅，不屑為八比文者，而亦論及八比文。然則雜舉所見，各言所知，亦何害於道也。又況駢體為文之變，宋王氏有話，倚聲為詩之餘，近毛氏有話，又何靳於稟承帝制、解釋聖經者耶？客以為然，逐書為序。時咸豐之五年夏六月二十三日，小谷氏識。

策論取士多談功利，詩賦取士多尚詞華。荊公創經義體以救時敝，使之明義理、考典章、貼語氣。學者非考究唐之注疏、研尋宋之語錄，則必不能解聖賢之言；非瀏覽唐之律賦、誦習宋之古文，則亦不能代聖賢之言。何則？言之精者為文，注疏之瑣碎必濟以律賦之整齊，語錄之腐俗必行以古文之淵雅，而後義理明、典章確、語氣肖。其品似在策論詩賦下，其學實在策論詩賦上。今學者乃以為至卑而習為至易，無怪乎苟以干祿而無所解也。

《論語》《孟子》列於群經，《大學》《中庸》編於《禮記》。古無所謂「四子書」，世之稱「四子書」，其始於熙寧以後乎？臨川、眉山首創論體，止齋、六安漸開時局。古無所謂「八股文」，世之稱「八股文」，其始於成化以後乎？自是而《四書講義》、八股文章，遂為士大夫之常業。

《韓文公集》有《顏子不貳過論》，《蘇文忠集》有《孔子從先進論》，皆是論，語題又皆是考試作，正與今應試作制藝者相類，特未嘗用口氣、未嘗

摹神吻、未嘗拘比偶、未嘗裝破題、未嘗作大結，故雖科舉之文，法尚疏而體尚古。至時文出，而局以一定格式加以一切禁忌，流弊遂為古文家所切詬。

唐賦起或整練八字，或對練兩語，即今破題所本也。結處或倍頌時事，或別抒己意，即今大結所本也。中間不用論斷者，必順敘口氣，如王粲《沛父老留漢高祖賦》即作父老語，宋言《漁父辭劍賦》即作漁父語，即今用口氣所本也。前後用己意論斷，所以驗其學識，中間用口氣代言，所以徵其義蘊。萬曆以後，八比就衰，士或藉以行私，於是禁用大結，而又仍用破題。天下事有頭無尾，而國運隨之矣。今學者試問以通篇皆代人言，何以起頭必作己語，皆不能對。又問以破題或作對句，何以押腳必用虛字，亦不能對。蓋天下之以訛傳訛久矣。今唐荊川、歸熙甫、陳大士、黃陶庵集中，破題猶有存古者，大結猶有未刪者，學者曷取而考之。

文以散為古，駢即不古矣，文以奇為變，偶即不變矣，顧亦不盡然。韓文公《原毀篇》前後皆作二整比，白香山《動靜交相養賦》通篇乃似十數小比，而柳子《賀王參元失火書》前疊三句，以後即作三層遞講。蘇老泉《史論》，前立四柱，以後即分四段發揮。韓文公《原性》亦前列三等，以後即將三意申明。文何嘗不古，格何常不變？時文之用對偶，蓋本此也。試讀荊川《季氏將伐顓臾》一章文及尤瑛《寡人之於國也》一章文，尤為分明學古者。

古文一氣舒卷，不容畫段；律賦八韻發揮，故須畫段。然書之使逐段分明，非畫之使逐段橫決也。今觀白香山《漢高祖斬白蛇賦》、元微之《兵部觀馬射賦》等篇，雖八韻發揮，何嘗不一氣舒卷。若牧之《阿房宮》、歐公《秋聲》、東坡《赤壁》，本是文賦，不是律賦，其通體流走又勿論矣。今之時文，即古之律賦，例應點句，又例應勾股，所以便冬烘者之閱耳。而學者若一經畫斷，遂兩不相顧，其稍知前中後之法者，亦不過勿令顛倒，未嘗自成運掉。如作傳奇者，每唱曲一套即道白數句，以為出落通氣，其去夫丑未能有幾哉。

言之不已又長言之，其衍為一篇，即古文之法也。言之已明又重言之，其裁作二偶，即律賦法也。譬如《聽秋蟲賦》以聞蟲之人分發，《曲江池賦》以遊池之時分發，起句以此一層立柱，以下即貼此一層取義，未有率爾出之而意無分別，詞可互換者，惡睹近日合掌陋套乎？荊川自言平生得法只是開合，大士自言平生得力只在分股。蓋天下之物無獨有偶，人心之靈舉單見雙。必出比一字不敢輕，而後對比一字不敢苟，如詩句然。「暮蟬不可聽，落葉豈堪聞」，上二字分對下三字，不合掌乎？「蟬噪林逾靜，鳥鳴山更幽」，論其詞

亦分對，論其意不合掌乎？解此則於文必嚴矣。

時文之題不外四書，時文之人必博群書，否則斷無是處。今學者動謂十三經、廿一史何與此事，特詩古文家藉以見才耳。然試問《關雎》合樂、執圭聘禮，不考《儀禮》，能動一字乎？庶人在官，八家同井，不考《周禮》，能動一字乎？又況周召二南國見《汲冢書》，淇澳二水名見《博物志》，世之論地理者或略焉。滅明故有父見《左傳》文，子思必有兄見《檀弓》語，世之考人物者或駭焉。他如顏淵度轂之仁，曾子架羊之義，仲弓含澤之諺，冉畊茉苢之歌，雜見諸書，尤難枚舉。而欲以固陋之舉，闡發聖言，推求古典，如明人《宗廟之禮》二句，題文謂昭之子孫在左穆之子孫在右，而不知死者之昭穆以左右分，生者之昭穆不以左右分，是不熟《禮記》也。《君召使擯》一節，題文謂「拜賓時視與手俱下，賓之顧不顧在所不敢知，故待覆命」，而不知本有「賓升車不顧，擯送賓，復命」之文，是不熟《儀禮》也。讀之皆令人笑來，是古欲以經義明經，今反以經義蔑經矣。

時文之題必宗一說，時文之理必考眾說，否亦不知是處古論魯論。字既多異，漢注宋注，解亦不同，以義門何氏批《困學紀聞》而於「射不主皮」節，馬注不了其義，惕菴張氏作《翼注論文》而引「道千乘之國」節，何注不得其句，又況瑣末餘子耶？故不觀古本《大學》，不知今本《大學》綱目之分明也。不觀何晏《集解》，不知朱子《集注》義理之精深也。至於趙岐《古注》，多有刪節，宣公正義，皆屬偽託。既稱習《四書》之文，亦宜考《四書》之本。

實字研義理，虛字審精神，此看書法也。虛處起樓臺，實處開洞壑，此作文法也。虛處認得不真實處，必說得不透。故曰理貴踏實，何以神必摹虛耶？曰子不見明人之作文，子亦見宋人之注書乎？如自誠明謂之性，自明誠謂之教。之字在謂字下，易解也。天命之謂性，率性之謂道，修道之謂教。之字在謂字上，難解矣。朱子《注》云：蓋人知己之有性而不知其出於天，知事之有道而不知其由於性，知聖人之有教而不知其因吾之所固有者裁之也。之謂虛字既分明，本節實義益透闢。若如今人囫圇讀書，似謂之二字亦同之謂二字，則豈有一眼之當乎？又如回也非助我者也，於吾言無所不說。本是讚賞，而乃加以指斥，得《注》中喜憾字則了然。由也升堂矣，未入於室也。本當推崇，乃反貶抑。得《注》中特耳字則豁然。此皆摹虛為踏實之證也。作文何獨不然。

　　神理之切泛，由臨時之體貼。義蘊之淺深，則由平日之講求。胸中本無一物，而腕下欲作千言，非勦襲陳言，即敷衍俗意耳。然其功在多讀古書，其效即在精研《集注》。若《孟子》「有不虞之譽，有求全之毀」節，說此二句似無謂，故作此二句多牢騷。《注》中填實本旨曰：言自修者，勿以是為憂喜；觀人者，勿以是為進退。解此則下筆有主矣。又《論語》「吾日三省吾身」節，自檢三件何所益，故說此三句殊少味。《注》中補實其功曰：有則改之，無則加勉。解此則立言有歸矣。又如子路志在車裘，顏淵志在善勞，夫子志在安懷，各執一詞，殊不一類，作文便如滿屋散錢。《注》中揭出本義曰：子路求仁，顏子不違仁，夫子安仁。便覺滴滴歸源，層層入細。若不解此義，第一節只似俠士，第二節只似善人，其與夫子所言三句皆不相入。理既粗而文亦謬矣。

　　文之實理既得，文之虛神又得，則可以練意矣。然將欲練意，必先練識。識者，不離文字之中，而又不滯於語言之下者也。即如陳中子、方百川俱有「吾猶及」一節題文，而方之識高於陳，一破題外餘地，一得文表纖旨也。韓慕廬、焦此木俱有「事齊乎」二句題文，而焦之識高於韓，一將乎字作商量語，一將乎字作危迫語也。曹蛾雪、方樸山俱有「王自以為與周公」一句題文，而方之識高於曹，一前路徐襯周公，一講下突出周公也。識既獨到，意即判然，如鴻鵠舉於碧落，盡見山川，如漁父入於桃源，別有天地。此為第一義。諦知練意，則可以言練局矣。

　　將欲練局，必先練勢。勢者，死活所分也。譬之相地者，某處來龍，某處過脈，某處結穴，非不井井成局，然或四平無勢，則一路直瀉矣。又譬之作室者，某為外門，某為中廳，某為內奧，非不羅羅成局，然或四布無勢，則一覽徑盡矣。故均之敘意，或順或逆，必相其機。均之出題，而或緩或急，必盡其致。均之顧母，而或明或暗，必循其格。皆所以佈勢也，即所以布局也。或請舉其似。曰：如張太嶽「先進於禮樂」一章文，小講收句云「吾方憂其弊而莫之救也」。得此一呼，其勢百倍，下面出君子也、小人也，皆有力矣。趙儕鶴「名不正」一節，小講收句云「子以我之正名為迂也，豈以名不正而可以為政乎？」得此一拍，其勢百倍，下面出數不字，皆有神矣。又如葉自端「生而知之者上也」一節，題文小講下突接句云「藉曰不學，則必生而知之者而後可也」。緊練，得四字便呼得一篇，其勢全重學字，而徐作上數句，皆無一呆語。此皆勢之分明如畫者。知練局，則又知練筆矣。將欲練筆，尤當先練氣。

氣者，所以斂吾筆、縱吾筆、抑吾筆、揚吾筆、頓吾筆、宕吾筆者也。顧氣之橫奇近陽，如水出峽，如火燎原，如龍行空，如虎步野，勢不可當，而起伏出沒，又不可測。氣之疏宕近陰，如松吟風，如桐過雨，如雁度塞，如魚乘流，勢無所滯，而婉曲跌宕，又無所軼。是以，馳驟而不病其泛駕，結練而不病其循牆。若氣不能橫奇而筆貌為橫奇，氣不能舒暢而筆欲為舒暢，其粗者必野，其弱者必促。跛騾行路，三起三蹶，不離故處。寒士乞憐，半吐半吞，依然此語。則有令人不能耐者矣。

今論文者傳起承轉合四字，不知始於何時。猶作論者傳理弊功效四字，亦不知始於何人。要之，皆極不可訓而又斷不可行者也。如神龍行空，攫挐夭矯，豈有呆步。如大將置陣，作坐進退，豈有定方。文，不過首尾欲成龍而已，不過方圓欲成陣而已，是故有起而又起，承而又承者，又有轉而不轉、合而不合者，又有當承反起、當合反轉者。今若教人以起則要承、承則要轉、轉則要合，必至心機呆滯、手法平衍，而到死無一筆出奇矣。且以此四字論全篇猶可，以此四字作小講則大謬。吾嘗舉趙儕鶴「齊人有一妻一妾」一節題，小講云「慎名檢者，不以飲食為細；畏清議者，不以妻妾為愚，無若齊人然。」此講道理至足，題義至完，試問起承轉合何在？總之，文妙只擒、縱、離、合、斷、續數字耳。然將欲縱之，必先擒之，則以後可以即擒，亦可以不擒而縱之，愈見其奇。將欲離之，必先合之，則以後可以即合，亦可以不合而離之，愈見其妙。將欲斷之，必先續之，則以後可以即續，亦可以不續而斷之，愈見其連。否則，當其縱之、離之、斷之之時，已漫無擒之、合之、續之之勢。必且舉足不敢違，斂手不敢放，安得縱橫如意、控制由我、周流於九天九地而無滯哉。

截搭之題，前人不作。弔挽之法，前人亦無。惟隆、萬間，時無英雄，文有魔道，乃有遊戲如此者。然不過見題之起止、還題之偏全而已，未嘗有弔字挽字惡法也。宋時子朱子已極言割截之妖，國朝陸稼書亦詳論截搭之謬，不意至近日而盛行。余以為好出截搭題，其人目力必昏。蓋恐人以抄襲相眩，故妄以為成文必少，而不知己無所秉以為準矣。好為弔挽文，其人心地必壞。蓋專以誕妄為事故，竊自喜頃刻必成，而不知己無其理而取鬧矣。余嘗見有作「景公說出至畜君何尤」題者，前路弔尤字不得弔，畜字又不得竟，有不能下筆者。又嘗出「齊饑至是為馮婦也」題，前路弔馮字不得弔，婦字又不得竟。有相率來問者。噫！謬種之流傳，乃至此乎。

作文無他謬，巧切題而已。切題無他謬，巧相題而已。然其中有斷不可忽，而人皆不能悉者。請為約略言之。如「未入於室也」題，不得於題中漏卻「由也升堂」句，此人所知也。至不得於題後找補「由也升堂」句，則人不知矣。「前言戲之耳」題，不得於題中脫卻「偃之言是也」句，人所知也。至不得於題後找補「偃之言是也」句，則人不知矣。豈知語有先後，則詞有次第，豈容倒置不顧耶？又如「其不善者惡之」題，其字跟上句來，不得再加不如兩字。「如之何者」題，者字合上句頓不得，又加不曰兩字。又如「民之歸仁也」三句，題分發下兩句，必不可分頂上一句，否則多添一「民之歸仁也」句矣。「離婁之明」四句，題分點上二句，必不可分帶下二句，否則多添一「不以規矩不能成方圓」句矣。又如「君子不重則不威」四節、「敬事而信」五事，上文無派定數目，許其合併側重。若「三畏」、「五美」、「九思」等題，上文已派定數目，則斷不許合併側重。「怪力亂神」四字，「文行忠信」四字，下文無總結語言，許其後半合發。若「剛毅木訥」、「詩書執禮」等句，下文另有總結語言，則斷不許其後半合發。此皆近人所訛謬而不思者，聊為舉一可以反三。

題苟有上文，則必領上文，蓋語氣來路在此也。然有可領者，有不可領者。今人無論語氣何如，講下必用如吾言云云，或用則豈但云云，習為固然，視為當然，而不知已說下一句，又追說上一句，最為顛倒無理。如作「有朋自遠方來」一節，小講下忽接曰「如為學者，豈但說於己而已哉」。作「在親民」一句，小講下忽接曰「如入學者，豈但明明德而已哉」。理未嘗不可通，而語已不相串矣。然則宜何如曰前人於題之各自為說者即各自立意，更不領上文。錢鶴灘作「邇之事父」二句，金正希作「節用而愛人」一句是也。若相承為說者，即相因立意，須先說上文，如季彭山作「與國人交」二句，崔東洲作「我則異於是」二句是也。然莫妙於小講起頭先承明，若昔夫子論某某而及此及賢者述某某而及此，最為古法，可以立式。次則於小講起筆領題，而於手筆扣題。如錢鶴灘「王顧左右而言他」篇，小講云「孟子憂齊治之不振，冀宣王之改圖，故先以二事發之，而及四境之不治，欲王反求諸身也」。又王守溪「瞻之在前」二句題，小講云「想其發歎曰夫子之道高矣堅矣，而又極其妙焉」。各以末句緊拍本題籠起全局，而接處更不必另承。又次則於小講中承蓋而消納之。若王房仲「在邦無怨」二句題，小講云「世之論仁者直以仁為心德，則止於事心矣，而卒未始遺事也。直以為仁由己則止於成己矣，而未嘗不兼萬物也。」暗承上敬恕兩層。又葉永溪「君子無終食之間違仁」一節題，小講云

「且夫至無間者，仁之體，而至不容閒者體，仁之功。一取捨必於是焉，固仁也。必取捨而後於是焉，其去仁亦多矣」。明承上去處兩段。又其次，則於小講起筆，逕自擒題，而於收筆虛涵領題。如茅鹿門「管氏而知禮」二句題，小講云「蓋曰禮也者，所以治上下、經家國，此固為人臣者所以自將，而亦君子之所不敢輕以與人者也。」下即分頂樹塞反坫兩層，而各冠以管氏侯大夫也句。又顧涇陽「行有餘力」二句題，小講云「若曰夫弟子語，其所存固在未雕未琢之天語，其所趨又在可善可惡之介。故其心不可使之一息而無所用也。」下即承上孝悌謹信數層，而總承以其理無窮終身行之而不盡也句，既不突接又不另起，皆做法之至善者也。

題苟有下文，又當落下文，蓋語氣結局在此也。然如「小子何莫學夫詩」一章，出前數句則落處可用，然猶不止此等語。「王之臣有託其妻子而之楚遊者」一章，出到二節則落處可用，然「此其小焉者也」等語，其他苟非趨到下文即不必強落下文，只還本題，語意足矣。若結在下文而截去下文，上面有數層說下者，如作「月無忘其所能」題，落處非並「日知其所無」句，斷不可直落「可謂好學也已」。作「敬鬼神而遠之」題，落處非並「務民之義」句，斷不能落「可謂知矣」。今皆以訛傳訛而不考。又有前面不點題句而落處始出題句者，必相其語氣、審其文勢可如此，乃如此。若韓長洲「詩云經始靈臺」篇，只全出詩詞，故其未全點詩詞，不必更贅一語，可也。往有作「詩云迨天之未陰雨」至「孔子曰為此詩者，其知道乎」題者，一妄人亦仿韓長洲所作前式，於落處全出題，則笑柄矣，此亦不可不知。

領題固有法，落題固有法，中間出題尤有法。如陳大士「人之有德慧術智者」一節，講下直承末句去字說入，全題曰：「去疢疾則將去德慧乎？去疢疾則將去術智乎？無慧而德愚，無智而術拙，無疢疾而德無慧、術無智。」數語將題之累贅字翻作文之奇突筆，此法之奇者也。金正希「夫子溫良恭儉讓以得之」一句講下亦承末句，逼出全題，曰：「則嘗於賓主相見之時，而觀其感應不爽之機，其願得奉教君子而就正有道者，非邦君之能與，而邦君之不能不與也。夫子殆溫良恭儉讓以得之者也。」將題之想像語為文之提唱勢，此亦法之變者也。又嘗見吳檟有「譬如為山」一節題，通篇全注兩吾字，而通篇不出兩吾字，直至末乃點「夫而後怳然自悟曰，是吾之責也夫，是吾之責也夫。」譬如畫龍點睛。又張標有「所謂立之斯立」四句題，通篇皆摹所謂字，而通篇亦不出所謂字，直至末乃點夫而後罕然高望曰「其殆謂吾夫子歟？

其殆謂吾夫子歟？」法亦新。又有必當襯以他語乃能醒出本句者，否則累說不得了然，如「雖閉戶可也」題，上面必要頓「豈但髮不必被、冠不必纓而無害為可哉」，而後雖字也字始出。「猶為棄井也」題，上面必要襯「豈但未嘗試掘及未能深掘之為棄哉」，而後猶字也字乃出。又有本句頓得不足，又要幫句襯之始足者。如金正希「然後敢入」篇，其收然後字曰「蓋至於驅車直入，而精神已大費躊躇矣」，可謂妙絕。李祖慰「翔而後集」篇，仿之作而後字曰「蓋至於斂翼而集而精神，已大費躊躇矣」，亦可謂妙絕。乃復為襯一句以足之曰「而不然者，則無寧矯翅而飛也」，更覺精警透題，此亦不可不知。

　　或曰：人有已知相題，已知行文，而局苦呆筆苦直，則何也。曰：此雖關乎天姿，亦可挽以人力，在乎善用反正起結數字而已。譬如前一股反說，對一股正說，此必笨極不能成文巧者。將反意置前為兩偶，將正意置後為兩偶，則中間有波折、有過渡、有夾縫，其妙不窮矣。局安得呆耶？又如反筆作起、正筆作結，此筆順下不能成文，巧者將兩起割之為兩偶，將兩結割之為兩偶，則承接無橫決、無平衍、無支詘，其病悉去矣。筆安得直耶？非但此也，即如題義當兼兩說，文義必兼舉兩說，若呆為對偶，即少味矣。程子解居敬而行簡，謂居敬而所行自簡，而字無轉彎。朱子解居敬而行簡，則謂居敬而所行又當簡，而字有轉彎。方樸山作此二句，題文竟用程子之說，在前為立案作二股，別用朱子之說，為斷案作二股，而中間跌出而字，重波疊浪生出文機，通篇精神俱旺。如李光弼入郭子儀軍，刁斗森嚴，旌旗變色，令人耳目改觀，尤為巧絕，可以醫俗耳。義理既富，法度又精，氣體尤不可不辨。天下怪之病可醫，俗之病不可醫，澀之病可治，滑之病不可治。李賀之詩，劉蛻之文，可謂怪矣，而後世欽為至寶。孟郊之詩，宗師之文，可謂澀矣，而當時見賞。巨公若學者誦習皆許渾詩、李遠賦，必入圓熟一派，起手即談長慶體、劍南集，必入平暢一派，而一切俗與滑之病出矣。時文何獨不然？故論者於海剛峰之不入繩墨，諸理齋之不事修飾，章雲李之不循尋常，皆不敢有所貶，而圓美如瞿昆湖，和平如孫月峯或不足焉，正謂此耳。譬之仙人、俠客、癖士、枯禪，裝束迴與人殊，性氣又與人別，而入坐落落自喜。至老於世故者，衣冠言動毫無圭角，然自有一種說不出可厭處。

　　有降就時文之格而紆回震盪，純是古文之神者，前則歸震川、周萊峯諸人，後則黃陶菴、陳臥子諸人也。有盡變古文之貌而謹密微至，獨造時文之極者，前則王守溪、錢鶴灘諸人，後則徐思曠、羅文止諸人也。有盡得古文之

精而清奇深厚，特闢時文之徑者，前則唐荊川，後則金正希諸人也。有專工時文之法而淡遠流逸，間存古文之味者，前則茅鹿門，後則艾千子諸人也。其有不似古文不似時文而自為至文者，前則嵇川南、張小越，後則陳大士、章大力諸人也。學者各就其性之所近而求其學之所入，必有獨至處。制藝之推明，猶詩賦之推唐與策論之推宋，取其工而多者言，非但出彼時即為佳製也。故許鍾斗之文，望溪譏其俗。陸治齋之文，桐川謂其盡。董思白之文，吾亦嫌其圓。他若胡思泉、郝敬輿，過於平實。萬二愚、張魯叟過於刻削。鄧定宇、錢季梁亦無甚可喜處，但其人皆有學，故其文皆可傳。若項水心之徒，流為尖巧，譚友夏之徒，流為纖仄，陳眉公之徒，流為遊戲。此則斷不可法者。何則時文之魔生而古文之氣盡也。

　　國初諸老談詩，頗講格調，至乾隆間，俗士作文，亦講聲調。此則明三百年所無者。嗟乎！聖賢之文字，亦聖賢之語言耳。有此意直作此語，而必抑揚其聲，如優人登場，幫字裁句，唱出惡劇。有此言自用此字，而必塗飾其句，如記室作啟，鳧趨燕賀，填盡惡膩。天下不讀書者流遂謂時文別有一種面子，亦別有一樣腔子，而此道乃為丑末之餘技。西冷諸子、南紀名流如吳□雲、秦劍泉、吳並山等得不為作俑者所藉口乎？善論詩者不必皆工作詩，嚴滄浪是也。工作詩者未必皆善論詩，謝茂秦是也。時文亦然。前朝韓求仲、湯霍林、艾千子、錢吉士最善談文，尤工選文，而所自作亦未見過人。國朝俞寧世、何義門、王已山亦善談文，亦工選文，而所自作均未有過人。豈眼光太細、手法太慎，遂無以自盡其才歟？然今世流傳選本，惟俞寧世百二十家最妥協，次則蔡芳三之三十家亦清慎，又次則劉芙初之八家文鈔猶近理，其餘皆當從火者耳。夫文不窺全集，無以知其造詣，而此雖不全具家集，尚可略見家數，故足尚也。若各出意見，各採精華，必多不得其真。彼義門之小題《行遠集》、已山之《八集塾鈔》，文不盡善，論皆入妙。至《欽定四書文選》，雜出茅鈍、叟周、白民諸人手，間有非望溪本旨處，然曾經望溪操選政，終與坊本有殊。學者第看此數種，而無惑於他歧庶，不致迷其途耳。

　　場屋之文謂之墨卷，平素之作謂之房稿，而成體之文又謂之名家。雖異其名，非異其制也。名手場屋之文無異平素之文，即其正大光明處，安得所謂墨腔與所謂墨派耶？今人奉鄉會試墨卷為場屋中程式，若必如此而後可。殊不知明三百年來數十家內所有中式文皆在，則皆墨卷也，亦皆名家也。而不學者乃劃定鴻溝，甘為雄鼠。苟語以王錢瞿唐之文及章羅陳艾之作，則必

震驚不顧，豈識明時凡有能者無不得第，尤能者更無不得元。王守溪、錢鶴灘、瞿昆湖、羅一峰、唐荊川、章楓山、鄒東廓皆元也。而上有太嶽，下有鄧黃，上有華亭，下有陶董，作者如射有的，取者如磁引針，致為古今佳話。高文安有不遇？高文而不遇，則命也。萬曆時有王房仲，天啟時有徐思曠，然文如二公即不遇，何損於二公哉。夫文本不以得失論，即以得失論，而得者如彼，其常失者如此，其偶人亦可以自決矣。

文判於所學，尤判於所志。志在實學者，必恐以揣摩陋其意。志在虛名者，必恐以服古妨其功。兩者常互譏而未已。殊不知富貴功名，關乎命者也。言行文章，由於學者也。盡吾學以順吾命，倘其得則兩得也。荒吾學以倖吾命，倘其失則兩失也。學者此志不先定，則誘於勢利，驚於速成，終身不能自立。文徵其學，亦徵其品。讀方孟旋文，知其為孝子。讀左蘿石文，知其為忠臣。讀趙儕鶴文，知其有風節。讀湯若士文，知其有風流。故文者，挾吾之性術、精神、氣度而出之者也。文中無實際，是為浮。中無真際，是為偽。彼言與行乖，文與人左者，非特其人不佳，即其文亦不佳。第不得又具眼者為之鑒耳。余論文以此終，請為文者以此始，庶不致迷其本。

（載《補學軒制藝》，《鄭小谷先生全集》，同治辛未嘉平月黔南梟署刊）

劉咸炘：《四書》文論 丁卯九月三日

制藝之為學者所賤久矣。校讎著錄者與曲劇、平話同屏不錄。編文集者偶存之，必別為外集，乃至其序亦以為不雅而當刪。科舉既廢，更棄置無人道，一二老生偶以為談諧而已，其賤也如此。以通識觀之，蓋不平之甚者也。今述舊說以表之。

制藝者，諸文之一也。亦本出於心，亦自成其體，固與諸文無異，不知其不能等觀者安在？謂其體下邪？文各有體，本無高下。高下者，分別相對之權詞耳。為古文者斥下時文，恐亂其體可也，而時文不以是賤也。彼為古詩者，固斥下律詩，為律詩者固斥下詞，為詞者固斥下曲。律詩、詞、曲豈以是賤哉？謂其為干祿邪？彼唐之律詩、律賦、判詞，宋之經義、論策、四六，孰非干祿之具？今論策盛傳於異代，律詩、判詞皆編在別集，律賦且有總集。韓退之之試論在《昌黎集》，張才叔之經義入《宋文鑒》，曲劇、平話，今皆有專家考論，列於文學之林，而獨於制藝，則掩鼻過之，是得為平乎？焦理堂循

《時文說》曰：御寬平而有奧思，處恒庸而生危論，於諸子為近。然諸子之說根於己，時文之意根於題，實於六藝、九流、詩賦之外別具一格。余嘗謂學者所輕賤之技，而實為造微之學者有三：曰奕，曰詞曲，曰時文。江國霖《制義叢話·序》曰：制藝指事類策，談理似論，取材如賦之博，持律如詩之嚴。二論皆非過譽。制藝之足為知言論世之資，固同於策論，齊於詩詞，其尤且足上擬諸子，遠非律詩、律賦、四六之所能及。今反謂為不足與於立言之倫，豈為平乎？

謂不足與立言者，莫刻於龔自珍不自言而代他人言之說，其說實非也。章實齋先生《葉鶴塗文集序》曰：二十年來舉及時藝，輒鄙棄之為不足道。夫萬物之情，各有其至，苟有得於意之所謂誠然，而不為世俗毀譽所入，則學問文章，無今無古，皆立言者所不廢也。此論可謂明且清也。言之有物與否，固不在於體制。子部不少剽竊之作，制詔亦有誠懇之言。策論自抒其意，而抄纂盛行。曲劇止如其事，而襟抱可見。況四書文題狹而詞長，引申推擴，何非己意耶？明世，此道名家論文緒言，罔不崇尚自得。王守溪鏊謂作文須先打掃心地潔淨。唐荊川順之謂作文要真精神透露，肯說理，肯用意，必是真實舉子。瞿昆湖景淳謂作文須從心苗中流出。吳因之默謂著一分詞，便揜一分意。意到時只須直寫胸臆，家常話兒盡是精光閃爍。因之作文不看時藝，不尋講章，咀味白文，移晷始成一藝。陶石簣望齡謂自胸臆中淘寫出者為好。凡此諸說，如出一口。又王龍溪畿謂作文如寫家書，句句道實事，自有條理。陶石簣言作文正如人訴事耳，敏口者能言，其甚敏者能省言而無費。此二論尤為精到。自漢以來，文家驚於派別格律，而忽於本質。詞華盛而論理衰，使文不能達意，而遠於實用，乃為西洋邏輯所乘。其能存論理者，獨制藝家耳。若此，諸論不可謂非名言寶訓也。此豈猶可謂為不足立言邪？顧涇陽憲成曰：唐瞿之文中行也，我之文狂也，陳筠塘、儲樊桐之文狷也。梁贊圖曰：言者心之聲，古今詩文往往能自肖其人，制義則言之尤暢。如徐文長作《今之矜也忿戾》文，直是自作小傳。俞桐川長城曰：忠臣之文多發越，孝子之文多深沉。此皆可以知言之明證。桐川又謂陳白沙為一世儒宗。吾疑其文必方整嚴肅，凜不可犯。及誦其集，乃瀟灑有度，顧眄生姿，此自桐川之疏耳。白沙學風之異於朱派，正以瀟灑耳。文且可以見學風如此。彭尺木紹升論文曰：文之用有三：曰明天德，陳王道，辨物情。而所以行之者四：曰惻隱之心、羞惡之心、是非之心、辭讓之心。是四者根於性，效於情，而成於才。才者，性情之所由達也。而泥注疏之體者，則曰無事才，

方惡人之以才汩之也。不知才不盡，惻隱、羞惡、是非、辭讓之心不可得而著也。後之讀其文者，惻隱、羞惡、是非、辭讓之心不可得而興也。若是者不作可也。吾讀有明中晚諸先輩文，而四者之心不覺其勃然興也。天德、王道、物情因是益辨。晰而察焉，此論之精，正如實齋同知。此則何疑於時文之非立言邪？

尺木之獨舉中晚，而譏拘者，有深意焉。蓋中晚為明文之極盛。知言論世之資，中晚為最富，而論者多輕忽之也。周書昌謂文必有法而後能，亦必有變而後大。制藝亦然。昔人有言漢賦、唐詩、宋詞、元曲，謂其為一代之所擅也。焦理堂謂明二百七十年鏤心刻骨於八股，如胡歸、唐章數十大家，洵可繼楚騷、漢賦、唐詩、宋詞、元曲而立一門戶是也。論其源流，大抵化、治、正、嘉為正，而隆、萬、啟、禎為變。正者不過注疏講義之支流，變者乃成知言論世之淵海。此猶詩至李、杜、韓、白，詞至蘇、辛也。變之極，不無奇濫，則矯以復正。然體益純，而亦益窘，遂復為注疏講義之附庸矣。方望溪苞作《欽定四書文凡例》曰：明人制藝，體凡屢變。自洪、永至化、治百餘年中，皆恪遵傳注，謹守繩墨，尺寸不逾。至正、嘉，作者始能以古文為時文，融液經史，使題之義蘊隱顯曲暢，為明文之極盛。隆、萬間兼講機法，務為靈變，雖巧密有加，而氣體薾然。至啟、禎諸家，則窮思畢精，務為奇特，包絡載籍，刻雕物情，凡胸中所欲言者，皆借題以發之。凡此數種，各有所長，亦各有所蔽。化、治以前亦有直寫傳注，寥寥數語，及對比改換字面，而意義無別者。正、嘉而後，亦有規模雖具，精義無存，及剽竊語錄，膚廓平衍者。隆、萬亦有輕剽促隘，無實理真氣者。啟、禎名家之桀特者，思力所造，途徑所開，或為前輩所不能到。其餘僻棄規矩以為奇，剽剝經、子以為古奧，雕琢字句以為工雅，而聖經賢傳本義轉為所蔽矣。此說雖略而明。明末顧端木咸正曰：今之作者，內傾胸臆，外窮法象，無端無涯，不首不尾，可子可史，可論策，可詩賦，可語錄，可禪可玄，可小說。人各因其性之所近，而縱談其所自得。故其為道也，似難而實易。蘇苞九翔鳳曰：文之在明，猶詩之在唐也。初唐渾穆，盛唐昌明，中唐名秀，至晚唐而憂時憫俗之意發而為言，感激淋漓，動人也易。洪、宣之文，初唐也；成、宏、正、嘉之文，盛唐也；隆、萬之文，中唐也；啟、禎則晚唐也。三百年元氣發揮殆盡。蓋名理精於江右，經術富於三吳。而談經濟、論性情皆擅其長。其所言者，大之化育陰陽、興亡、治亂、綱常、名教、性命、精微，小之及鳥獸草木之情、飲食居處之節。凡三才所

有，無不晰其神明，得其情狀。此二說足明啟、禎文之長。周以清《四書文源流考》謂文至金、陳，如詩至李、杜。然皆出晚季，故明文不可以初、盛、中、晚論。此與蘇說比擬不同，而實有理。俞桐川以王守溪擬杜亦未是。實則洪、宣、成、宏可擬初唐，正、嘉諸家以古文為時文，正如盛唐詩之復古。唐、歸諸人乃可擬李、杜。隆、萬、啟、禎宜比中唐。金、陳諸人適如韓、白，其餘亦孟、賈、王、張、盧仝、劉乂之倫也。然其小體者，擬之晚唐亦無不可。鄭灝若《四書文源流考》謂天啟之文深入，而失於太苦；崇禎之文暢發，而失於太浮。此謂其境之廣深，正與中、晚唐詩境相同也。當崇禎之末，張天如溥以經學倡，陳臥子子龍以史學倡，艾千子南英與二人不同，固守舊法。易代以後，李厚庵光地等承之，標雅正為宗，義理限於程、朱體制，盡於傳注，史、子皆不得闌入。此猶言詩者之排宋而宗唐，排中、晚而宗開、寶，排少陵而宗六朝也。顧論詩不及中、晚，何足以窮詩之變，而專宗唐調，勢必至於摹擬膚廓無生氣。故論者每不肯如是。逆趨極端而矯弊者，且倡宋詩焉。制義亦然。黃梨洲論文崇本質，論詩不廢宋，故於制藝亦不滿。千子、方望溪固李厚庵之門人，而其論亦不過貶啟、禎。其評金正希德行顏淵一節，文云：往者李厚庵嘗謂中二兩比，義實浮淺，以擬諸賢，非倫也。其後膚學增飾其詞，遂謂李氏深惡金、陳之文，以為亂世之音。不知《史記》之文，顯悖於道者多矣。而嗚咽淋漓，至今不廢也。又曰：制科之文，至隆、萬之際，真氣索然矣。故金、陳諸家聚經、史之精英，窮事物之情變，而一於四書文發之，義皆心得，言必己出，乃八股中不可不開之洞壑也。邇年不學無識，人謬謂得化、治規矩，極詆金、陳，蓋漫為狂言以掩飾其庸陋耳。此論極允。金、陳、黃諸人之文，蓋明之諸子也。明世子家不競，晚乃在制義，其可貴倍於詩賦。顧以講章繩之，豈為通論哉。彭尺木曰：成化、宏治間，夏忠毅質元氣內充，正德、嘉靖，理達詞昌茂而有間，彬彬乎唐元和、宋慶曆之盛也。隆、慶以降迄崇禎，屢變益華，不無離合。就其善者，周、程之墜緒，屈、賈之心聲，往往而在。後之論者，欲執成化、宏治之一概以量列朝，亦通人之一蔽也。原流正變，若天之四時，窮則復始，豈可局乎哉！望溪之言，正如論詩之宗唐而不廢宋者。尺木之言，則於主中唐、北宋詩者之論同矣。善夫焦理堂曰：明人之於時文，猶唐之詩、宋之詞、元之曲也。執成、宏之樸質，隆、萬之機局以盡時文，不異執陳子昂、孟襄陽、韋蘇州以盡詩；執姜白石、張玉田以盡詞。亦學究之見矣。

非獨時文之可與詩並論也。即合漢賦、唐詩、宋詞、元曲、明時文而統

論之，亦如是也。吳修齡喬謂制藝代言如劇本。論者謂為輕詆之詞。實則此言有見，不可非也。焦理堂《易餘籥錄》曰：《雲麓漫抄》謂唐之舉人以所業投獻，如《幽怪錄》、傳奇等。蓋此等文備眾體，可以見史才、詩筆、議論。按：此則唐人傳奇小說乃用以為科舉之謀，是金、元曲劇之濫觴也。詩既變為詞、曲，遂以傳奇、小說譜而演之，是為樂府、雜劇，又一變而為八股。捨小說而用經書，屏幽怪而談理道，變曲牌而為排比，此文亦可備眾體，見史才、詩筆、議論。其破題開講即引子也；提比、中比、後比即曲之套數也；夾入領出題段落，即賓白也。習之既久，忘其由來，莫不自詡為聖賢立言。不如敷衍描摹，亦仍優孟之衣冠。至摹寫陽貨、王驩、太宰、司敗之口吻，敘述庾斯抽矢，東郭乞余，曾何異傳奇之局段耶？而莊、老、釋氏之旨，文人藻繢之習，無不可入也，第借聖賢之口以出之耳。按：焦氏以八比法配引子套白，實未安穩。八比句調乃出於宋四六之長句，然謂敷衍描摹出曲則是也。

賦衰詩盛，詩實自而變，易見也。詩衰詞盛，詞實自詩而變，亦易見也。詞衰曲盛，曲實自詞而變，亦易見也。曲衰時文盛，時文亦自曲而變，則不易見。疑者將謂時文之於曲，其體遠非，若曲之與詩、詞，其體近也。不知後之代興者，其境每較前為廣。大抵舊者不足用，而新者乃出。舊者雖仍保其故疆，而新者則更拓其異境。賦之道情者與詩同，而不若詩之便；詩之富韻者與詞同，而不若詞之諧；詞之達意者與曲同，而不若曲之暢；曲之代言者與時文同，又不若時文之寬。一異境開，而舉世之精神注焉。不得發於故疆者，皆發於是。故觀唐文者，不於賦而於詩；觀宋文者，不於詩而於詞；觀元文者，不於詞而於曲。其勢然也。蓋觀文之道有二：辨體式者，必探其源而嚴其別；論容質者，必極其流而廣其變。二者固不可偏廢也。唐詩、宋詞，紛爭互勝，皆為是耳。

時文之初、盛、中、晚，蓋與理學之晦庵、陽明有關，非獨如詩、詞之正變而已也。千子、厚庵宗朱者也；梨洲、尺木宗王者也。王派之風，尚質而多容，與朱派之密狹殊，吾已屢論之矣。尺木論文又曰：明初學者，多墨守章句，並為一談。自陽明先生作，而承學之士始知反求諸心，要於自得。其見於文者，往往如圓珠出水，秋月寫空。慶曆以還，脫落清虛，漸成故習。一二選家，盡力彈射。矯枉之過，清響漸微。至有白首鉛槧，著書滿家，而莫能名其所自得者。其於得失，豈獨經義然哉？此言最足見其宗旨。尺木於時文最好。鄧定宇以贊、楊復所起元、鄭謙止鄭謂其體遞變而不離其宗，一以自得為宗。鄧、

楊皆王派也。隆、萬之時，王學甚盛，故文風如此。復所以禪語入文，尤為時人所攻，至有改正文體，禁用真虛等字之諭旨。此事本可笑。昔有俚詩譏之，引在《三進篇》中。顧亭林《日知錄》以復所與王龍溪同詆，謂其以禪亂儒。亭林固宗朱，開後來之漢學者也。漢學實由朱學脫變而成，吾已別有詳論。此亦可窺其關係。有清代興，始則朱學專行，繼則漢學大盛。故隆、萬之文風闃無嗣響，矯放縱而為窘狹，時文亦自是衰退。一代四書文遂索然無大觀。蓋學者之精神，又移於名物、訓詁矣。尺木在當時可謂豪傑之士，抑三百年中主王學者，皆豪傑之士，不獨文為然矣。

　　如上所論，校之於詩、詞，推之於理學，其文之通，大略可知矣。即以論世資史而言，四書文亦為明一代之重材。唐詩可以觀唐史，明文可以觀明史。蓋時文雖代言，而四子書語簡意廣，推假無所不可，就其著者，如趙忠毅南星非其鬼而祭之，諂也。如有周公之材之美章、鄙夫可與事君章，皆刺張江陵為相時事。梁茝鄰章鉅《制藝叢話》謂古以杜詩為詩史，此可當時文史。黃忠節淳耀館錢牧齋家，日閱邸報，見朝政得失，時事廢興，輒作文以抒憤，固世所咸知也。俞桐川選百二十家，家各冠以小序，頗以生平節行錯綜言之。張希良謂其以史法論文，五百年之文即可以當五百年之史。章實齋《與阮學使論求遺書書》謂會稽進士徐延槐竺山以四書文義名家，撰有《文航》一書，選文二千餘篇，皆前明天啟、崇禎及國初前輩名作。外間不甚著者，以帙大不及付梓。其書所重，不盡在文，文後評跋，多記明末遺文逸典、東南文獻、師友淵源、棘圍故事，多可考見。其意在於史法論文，實有裨於論世知人之學。實齋又云：四書文藝，雖曰舉子之業，然自元、明以來，名門大家，源分派別，亦文章之一派。近日通人多鄙棄之。不知彼固經解流別，殊如賦之於詩，附庸蔚成大國者也。嘗欲匯輯古人名選佳刻，博採前輩評論故事，仿《詩品》《文心》及唐、宋詩話之意，自為一書，以存其家學。無如時文夙弊，前輩名刻不甚購求，坊估無所利而不復估販，亦恨事也。實齋之志甚大，惜未及下手。阮公後修《四書文話》，亦成而未行。梁氏《制藝叢話》殊草草，未得知言論世之意。今即欲舉啟、禎諸家之文，而亦不易矣，惜哉！

　　　　　　　　（《推十書》，上海科學技術文獻出版社 2009 年影印本）

劉咸炘：《制藝文法論抄》

二十年來，學人言及制藝，輒望望然若將掩鼻。然自變策論以來，不及一紀，而學者文心日粗，徒為大言，實多謬誤。新學者患其不清不確也，乃注重論理，力崇質實，馴至變為白話，雖云揭櫫普及之名，實亦有激以成之也。憶《池北偶談》有一條云：予嘗見一布衣，盛有詩名，而詩實多格格不達處。以問汪鈍翁，汪云：此君坐未解為時文故耳。時文雖無與於詩古文，然不解八股，則理路終不分明。此論甚佳。非八股之貴也，理路之貴也。文儒雅士謂之䰠理，西人新學謂之論理，實即八股家所謂理路耳，豈有他哉。吾論文極戒時文氣，雖桐城大家吾總嫌其不免。然所嫌者，其聲勢之咿嚘耳。若其入理之深，固與周、秦名家，魏、晉玄學不相上下也。吾患學者文之粗疏，撰《理文百一錄》以授之。末錄制藝四篇，嘗詳為演說，聽者皆喜。今取昔人論制藝法之要語，抄為一篇，未始非析理之助。蓋文法有大有細，有活有死，領上落下，出題及起承轉合諸法皆細法、死法，非制藝則無用，即制藝自刪去大結以後乃有之。若夫相題析理，則固凡理文之所同。六朝之講疏、唐之何論、宋之經義，無不講此者也。不龜手之藥，或可以封，而況於文理之通法哉！

崔學古《少學》中有《作文五要》，略曰：第一要曉得賓主、虛實、正反、開合。無賓則主不出，無虛則實不透，無反則正不顯，無開則合不靈。第二要曉得脈理。一題到手，便細想其來蹤去路。第三須知步驟，大約前半徐徐而來，後半沛乎有餘。所謂前不突，後不竭也。第四要曉得能轉。作文切不可說頭一層話，切不可說一邊的話。一句一轉，一轉一意，自然活潑不窮。第五要生造。文須有作性，會創關。

唐翼修《讀書作文譜》曰：前輩制藝之法有六位。六位者，曰頂，曰面，曰心，曰背，曰足，曰影。頂位者，題前也。題前有一層者，有二層者，有在上文者，有在本題者。知題有頂位，則文有來歷，前半不患無生發矣。面位者，題之正面，不煩言而解者。心位者，題之所以然也。知題有所以然，則當求其所在而搜剔之，斯理境深入，不落膚浮矣。背位者，題之反面也。從反面挑剔，逆取其勢，則正面愈醒矣。足位者，題之後一層也。知題有後一層，必宜於後幅補之，而題意始完也。影位者，題之對面與旁面也。影在對面，描寫其對面；影在旁面，描寫其旁面。知題有影位，則題中題外不患無生發矣。凡

題不必六位皆全，而四五位則在所必有。能就四五位闡發盡神，即有佳境矣。

唐翼修曰：文有一意，分出兩層者如黃陶庵敬事而信題文，推此心以敬國家之大事，推此心以敬國家之小事。吳國華在下位不援上題文，上援我而我援之，上不援我而我援之之類是也。有一意翻作兩層者，如魏光國孰能一之題文，以無論諸侯王實競且爭，無問諸敵國實應且憎。宋學顯丹之治水也愈於禹題文，以禹治難而丹治易，禹治遠而丹治隘。分股作翻之類是也。有一層襯出兩層者，如蕭士緯鄒人與楚人戰題文，後幅臣見今人之所欲類此，臣見今人之所求似此。分股襯貼之類是也。知此三法，則凡題到手，自不患窘縮矣。

李榕村《語錄》曰：做時文要講口氣。口氣不差，道理亦不差。解經便是如此。若口氣錯，道理都錯矣。

鄭小谷《制義雜話》曰：實字研義理，虛字審精神。此看書法也。虛處起樓臺，實處開洞壑，此作文法也。虛處認得不真實處，必說得不透。故曰：理貴踏實，神必摹虛。如自誠明謂之性，自明口謂之教。之字在謂字下，易解也。天命之謂性，率性之謂道。修道之謂教。之字在謂字上，難解矣。朱子《注》云：蓋人知己之有性而不知其出於天，知事之有道而不知其由於性，知聖人之有教而不知其本吾之所固有者，裁之也。之謂虛字，既分明，本節實義，益透闢。若如今人囫圇讀書，似謂之二字亦同之謂二字，則豈有一眼之當乎？又如回也非助我者也，於吾言無所不說。本是讚賞，而乃加以指斥。得《注》中喜憾字則了然。由也升堂矣，未入室矣。本當推崇，乃反貶抑。得《注》中特耳字則豁然。此皆摹虛為踏實之證也。作文何獨不然。

又曰神理之切泛，由臨時之體貼。義蘊之淺深，則由平日之講求。其功在多讀書，其效即在精研《集注》。若《孟子》有不虞之譽，有求全之毀。節說此二句似無謂，故作二句多牢騷。《注》中填實本旨曰：言自修者，勿以是為憂喜；觀人者，勿以是為進退。解此則下筆有主矣。又《論語》吾日三省吾身，節自檢三件何所益，故說此三句，殊少味。《注》中補實其功曰：有則改之，無則加勉。解此則立言有歸矣。又如子路志在車裘，顏淵志在善勞，夫子志在安懷，各執一詞，殊不一類作文，便如滿屋散錢。《注》中揭出本義曰：子路求仁，顏子不違仁，夫子安仁。便覺滴滴歸源，層層入細。若不解此義，第一節只似俠士，第二節只似善人，其與夫子所言三句皆不相入。理既粗而文亦謬矣。此二節講得最明。

　　李榕村曰：舊來立法科場文字，謂之清通中式。清通二字最好。本色文字，句句有實理實事。這樣文字不容易，必須多讀書，又用過水磨工夫方能。非空疏淺易之謂也。又曰：某初次會試，將所作時文就正於鄉前輩王恥古。就中一篇批云：骨節尚大。某講此批是優是劣。答云：骨節大，不得脈絡一線，謂之單微，無龐然而大之狀。知道單微，便能密細，粗大不是好消息。此論大妙。王耘渠論初學作文四字訣：一曰清。清楚而不模糊也。一曰醒。醒豁而不晦悶也。一曰緊。緊密而不鬆懈也。一曰警。警策而不庸弱也。

　　　　　　　（《推十書》，上海科學技術文獻出版社 2009 年影印本）

後　記

　　這部書稿，從醞釀到正式成型，前後歷時十載。選題的形成首先得感謝陳文新教授，大約在 2006 年的時候，他安排我校點整理梁章鉅《制義叢話》，因此有機會接觸大量的八股文批評資料，任務完成後，他籌劃第二期選題，我申報的即是《八股文批評史》。其實我當時對這一領域只是初入門，很多材料及發展脈絡並不清晰，但還是斗膽申報了 2010 年度的國家社科基金項目。感謝師兄左東嶺教授的幫助，還有劉尊舉博士、何良昊博士、黎曉蓮博士的支持，這一選題正式入選了該年度的資助計劃，這對我是一個很大的鼓勵。後來，事務叢雜，一個人獨立承擔難以在短期內完成任務，先後邀請了孫達時、江丹、張星星、李群喜、吳瑩等加入，書稿是 2016 年快要到項目最後截止期限時才完成的，專家鑒定為「良好」等級。結項之後，我們又斷斷續續修改了四年，就是今天呈現在讀者面前的這個面貌。

　　茲將本書各章節撰寫人列述如下：

緒論，陳水雲

第一章第一節，孫達時

第一章第二節，陳水雲

第一章第三節，陳水雲，孫達時

第二章第一、二、三節，孫達時

第三章第一節，陳水雲

第三章第二、三節，孫達時

第四章第一節，孫達時

第四章第二、四節，陳水雲

第四章第三節，吳瑩

第五章第第一、三節，陳水雲

第五章第二節，江丹

第五章第四節，張星星

第六章第一節，李群喜

第六章第二節，江丹、陳水雲

第六章第三節，陳水雲、江丹

第六章第四節，江丹

第七章第一節，江丹、陳水雲

第七章第二節，陳水雲

第七章第三節，李群喜

第七章第四節，張星星

第七章第五節，孫達時

結束語，孫達時、李群喜

　　以上各章節，都經過了我的多次通讀、修改、潤色，部分章節還進行了較大的改動。另外，吳妮妮老師在臺訪學期間也幫助搜集了大量的資料，特別是孫達時老師在最關鍵的時候給予的支持和幫助，使這部書稿能以較為完整的形態順利出版，這是我要表示感謝的。

　　書稿只是結合每一時期的特點，選取了一些代表人物作為論述對象，還有很多史料未能涉及，故名之為《清代八股文批評研究》。因為它是第一部關於清代八股文批評史的研究著作，涉及的內容非常龐雜，這裡也只是初步清理了主要線索，今後我們還會繼續在這一領域開展深度研究，相信不久的將來能推出一部更具歷史感的八股文批評史來。

陳水雲

2020.7.30